光文社文庫

文庫書下ろし

女奴隷は夢を見ない

大石　圭

光　文　社

この作品は光文社文庫のために書下ろされました。

女奴隷は夢を見ない

横浜のどこかに、人間を売買する場所があるという。
人はそこを『横浜奴隷市場』と呼んでいる。

プロローグ

その朝も少女は、狭くて湿ったベッドの上で目を覚ました。

朝？

いや……朝が来たと、はっきりとわかったわけではない。ただ、鳥たちの鳴く甲高《かんだか》い声が洩《も》れ入って来たから、また朝が来たと思ったのだ。

ここには朝の光は差し込まない。窓はどれも塞《ふさ》がれていて、さらにその上に大きな鏡が張り付けられている。だから、朝日どころか、昼の光も、月の明かりも差し込まない。そう聞いている。

確かめてみたことはない。だが、きっと、その通りなのだろう。この部屋の窓はすべて塞がれていて、随分と長いあいだ、空気は入れ替えられたことがないのだろう。川の淀みに溜まった水のように、空気がどんよりと淀んでいる。それがわかる。

小さくひとつあくびをしたあとで、少女は薄い夜着に包まれた上半身をベッドに起こした。骨張った尻を枕に乗せ、背後の背もたれに寄りかかる。そのほっそりとした両腕を天井に向かって高く突き上げる。それから……耳を澄ませて、洩れ入って来る音を聞く。

地上を走りまわる車の音がする……甲高いエンジンの音、低く太いエンジンの音……時折、鋭くクラクションが響く……遠くから微《かす》かに列車がレールを鳴らす音がする……たまに、ものすごい轟音が聞こえるが、あれは飛行機のものなのだろうか？

地の底から湧き上がるように響いているのは、きっと蟬の声なのだろう。だが、それは、少女が聞き馴れている蟬たちの声とは少し違っていた。

ほかにも、少女の耳はいろいろな音を聞き取った。

子供が叫ぶ声……ドアの向こうを人が歩く音……階上からの物音や、壁の向こうから聞こえる声……それから、スピーカーで拡声されているらしい女の声が聞こえる……。

ベッドの背もたれに寄りかかり、ほとんど身動きさえせずに、少女はそれらの音を聞いている。

少女がここに連れて来られてからずっと、スピーカーで拡声されているらしい女の声は、同じようなセリフを連呼しているように聞こえる。声の発生場所が移動していることを考えると、車に取り付けたスピーカーからの声なのかもしれない。

あの声は何と言っているのだろう？　何か商品を売っているのだろうか？　それとも、道行く人々に何かをお願いしているのだろうか？

もちろん、少女にはわからない。彼女にはこの国の言葉が理解できない。

室内に洩れ入って来るのは音だけではない。

におい……。

そう。においがする。

海のにおい……たぶん、ここは海の近く……きっと港の近くなのだろう。

ここに来てからずっと、少女の鼻は海のにおいを嗅《か》ぎ続けている。それに、船舶が行き来しているような音がする。長く、低く、汽笛のような音が響くこともある。

少女が生まれた土地も港の近くだった。地元の漁師たちが近くの海で捕れた魚を水揚げし、地元の人々に売っているような小さな漁港――。

けれど、幼い頃に聞いた漁港の音と、この近くにあるらしい港の音はかなり違う。それはきっとここが大都会で、この近くにある港がとても大きなものだからなのだろう。

ベッドの背もたれに上半身を預け、その大きな目をいっぱいに開いて、少女は美しく整った顔を天井のほうに向ける。長く伸ばした癖のない黒髪が、尖《とが》った剝《む》き出しの肩をさらさらと流れる。

明かりは灯《とも》っているのだろうか？

ふと、少女は思う。

照明が灯っているのか、消されているのか――それは少女にはわからない。この部屋の床や壁や天井がどういう色をしているのか――それも少女にはわからない。そもそも彼女には、色という概念がわからない。

そう。少女は目が不自由なのだ。彼女の目は、生まれてからただの一度も、光というものを感じたことがないのだ。

不自由？

いや……真っ暗な洞窟に暮らす目のない魚が不自由を感じていないように……あるいは、コウモリたちが不自由を感じていないように……少女が不自由を感じることはめったにない。彼女にとっては、見えないという状態こそが当たり前のことなのだから。

それでも、時々、考える。

『見える』というのは、どういうことなのだろう？　もし、盲目でなかったら……わたしの人生は違ったものになっていたのだろうか？

けれど、光を知らない少女には、そんな空想をすることさえ容易ではない。別の人生を知らない彼女には、今とは違う生活を想像することさえままならない。

見えない目にかぶさる黒髪を、少女はそっとかき上げる。形のいい唇を舌の先でなめる。ベッド脇のサイドテーブルに手を伸ばす。ペットボトルを探り当て、中に残った生ぬるい水を口に含む。

遠くから足音が聞こえた。

ひとり？……いや、ふたり……いつものように女がふたり……少女のいる場所に近づいて来る。

いつものように、ひとりはハイヒール、もうひとりはゴム底の靴を履いている。ハイヒールの女は歩幅が広い。もうひとりは、歩幅が狭い。

やがて、この部屋のドアの前でふたつの足音が止まった。外側から鍵を外している音がし、金属製のドアが2度、軽くノックされた。

「どうぞ」

少女が答え、直後にドアが開けられた。淀んだ空気がわずかに揺れた。

「おはよう、サラ。ゆうべはよく眠れたかい？」

女の……おそらく、もうずっと昔に若さを失った女の声が、いつものように癖の強い英語で少女に言った。

「おはようございます、ナカノさん。よく眠れました」

声のほうに顔を向け、少女も英語で答えた。

「そう？　それはよかった。さあ、朝食だよ」

女の口調はいつも毅然としている。だが、意地悪な感じではなく、どちらかと言えば優しげで、好意的だ。

ナカノというこの女は、きっと煙草を吸うのだろう。この女が部屋に入って来るたびに、少女の鼻はそのにおいを嗅ぎ取る。ハイヒールを履いているのは、この女だ。

「はい」

そう答えると、少女はタオルケットをまくり上げ、ベッドから両足を下ろす。足元に揃えられたスリッパを探り当て、鮮やかなペディキュアに彩られた爪先をそこに入れる。

立ち上がった瞬間、わずかに目眩《めまい》がして、ふらついた。

そんな少女の華奢《きゃしゃ》な体を、中年の女と一緒に入って来たもうひとりの女が、素早い動作で支えてくれた。

「ありがとう、マリア」

少女が英語で礼を言い、女が「どういたしまして」と、やはり英語で答えた。その英語もまたネイティブのものではなかった。

いつものように、その女が少女の肘を支えてテーブルに導いてくれた。

きっとマリアは自分と同じくらいか、少しだけ年上の若い女なのだろう。少女は、その女のことをそう想像している。

マリアと呼ばれているその女は、必要最低限のことしか喋《しゃべ》らない。けれど、声の感じが若々しい。それに、少女に触れる女の手や指は、とても滑《なめ》らかで張りがある。

もしかしたらマリアもわたしと同じように、お金で買われて外国から連れて来られた女の子なのかもしれない。

少女はマリアのことを、そんなふうに考えている。

「どうもありがとう、マリア」

自分のために椅子を引いて座らせてくれた女に、少女は再び礼を言う。

「どういたしまして……」

女が再び、ぎこちない英語で答える。それから、毎朝そうしているように少女の右手を取り、トレイに載った食事の位置を教えてくれる。

「これがお粥……これがスープ……これがコーヒー……これがトマトジュース……これがフルーツ……」

その言葉に頷《うなず》きながら、少女の鼻は自分の脇に立つ女が放つ微かな体臭を嗅ぎ取る。若い女の肉体だけが放つ、甘酸っぱくて、鼻の奥をくすぐるようなにおい……男たちを振り向かせ、引き付けるにおい……その体臭は日本人のものではない。けれど、少女が生まれ育った国の人々のそれとも違う。

マリアもこれから、わたしのように市場で競りにかけられるのだろうか？　それとも、すでに市場で買われて、ここで働らかされているのだろうか？

「それじゃあ、サラ、たくさん食べなさい。あんたは若くて綺麗だけど、少し痩《や》せ過ぎだよ」

部屋の隅に立っているらしい中年の女が少女に言う。見ることはできないが、少女には女が微笑《ほほえ》んでいるのがわかる。

「はい。わかりました」

女の声のほうに顔を向けて少女は答える。女の微笑みに応じるために、歯を見せるようにして微笑む。

少女は自分の顔を見たことはない。それでも今では、自分が綺麗なのだということを知っている。自分の容姿が人々を、特に異性を引き付けるということも知っている。

「競り市が開かれるまであと1週間しかないんだからね。そのあいだに、いくらかでも太ってもらわないと……あんまり太っているのは嫌われるけど、あんたみたいにガリガリに痩せた子も高くは売れないんだよ」

市が開かれるまであと1週間――。

そう。1週間後には人間を売買するための市が立ち、そこで少女は商品として競売にかけられるのだ。

もちろん、少女はそのことも知っている。彼女は売られるために買われて、この国に連れて来られたのだから……生まれてから何度も、売られたり、買われたりを繰り返して来たのだから……。

「はい、ナカノさん。なるべくたくさん食べるようにします」

少女はそう言って、また微笑む。

「じゃあ、30分したら、また来るからね。食事が済んで一休みしたら、きょうはマリアがあんたをお風呂に入れてくれるよ」

中年の女が言う。

やがて、ふたりの女がドアを出て行く。ハイヒールを履いた中年の女が先に立ち、ゴム底靴の若い女がその後に続く。ハイヒールの女の足音は自信に満ちている。だが、ゴム底靴の女の足音は遠慮がちで、どことなく頼りなげだ。

ふたつの足音が離れて行くのを聞きながら、少女はトレイの上のカップに手を伸ばした。長く伸ばした手の爪にも、足の指と同じように鮮やかなエナメルが施《ほどこ》されていた。

1週間後に自分は市場で競りにかけられる。そして、牛や豚や馬のように金銭と引き換えに、どこの誰とも知らない人に買われていく。

そこまでは、わかっている。だが、その先のことはわからない。

どんな人が自分を買うことになるのかも、わからない。自分を買った人が、彼女に何をさせるつもりなのかも、わからない。

わからない？

いや、それはわかっている。

人が少女に求めることは、たったひとつしかないのだから……。

けれど、少女が不安を感じることはなかった。

少女はゆっくりとカップに唇を寄せ、中の熱い液体を口に含んだ。

香ばしい味が、口の中にふくよかに広がった。

「おいしい……」

父や母が使っていた言語で、そう呟《つぶや》いてみた。

だが、その言葉には、懐かしさより違和感があった。きっと長いあいだ、その言語を使っていないせいだろう。

コーヒーをもう一口すすったあとで、少女はカップをトレイに戻した。そして、今度はスプーンをすくうために、指先をさまよわせてトレイの上のスプーンを探った。

第1章

1

電車を下りて横浜駅のプラットフォームに立つ。その瞬間、サウナにでも入ったかのような熱気が、川上春菜《かわかみはるな》の華奢な体を包み込んだ。

全身の毛穴がいっせいに開き、そのすべてから汗が滲《にじ》み出す。薄いワンピースが、ぺっとりと皮膚に張り付く。

「うわっ、暑い」

連れがいるわけではないのに、思わずそう口にしてしまう。

そう。きょうは本当に暑かった。もしかしたら、この夏いちばんかもしれなかった。

本当はこんな日には外出などせず、エアコンの効いた自室で冷たい紅茶でも飲みながら、秋に受けるＴＯＥＩＣの勉強でもしていたかった。けれど今朝、デザイン会社を経営している父から、取引先に書類を届けに行って欲しいと頼まれ、それでしかたなく都内の自宅から横浜に向かったのだ。

東海道線のプラットフォームはたくさんの人でごった返していた。夏休みに入ったせいか、小学生みたいな子供たちの姿がやけに多かった。前の人の足を踏んでしまわないように気をつけながら、春菜はそろそろと足を運んだ。

こんな格好をしてるから、余計に暑いのかな？

汗ばんだ腿《もも》にまとい付くスカートを鬱陶《うっとう》しく感じながら、春菜は思った。

この季節、彼女はたいていTシャツに、ショートパンツという格好で過ごしている。だが、きょうはホルターネックのワンピースに、ハイヒールのサンダルというファッションだった。

『大切なお客さんだから、ちゃんとした格好で行ってくれよ』と父に言われたからだ。

いったい何の書類なんだろう？　どうして、わざわざわたしが届けなきゃならないんだろう？

大切な書類が入っているという大きな茶封筒を小脇に抱え、サンダルの高い踵《かかと》をぐらつかせて階段を下りながら、川上春菜はぼんやりと思った。

少し前まで、父のデザイン会社はかなりうまくいっていて、事務所には大勢の社員がいた。けれど、最近は従業員がどんどんいなくなり、今では父と母のふたりだけになってしまった。それで近頃では、こんなふうに、長女である彼女や、弟の大樹が雑用を申し付けられることがよくあった。

両親は家ではあまり仕事の話はしなかった。だが、この頃は、自宅のローンの支払いや、事務所の家賃や、子供たちの学費や……それどころか、日々の食費にさえ苦労しているらしかった。母はいつも苛々《いらいら》した様子で、ささいなことにもヒステリーを起こすようになっていたし、父は顔色が悪くて、憔悴《しょうすい》しきっているような感じだった。

もし万一、会社が倒産したら、春菜は大学を続けられなくなってしまう。そうなったら、国際線の客室乗務員になるという幼い頃からの夢もダメになってしまうだろう。

だからこそ、少しでも協力するつもりで、きょうも父の頼みを快く引き受けたのだ。幸いなことに大学は夏休み中だったし、きょうはアルバイトの予定も入っていなかった。

パパの会社、早く立ち直ってくれるといいな……。

以前の父は外国製の高級スポーツカーを乗りまわし、毎週のようにゴルフに行っていた。母だって、いつもブランド物の服やアクセサリーを身にまとい、月に何度もエステティックサロンやネイルサロンに通っていた。

けれど、去年の夏頃から父はゴルフに行かなくなった。今年に入ってからは、あれほど大切にしていたスポーツカーも手放してしまった。母ももう何カ月も、エステティックサロンにもネイルサロンにも、いや……美容室にさえ行っていないようだった。最近の母はやけに白髪が目立った。

もし、パパの会社が倒産したら、わたしたち家族はどうなっちゃうんだろう？

そのことを考えると、不安になった。春菜は私立大学の英文科に通っていたし、弟の大樹《だいき》も妹の百合也《ゆりや》も私立の進学校に通っていた。その学費だけでも、かなりの金額になっているはずだった。

けれど、今の春菜は、そのことを深く考えていたわけではなかった。

10代最後の大切な夏だった。明日からは恋人の拓人《たくと》とふたりで、沖縄に3泊4日の旅行に出ることになっていた。そのために先日、デパートに行って、恋人とふたりで水着を選んだばかりだった。

あのビキニ、似合うといいんだけど……でも、ものすごく大胆なデザインだから、ちょっと恥ずかしいな。

明日からのことを思うと、心が弾んだ。

この書類を届けたら早く家に帰って、旅行の荷物をバッグに詰めよう。爪も塗り直さなくちゃならないし、腕と脚の脱毛もしなきゃならないし……忙しいぞ。

明日から始まる甘い日々のことを思って、川上春菜は雑踏の中でそっと微笑んだ。

2

関内《かんない》駅で電車を下りると、辺りには潮の香りが満ちていた。

横浜駅では気が付かなかったから、風向きが変わったのかもしれない。その香りは、歩いて行くにしたがって、少しずつ強く、濃密になっていった。

空気は熱く、とても湿っていて、風が吹いて来ると余計に暑さを感じるほどだった。汗はほとんど蒸発せず、皮膚を気持ち悪くべたつかせた。

春菜にはまだ選挙権がないので関心はなかったが、きっと選挙が近いのだろう。街には何台もの選挙カーが走りまわって、候補者の名前を大音響で連呼していた。その喧《やかま》しさが、茹《う》だるような暑さに拍車をかけていた。

「暑いなあ……」

誰にともなく呟きながら、川上春菜は街路樹の木陰を選ぶようにして歩いて行った。

歩いていると、ビルの窓ガラスやショーウィンドウに春菜の姿がしばしば映った。ふわふわとした栗色の髪をなびかせながら歩く春菜は、スラリとしていて、颯爽《さっそう》としていて、自分でも見とれてしまうくらいに素敵だった。

明日の旅行もこのファッションで行こうかな？

春菜はまた明日のことを考えた。そしてまた、無意識のうちに微笑んだ。

目指す会社は関内駅から歩いて15分ほどのところ、横浜港のすぐ近くにあった。

そのビルはとても古かった。たぶん、彼女が生まれるずっと前に建築されたものなのだろう。建物の入り口には、『ヨコハマ・スター・トレーディング』という小さな看板が掲げられていた。

貿易会社なのかな?

薄汚れたビルを見上げて春菜は思った。

辺りには潮の香りが、一段と強く立ち込めていた。小さな船舶のものらしい軽快なエンジン音が聞こえた。ビルとビルのあいだの細い空を、カモメが横切っていくのが見えた。ここからでは見えないけれど、海は近くに……きっと、すぐそこにあるのだろう。

春菜は顔に噴き出た汗をハンカチで押さえるようにして拭《ぬぐ》った。ついでに手鏡を取り出し、化粧が崩れていないことを確かめた。

左腕に嵌《は》めた時計を見る。恋人とお揃いの腕時計の針は、2時5分前を指していた。

父には2時ぴったりに訪問するようにと言われていた。でも、早いぶんにはかまわないだろう。

そう思った春菜が建物に入ろうとした時、バッグの中で携帯電話が鳴った。誰かからメールが来たようだった。

拓人かな？

春菜はバッグから小さな電話を取り出した。思った通り、メールは恋人からだった。

『春菜は横浜かな？　そっちも暑い？　今、渋谷のハンズでシュノーケリングのセットをふたり分買ったよ。明日から一緒に海に潜ろうぜ』

珊瑚礁の海で戯《たわむ》れる自分たちの姿を思い浮かべて、春菜はまた微笑んだ。明日の今頃はすでに、那覇空港に降り立っているはずだった。

メールの返信はこの書類を届けてからでいいや。

春菜は電話をバッグに戻すと、ガラス扉を押し開けて建物に入った。

3

扉の内側には冷たく乾いた空気が満ちていた。

外観は薄汚かったが、建物の中は清潔で明るく、広々としていた。真新しいカーペットが敷き詰められた床には、洒落《しゃれ》たデザインの椅子やソファやテーブルが配置され、あちらこちらに観葉植物の鉢や、花が活けられた花瓶が置かれていた。

1階には人の姿がなかった。けれど、入り口の扉のすぐ向こうにカウンターがあって、そこに電話が1台置いてあった。しばらく辺りを見まわしていたあとで、春菜はカウンターの上の電話の受話器を持ち上げた。

『いらっしゃいませ』

数度の呼び出し音のあとで、もう若くはない女の声が応えた。

「あの……川上デザイン事務所のものです……」

『お待ちしておりました。5階の501号室までいらしてください』

女の声が事務的に告げた。

「はい。わかりました」

受話器を戻し、バッグからもう一度、手鏡を取り出す。目をいっぱいに見開いて手鏡を見つめ、白く尖った八重歯を見せるようにして微笑んでみる。みんなからチャーミングだと言われるその八重歯が、春菜には自慢だった。

大丈夫。すごく可愛いし、すごく綺麗だ。

そう思って、少し嬉しくなった。

エレベーターは狭くて、古くて、薄汚れていた。上昇の途中でガタガタと横揺れして、ワイヤーロープが切れてしまうのではないかと春菜は少し心配した。

けれど、ワイヤーは切れることなく、エレベーターは無事に5階に着いた。扉が開くと、目の前には真っすぐな廊下が伸びていて、その左右に3枚ずつの鉄のドアがあった。

1階の応接室は清潔で洒落ていたというのに、その階の内装は古めかしくて薄汚れていた。会社というよりは、手入れの悪い古いマンションみたいに見えた。

いや、たぶん元々は、この建物はマンションとして建てられたのだろう。それを、いつの頃からか、会社のオフィスとして使用するようになったのだろう。

どこが501号室なんだろう？

川上春菜は薄汚れた廊下を歩き始めた。静まり帰った廊下に、高いヒールの音が無機質に響いた。

チラチラする蛍光灯が、リノリウムの床を冷たく照らしていた。その廊下は幅が狭く、天井が低くて陰気だった。窓がないために、息苦しさを感じるほどだった。元は白かったらしい壁は、手垢《てあか》や埃ですっかり汚れ、今ではくすんだ灰色になっていた。ベージュに塗られた鉄のドアはどれもペンキが剝《は》げ落ち、あちらこちらに錆《さび》が浮いていた。

廊下の突き当たりの左側、そこが目指す501号室だった。

ドアの前で立ち止まると、春菜はマニキュアの光る指先でドアの横のインターフォンのボタンを押した。

『はい』

数秒後に、男の声が低く答えた。

「あの……川上デザイン事務所のものですが……」

薄汚れたインターフォンに顔を近づけて春菜は言った。

『お待ちしておりました。お入りください』

男の声が再び低く答えた。その声にはほとんど抑揚《よくよう》がなかった。

「失礼します……」

春菜は薄汚れた鉄製のドアを引き開けた。

ドアの向こうの空間はとても狭かった。やはり以前はワンルームマンションだったのだろう。床には薄汚れたカーペットが敷き詰められ、幅の狭い金属製のベッドと小さな木製のテーブルが置かれていた。テーブルの両側には椅子が1脚ずつ、向かい合わせに置いてあった。壁は白かったが、廊下の壁と同じように、どれも薄汚れ、壁紙の一部は剝がれかけていた。

どうしてベッドがあるんだろう？

どう見てもそれは会社というよりは、誰かの住まいだった。ベッドのすぐ向こうにある窓は、昼間だというのに色の濃いカーテンで閉ざされていた。明かりは灯っていたけれど、光の溢れる戸外を歩いて来た春菜には、その部屋はとても薄暗く思えた。

もしかしたら、ここは社員の仮眠室のような場所なのかもしれない。

春菜はそう推測したけれど、仮眠室に来客を通すなんて、少し失礼な感じがした。

その狭い部屋には、シックで高価そうなスーツを着込んだ3人の男と、洒落たワンピース姿の中年の女がいた。座る場所がないためか、それとも春菜を出迎えるためか、4人全員が起立していた。

「こんにちは。あの……川上デザイン事務所のものです。わたしは社長の長女で……川上春菜と申します」

頭を下げたあとで、春菜は素早く4人を見た。

男たちは3人とも30代の前半みたいに見えた。痩せて背の高い男がひとりと、とても小柄な男がひとり。もうひとりの男は極端に太っていた。

女はたぶん50歳くらいだろう。46歳の春菜の母親より少し年上に思えた。女は背が高く、痩せていた。化粧が濃すぎるようにも思えたが、きっと昔は綺麗だったのだろう。

「よくお越しくださいました。わたしが代表の高野《たかの》です」

中央に立っていた背の高い痩せた男が、一歩進み出て春菜に頭を下げた。

「これが父から言い付かった書類です」

春菜は小脇に抱えて来た大型の封筒を男に差し出した。父のデザイン会社の名前が印刷された茶封筒には、いつの間にか春菜の汗による染《し》みができていて、彼女はそれを少し恥ずかしく思った。

ぎこちない笑みを浮かべて、男は春菜から封筒を受け取った。男の指はほっそりとしていて美しかった。

「ありがとうございます。川上さん、あの……少しのあいだ、そこにかけていらしてください」

ほっそりとした指で、男がテーブル脇の椅子を指さした。

書類を渡したらすぐに帰れるつもりでいたので、春菜は少し戸惑《とまど》った。けれど、断るわけにもいかず、指定された椅子に膝《ひざ》を揃えて浅く腰を下ろした。質素な造りの安っぽい椅子だった。

春菜が座った椅子の向かいに、高野という男は無造作に腰を下ろした。そして、春菜の目の前で彼女が持参した茶封筒を開封した。ほかのふたりの男と、中年の女は高野という男の背後に立ったままだった。

何か冷たい飲み物でも出してくれればいいのに……。

所在なく椅子に座ったまま、春菜は思った。炎天下を歩いて来たせいで、ひどく喉が渇いていた。けれど、誰ひとりとして春菜に飲み物を出そうとする者はいなかった。

高野という男は春菜が持参した書類を無言で見つめていた。ほかの3人も、男の背後から書類をのぞき込んでいた。春菜は自分がアルバイトの面接に来たような気がした。

わたしはいつまで、ここにいなきゃならないんだろう？

そんなことを思いながら、春菜はどこからか聞こえる選挙カーの声や、蝉やカモメが鳴く声や、車のエンジン音をぼんやりと聞いていた。

拓人、わたしからのメールを待ってるだろうな。ここを出たら、すぐにメールしてあげなくちゃ。

恋人のハンサムな顔を思い出し、春菜はまた幸せな気持ちになった。

4

やがて、高野という男がテーブルの上の書類から視線を上げた。そして、「川上さん」と言って、目の前に座った春菜の目を見つめた。

「はい？」

春菜も視線を上げて男の顔を見た。

男は暗くて憂鬱《ゆううつ》そうな目をしていて、どことなく陰気な雰囲気だった。けれど、顔立ち自体は整っていた。

「川上さん、実は……とても申し上げにくいことなのですが、できれば冷静に聞いていただきたいと思います」

男が、本当に言いにくそうに言った。

「あの……何でしょう？」

顔に無意識の笑みを浮かべて、春菜は男の目を見つめた。どこからか、ぼんやりとした不安が湧き上がって来て、春菜の下腹部をわずかに疼《うず》かせた。

「実は、川上さん……あなたは今から、わたしたちのものになりました」

「はい？」

顔に笑みを浮かべたまま、春菜は首を傾《かし》げた。

「川上さんのご両親が、わたしたちにあなたを売ってくださったんです。これは、その契約書です」

高野という男は手にしていた書類を春菜のほうに向けた。

「あの……おっしゃっていることが……よくわからないんですが……」

ぎこちなく微笑み続けながら、春菜は言った。ぼんやりとしていた不安が、下腹部で急速に膨れ上がっていくのが感じられた。

「それでは、できるだけわかりやすく説明いたします。何て言うか……川上さんのご両親はとてもお金に困っていらした。それはご存じですよね？」

男が言い、春菜は男の目をじっと見つめた。もう微笑まなかった。

嫌な感じだった。春菜の両親が金銭的に窮していたのは事実だったが、そんなことを他人に指摘されたくなかった。

「川上さんのご両親はたくさんの借金を抱えていた。会社の経営もうまくいっていなかった。ふたりは、このままだと子供たちの教育費を払うことができなくなるだろうと考えた。それどころか、衣食住を確保することさえ困難になるだろうと考えた」

抑揚に乏しい男の声を聞きながら、春菜は目の前にいる男を憎んだ。両親の悪口を言われているようで悔しかった。

「それで川上さんのご両親は、しかたなく、長女であるあなたを、わたしたちに売り渡すことにしたんです」

男は春菜を見つめ、一言一言区切るように、静かな口調で話した。

けれど……やはり、春菜には男の言うことがまったく理解できなかった。

「どういうことだか……わたしにはまったくわかりません……」

そう。春菜には、何が何だか、まったくわからなかった。だが、今では、下腹部に広がった不安は、強い恐怖に変わっていた。部屋の中は涼しいのに、膝に置いた両手が汗でびっしょりになっていた。

「早い話が人身売買ということです」

高野という男の背後に立っていた中年の女が、事務的な口調で言った。「あなたのご両親は、あなたを売ることにした。わたしたちはあなたを買うことにし、ご両親にお金を支払った。これでわかりますか？」

「嘘です……信じられません……そんなこと……信じられません……」

嫌々をするかのように、春菜は首を左右に振った。恋人に買ってもらった大きなピアスが、髪の中で揺れた。

「信じられないのは当然です。でも……これは事実なんです」

高野という男が再び口を開いた。「わたしがあなたのご両親と交わした契約書をご覧になりますか？」

テーブルの上にあった書類を——今朝、春菜が父親から受け取り、電車を乗り継いでここまで運んで来た書類を、男がほっそりとした指で春菜のほうに押しやった。

恐怖に身を震わせながら、春菜は書類に目をやった。そして、そのいちばん上に『川上春菜売買契約書』という文字があるのを見た。その紙片の下のほうに、父の字で『川上裕輔』という署名と、母の字で『川上幸子』という署名がされているのを見た。

最初の書類の下にはA4サイズに引き伸ばした何枚かの写真があった。高野という男が、その中の1枚を手に取って、春菜のほうに向けた。

その写真は去年の夏、友人と豊島園に行った時のもので、カメラに向かってポーズを取るビキニ姿の春菜が写っていた。

見ず知らずの男に自分の水着の写真を見られている。そのことが春菜に、強い屈辱感を与えた。

その写真を自分がフォトアルバムに貼ったことは、春菜も覚えていた。だが、そんなに大きく引き伸ばした記憶はなかった。家族の誰かに見せた覚えもなかった。

「あなたは売られた。お気の毒ですが……それが現実なんです」

低く、呟くように男が言った。

「嘘です……そんなこと、嘘に決まってます……パパやママが、わたしを売ったりするはずがありません……」

春菜はなおも首を左右に振り続けた。ウェイブした柔らかな髪が、遠心力でふわりと広がった。

目の前に座った男は何も言わなかった。男の背後に立つ3人も無言だった。4人全員が押し黙ったまま、春菜のほうを見つめていた。彼らの目付きは、春菜の価値を値踏みしているかのようにも見えた。

「あなたたちは……何者なの？」

込み上げる恐怖に喘《あえ》ぎながら、春菜は尋ねた。

「そうですね。わたしたちは、何ていうか……現時点での、川上さんの所有者ということになります」

高野という男が言葉を選ぶようにして答えた。

「現時点での……所有者？」

男の言葉を春菜は繰り返した。けれど、その声は震えていて、春菜自身にも聞き取りにくいほどかすれていた。

「ええ。わたしたちは、ただのブローカーなんです。川上さんの新しい所有者が決まるまでの一時的な所有者なんです」

男がやはり、一言一言、言葉を選ぶようにして答えた。

「どういうことなの？　わたしはこれからどうなるの？」

「間もなく市が開かれます。人身売買を行う競り市です。わたしたちはその市に川上さんを商品として出品し、川上さんはそこで競売にかけられます。そして、その市で、いちばん高い値段で川上さんを落札した人が、川上さんの所有者になります。その人が川上さんをどうするのか……そこまでは、わたしたちにはわかりません」

人身売買？　競り市？　商品？　出品？　競売？　落札？

真っ白になった春菜の頭の中で、男の言葉がぐるぐるまわった。

春菜はもう一度、テーブルに置かれた書類に視線をさまよわせた。そして、父と母のふたりの署名を、もう一度見つめた。

今朝、春菜に書類を届けに行くように言った時の父の顔を思い出した。それから、出勤前に、「行って来るわね」と言って春菜に微笑んだ母の顔を思い出した。

もしかしたら……もしかしたら、この男の言う通り……わたしはお金のために……両親に売られたのかもしれない。

強く体が震え始めた。鋭い尿意が下腹部を刺激していた。

たぶん、この男の言うとおりなのだ。父と母は、この男たちに春菜を売ったのだ。お金欲しさに、娘を売り飛ばしたのだ。今朝のふたりは、自分たちがもう春菜と会えないということを知っていたのだ。

「たとえ、もし……もし、両親があなたたちと、わたしを売る契約をしたのだとしても……もし万一、それが本当だったとしても……そんな契約は、法律違反です……そんな契約書は無効です」

込み上げるパニックを必死に抑えて、春菜は言った。

「もちろん、法的には許されることではありません。けれど、これは現実なんです。あなたは両親に売られ、わたしたちに買われた。この事実を受け入れてください」

男が言った。そして、悲しげな目で春菜を見つめた。

ひどい……そんなこと……ひどすぎる……。

恐怖とともに、怒りが込み上げて来た。同時に、これまで必死で抑えていた感情が、ついに爆発した。

「いや……そんなの、いや……いやーっ！」

春菜は椅子を蹴倒すようにして立ち上がった。そして、ついさっき入って来たドアに向かって突進した。

けれど……ドアに到達することはできなかった。背後から襲いかかった男が——極端に太った男が、強い力で春菜を羽交《はが》い締《じ》めにしたのだ。

「いやーっ！」

声の限りに絶叫しながら、春菜は男の腕を振りほどこうとした。

けれど、振りほどくことなどできなかった。たちまちにして両腕が背後にねじり上げられ、肘を襲った激痛に春菜は呻《うめ》いた。

「いやーっ！　放してっ！　いやーっ！」

喉が痛くなるほどの大声で春菜は叫んだ。だが、男は手の力を緩めなかった。

「諦《あきら》めてください……」

極端に太った男が、耳元で低く言うのが聞こえた。

太った男に腕をねじり上げられたままの春菜に、小柄な男が近づいて来た。そばに立つと、男は春菜より背が低かった。

小柄な男は、「ごめんね」と小声で言ったあとで、片手で彼女の髪を乱暴に鷲摑《わしづか》みにした。

そして、もう片方の手で春菜の口に、湿った布のようなものを押し当てた。揮発性の強い匂いがした。

「うぐっ……むむっ……」

その布に含まされたものが何なのか、春菜にはわからなかった。だが、直感的に、それを吸い込んではいけないということはわかった。

背後に腕をねじり上げられ、髪を鷲摑みにされたまま、春菜は息を止め、それを吸うまいとした。けれど、いつまでも息を止めているわけにはいかなかった。激しく動いたせいで、全身の細胞が執拗《しつよう》に酸素を求めていた。

見開いた目から涙が溢れた。今になっても春菜にはまだ、なぜ、自分がこんな目に遭わなくてはならないのかが理解できなかった。まるで悪い夢を見ているようだった。

やがて肺がひくひくと痙攣《けいれん》を始め……息を止め続けていることができなくなり……春菜は叫んだ。

「うぶうっ！」

そして、次の瞬間、息を吸い込んでしまった。

あっと言う間に頭がぼうっとなった。視野が急速に狭まり、焦点が合わなくなった。

ダメだ……もうダメだ……。

辺りが真っ赤になり、続いて真っ暗になった。すべての音が小さくなり……全身から力が抜け……そして……川上春菜は、男たちの腕の中で意識を失った。

5

どのくらい意識をなくしていたのかは、わからない。気が付くと、春菜は薄暗い場所に横たわっていた。

ひどい吐き気と、目眩と頭痛がした。重い瞼《まぶた》を開いてみたが、視界は霞《かす》んでいて、霧の中にいるみたいだった。

何が何だか、わからなかった。だが、朦朧《もうろう》としていた意識がはっきりとするにしたがって、春菜は自分が拉致されたのだということを思い出した。

強い恐れに突き動かされ、身を起こそうとした。

だが、それはできなかった。両手は腰の後ろで、何かで拘束されているらしかった。重い瞼を必死で見開くと、両足首には手錠のようなものが嵌められているのが見えた。

縛られている——春菜を脅えさせるには、それだけで充分だった。だが、体に目をやった瞬間、彼女の恐怖は最高潮に達した。

春菜は裸にされていたのだ。今、彼女が身につけているのは、白いブラジャーと、お揃いの白いショーツだけだったのだ。

凄《すさ》まじいパニックに駆られて春菜は叫び声を上げた。

「うむむっ……うむむむっ……」

けれど、叫び声は出せなかった。口の中に何かが押し込まれているらしく、半開きになった口からくぐもった呻きが漏れただけだった。

口を塞がれたことが、彼女をさらに強いパニックに駆り立てた。

「うむっ……うむっ……うむうっ……」

声にならない叫びを上げながら、無我夢中で口の中のものを舌で押し出そうとした。だが、どれほど頑張っても、それを押し出すことはできなかった。

捕獲された野鳥のようなパニックに陥りながらも、春菜は必死になって首をもたげ、必死になって辺りを見まわした。

今、春菜がいるのは、彼女が最後にいたあの部屋のようだった。狭く薄暗い部屋の隅に、ワンピースをまとったあの中年の女が座っているのが見えた。

「目が覚めたみたいだね？」

椅子から立ち上がった女が、ベッドの脇に歩いて来て言った。

「うむむっ……うむうっ……」

女を見つめ、春菜は必死で呻き、夢中で悶《もだ》えた。ベッドマットが軋《きし》み、手足を拘束した鎖がガチャガチャと鳴った。

けれど、どれほど悶えても、手首や足首が痛むだけで、状況はまったく変わらなかった。

いつの間にか、目からは大量の涙が溢れ出ていた。

「諦めるんだよ」

春菜の目を見つめ、女が言った。突き放すような冷たい口調だった。「暴れたって、いいことは何もないんだから」

諦める？

諦められるわけがなかった。そんなことができるはずがなかった。

春菜はなおも執拗に呻き、執拗に悶えた。

「うむむうっ……うむうっ……うむっ……」

けれどやはり、何ひとつ自由にはならなかった。

春菜が呻き、悶えているあいだずっと、女は黙って春菜を見下ろしていた。

どれくらい時間がたっただろう？　春菜が呻き疲れ、悶え疲れ、ぐったりと脱力した頃、女がまた口を開いた。

「諦めるんだよ」

子供に言い聞かせるかのような口調だった。

「うむむむっ……うむむうっ……」

体に残ったわずかな力を振り絞って、春菜はもう一度、激しく呻き、身を悶えさせた。諦めるだなんて……そんなことは絶対にできなかった。

春菜はさらに長いあいだ、呻きながら身悶えを続けた。だが、ついに疲れ切り、再びぐったりとなって暴れるのを止《や》めた。

「諦めるんだよ」

中年の女が同じ言葉を繰り返した。「可哀想だけど、あんたにできることは、ほかに何もないんだよ」

涙に潤《うる》んだ目で、春菜は女の顔を見つめた。

悔しかったけれど、どうすることもできなかった。彼女には、口を開くことも、閉じることもできなかった。口に溜まった唾液を飲み込むことも、それを吐き出すこともできなかった。鼻からは多量の鼻水が流れていて、呼吸がひどく苦しかったが、その鼻水を拭うことさえできなかった。

「あんたがもう暴れないって約束するなら、楽にしてあげられるんだよ。手首と足首だって痛いだろ？　洟《はな》もかみたいだろうし、水も飲みたいだろ？」

そう。春菜には見えなかったけれど、背後で拘束された手首は皮が擦り剝け、そこからうっすらと血が滲んでいた。足首も同じような状態だった。

「おとなしくするって約束するなら、口の中のものを取り除いてあげるよ。あんた、喉が渇いているだろう？　水が飲みたいだろ？」

女の言う通りだった。口を閉じることができないので喉はカラカラだった。

「どうする？　ずっとそのままでいるかい？　それとも、おとなしくして、喉を潤すかい？」

春菜の目をのぞき込むようにして女が訊《き》いた。アイラインで縁取られた女の目には、春菜に対する同情の色が浮かんでいるようにも見えた。

──暴れません。おとなしくします。

その意志を伝えるために、春菜は夢中で頷いた。

「もし、暴れたり、大きな声を出したりしたら、今度はもっとひどい目に遭うことになるからね。いいね？　わかったね？」

女が念を押し、春菜は屈辱的な気分でまた頷いた。悔しくてしかたなかったけれど、今はとにかく、口の中のものを取り除いてもらいたかった。

女はしばらく、春菜の目を見つめていた。それから、春菜の後頭部に手をやってゴムバンドのようなものを解き、口に押し込まれていたものを取り出してくれた。

春菜の口から出て来たのは、ゴルフボールに似た赤い玉だった。両側に黒いゴムバンドが取り付けられたその玉は、春菜の唾液にまみれて光っていた。呼吸を確保するためなのだろう。玉の表面にはいくつもの穴が空けられていた。中は空洞のようだった。

口の中の玉が取り除かれた瞬間、春菜は激しく咳き込んだ。

女はベッドの脇に立って、春菜の咳が終わるのを辛抱強く待っていた。それから、春菜の体に手を伸ばし、横向けに倒れていた体をゆっくりと抱き起こしてくれた。

「水をちょうだい」

ベッドの背もたれに寄りかかるように座って春菜は言った。言ったつもりだった。けれど、顎《あご》がうまく動かない上に舌がひどくもつれていて、春菜自身にさえ、それを聞き取ることはできなかった。

幸いなことに、女は春菜が言ったことを理解してくれたらしかった。女は部屋の隅の小さなテーブルに向かうと、そこにあったペットボトルを摑んで戻って来た。

「一気に飲むんじゃないよ。そんなことをしたら噎《む》せるからね。一口ずつゆっくりと、嚙《か》むようにして飲むんだよ」

女はそう言うと、どぎついマニキュアをした指でペットボトルの蓋を開け、その注ぎ口を春菜の唇に含ませた。

女に言われた通り、ゆっくりと飲んだつもりだった。けれど、次の瞬間、春菜は激しく噎せ、口の中の水をほとんど噴き出してしまった。

「だから言ったじゃないか？　もっとゆっくり飲まないと……」

女が笑った。母親が娘に向けるような笑顔だった。

6

よほど喉が渇いていたのだろう。春菜は500ミリのペットボトルに入ったミネラルウォーターを1本すべて飲み干してしまった。

春菜が水を飲み終えるのを待って、女は乾いたタオルで春菜の口と顎を拭き、ティッシュペーパーで洟をかませてくれた。

「今……何時なの？」

洟をかんだあとで、春菜は女に尋ねた。その部屋の窓はカーテンで閉ざされていて、外の様子はまったくわからなかったから。

顎と舌の疲労のせいで、春菜の言葉は相変わらず舌足らずで、聞き取りにくかった。それでも女は、春菜の言葉を理解したようだった。

「午後4時をまわったところだよ」

自分の腕時計に目をやった女が答えた。

午後4時……ということは、春菜がここにやって来てから、2時間しか経《た》っていないということだった。

たった2時間で、これほどまでに大きく人生が変わってしまうだなんて……。

春菜には今でも、これが現実だとは思えなかった。悪い夢の中をさまよっているかのような気がした。

喉の渇きが癒《い》えると、今度は強い尿意を覚えた。それで、春菜は女に「トイレに行かせて」と訴えた。

女は静かに頷いた。そして、春菜の体を抱きかかえるようにして慎重にベッドから下ろし、体を支えたまま床に立たせてくれた。

ひどい目眩がしてふらついた。だが、何とか立つことができた。いつの間にかサンダルも脱がされていて裸足だった。

「あの手前のドアがトイレだよ」

女が部屋の隅に並んだふたつのドアを指さした。「ついでに教えておくけど、その向こうのドアは浴室だからね」

「手錠と足首のこれを外してくれない？……逃げたり、暴れたりしないから……」

春菜は女にそう頼んでみた。

けれど、女は「それはまだダメだよ」と言って、首を左右に振った。

女と押し問答している余裕はなかった。膀胱《ぼうこう》は尿で膨れ上がっていて、痛みを覚えるほどだった。

しかたなく春菜は、両手両足に手錠を嵌められたまま、ちょこちょこと小刻みに足を動かしてトイレに向かった。薄汚れたカーペットが、裸足の足裏をチクチクと刺激した。

「あの……」

ドアの前で立ち止まり、春菜は女を振り向いた。

「何だい？」

「このままじゃあ、おしっこができないわ」

「ああ、そうだったね」

中年の女はそう言って少し笑った。そして、次の瞬間、両手を伸ばして春菜のショーツを足首まで無造作に引き下ろした。

「いやっ」

反射的に春菜は女に尻を向けた。背後で女が、小さく笑ったのが聞こえた。

畜生……。

屈辱感に打ちのめされて、春菜は心の中で呟《つぶや》いた。

女がトイレのドアを開けてくれた。春菜は足首にショーツを引っかけたまま、また小刻みに足を動かしてトイレに入った。背後で女がドアを閉め、「終わったら声をかけておくれ」と言った。

トイレは狭く、窓がなかった。ドアには鍵もなかった。けれど、薄汚れた部屋とは対照的に、トイレはとても清潔だった。

便座に座った瞬間、ほとばしるように尿が出た。春菜は自分が、空気の抜けつつある風船になったみたいな気がした。

経験したことがないほど長い放尿を続けながら、春菜は骨張った足首に嵌められた銀色の手錠と、その部分の皮膚にできた擦り剝き傷を見た。鮮やかなペディキュアに彩られた指に、それはあまりに不釣り合いだった。

まるで奴隷じゃない?

また涙が出て来た。だが、両手を背後に拘束されているので、拭うことはできなかった。溢れ出た涙は頰を流れ、顎の先に溜まって、剝き出しの太腿に滴り落ちた。

放尿が終わっても、立ち上がることはできなかった。両手首と足首を拘束されたままの不自然な姿勢で便座に座り、春菜はいつまでも涙を流し続けた。

7

「ねえ……本当のことを聞かせて……」

両手首と足首を拘束され、下着姿でベッドの縁に浅く腰を下ろし、春菜は中年の女に訊いた。「あの男の人が言っていたのは本当のことなの?」

そうだ。信じることなど、できるはずがないのだ。幼い頃から、両親は春菜をとても可愛がっていたのだ。弟の大樹や妹の百合也より、長女である春菜を可愛がっていたはずなのだ。

それなのに……いくら会社の経営が苦しいからといって、お金のために春菜を売るだなんて……そんなことがあっていいものなのだろうか？

「パパとママは本当にわたしを売って……あなたたちからお金をもらったの？」

中年の女はアイラインに縁取られた目で春菜を見つめた。

「ああ。そうだよ。あんたの両親は、本当にあたしたちにあんたを売ったんだよ」

小声で女が答え、春菜は力なく首を左右に振りながら唇を嚙み締めた。そして、その時、恋人からプレゼントされたピアスが耳たぶからなくなっていることに気づいた。

「大野さんがね……さっき、この部屋に一緒にいた太った男の人だけど……彼が、子供を売りたがってる親がいるっていう情報を仕入れて来てね……それで、高野さんとあたしで、あんたの親に会いに行ったんだよ」

「あなた、わたしの両親に……会ったの？」

春菜は驚いて女の顔を見た。

「ああ。1週間くらい前……確か、先週の月曜日だったか……高野さんとふたりであんたの父親の会社の事務所に行ってね……あんたの両親に会って来たんだよ」

先週の月曜日？

春菜はその晩の両親の様子を思い出そうとした。けれど、それはできなかった。最近のふたりは毎日のように帰宅時間が遅くて、子供たちと顔を会わせることはあまりなかったから。しばらくの沈黙があった。そのあいだ、春菜は窓にかけられたカーテンをぼんやりと見つめていた。

部屋の中は静かだったけれど、どこからか外の音が洩れ入って来た。車やオートバイのエンジン音……蟬の声……子供のものらしい甲高い叫び声……相変わらず、選挙カーが候補者の名前を喧しく連呼しながら走りまわっている声がした。

「それで……わたしの両親は、あなたたちに何て言ったの？」

春菜が尋ね、女は自分の手を見つめて沈黙した。何と言ったらいいのかを、考えているようだった。

女は伸ばした爪に派手な色のマニキュアを塗り重ねていた。ほっそりとして長い指には、いくつもの指輪が光っていた。

やがて、女がルージュに彩られた口を開いた。

「あんたの両親はあたしたちに、3人の子供たちのうちのひとりを売りたいって言ったんだ。いや、正確には……自分たちふたりを含めた5人の中の、誰かひとりを売りたいって言ったんだ」

「それは……本当なの？」

春菜は女の目をじっと見つめた。

「あんたの両親は、家族5人のうちの誰かって言ったよ。でも、あたしたちは男は扱っていない。だから、あんたの父親や弟は問題外だ。あんたの母親はなかなかの美人だけど、40代半ばじゃ、高く売れるはずがない。それで……あんたと、あんたの妹のどっちが高く売れるか、みんなで話し合ったんだ。結論として、あたしたちは、あんたを買うことにしたんだよ。あんたの妹もなかなかのものだけど、あんたのほうが美人だからね」

「そうだったの……」

女の言葉を聞いて、春菜は胸の中にわだかまっていた氷の塊のようなものが、少しだけ溶解したような気がした。

そう。両親は春菜を選んで売り飛ばしたわけではなかったのだ。自分たちを含めた5人のうちの誰かを、ほかの家族のために犠牲にしようとしていただけなのだ。

「あんたを売ったお金で、あんたの父親の会社は立ち直るだろうよ。会社が立ち直れば、あんたの弟や妹は学校を続けられる。あんたには可哀想だけれど……あんたは家族のためになっているんだよ」

女が言ったことは、たいした慰めにはならなかった。けれど、何も聞かされないよりはマシだった。少なくとも春菜は、自分を悲劇のヒロインのように感じることができた。

また、しばらくの沈黙があった。やがて、女がどこからか煙草とライターを取り出し、春菜に「吸うかい?」と訊いた。

春菜は無言で首を左右に振った。

女が煙草をくわえて、ライターで火を点《つ》けた。白い煙が、低い天井に向かってゆっくりと上がって行った。

「これから……わたしはどうなるの?」

1分ほどの沈黙のあとで、春菜が口を開いた。「本当に……市場で売られるの?」

「ああ、そうだよ。1週間後に市が立つから……あんたは、そこで競りにかけられることになるはずだよ」

女の言葉は、春菜をぞっとさせた。寒いわけではないのに、体が細かく震えた。

8

「わたしがいなくなったら……きっと大騒ぎになるわ」

2本目の煙草をふかしている女に春菜は言った。「わたしには友達もたくさんいるし、恋人だっている……大学にも通ってるし、アルバイトもしてる……わたしがいなくなったら、みんなが大騒ぎして探すに違いないわ……警察だって、動き出すに決まってる」

「いや……たぶん、そうはならないね」

骨張った脚をゆっくりと組み替えながら女が笑った。「明日の午後、あんたの両親が警察に家出人捜索願を出すことになってるんだ。娘が家出したってね」

「わたしが……家出？」

「ああ。そうだよ。だけど、警察はあんたを捜したりはしない。あんたのことは何万人もいる家出人のひとりとして記録されるだけだろうね」

「そんな……」

「さっきも言っただろ？　あんたにできるのは、諦めることだけだって……」

2本目の煙草を吸い終わると、中年の女は立ち上がった。そして、部屋の隅まで行って、窓にかかったカーテンを静かに開いた。

いや、窓ではなかった。そこには大きな鏡が嵌まっていたのだ。

畳2枚分ほどもありそうな鏡には、下着姿でベッドに腰かけた若い女が映っていた。

「よく見るんだよ。あれがあんたなんだ。わかるだろ？　あんたはもう、奴隷なんだ。家畜なんだ。諦めるしかないんだよ」

哀れむように、だが、きっぱりとした口調で女が宣言した。

川上春菜は鏡の中の女を呆然《ぼうぜん》と見つめた。

泣いたためか、鏡に映った女の瞼は腫《は》れ上がり、人相が変わっていた。マスカラとアイラインは崩れ落ち、ファンデーションはムラになり、ルージュは口の周りに滲んでいた。自慢だった長い栗色の巻き髪は、もつれ合ってくちゃくちゃだった。

あれが……わたし？

無力感が肉体の隅々にゆっくりと広がっていった。

そこに映った女は自由を奪われ、絶望と悲しみに打ちひしがれていた。その姿は、あまりにも惨めで、あまりにも哀れで、あまりにも屈辱的だった。

「それじゃあ、しばらくのあいだ、ここでおとなしくしているんだよ。もう少ししたら、食事を運ばせるから」

鏡の脇に立った女が事務的な口調で言った。「逃げようとしても無駄だからね。これまでにも何人もの女たちがここに連れて来られたけど、逃げられた人はひとりもいないんだ。ほらっ、あそこには監視カメラも付いているし……」

女が指さした先、低い天井の隅のほうには、確かにカメラのようなものが取り付けられていた。

「じゃあ、あたしは行くよ」

そう言うと、女は春菜の前を横切り、部屋の出口に向かって行った。

春菜には何もできなかった。ただ、ほっそりとした女の背中や、尖った肩を見送っただけだった。

女が出て行ったあとで、春菜はぐったりとベッドに身を横たえた。腰のところで手錠をかけられているために、仰向《あおむ》けになることはできなかった。

拓人はどうしてるんだろう？……パパとママはどうしてるんだろう？……わたしはこれから、どうなってしまうんだろう？

また涙が溢れた。熱い涙は目の脇を伝い、ベッドに敷かれた白いシーツに吸い込まれていった。

第2章

1

がたがたと横揺れする、古くて狭いエレベーターを使って6階に上がる。すぐに自分の部屋には向かわず、いつものように廊下の突き当たりにある狭く薄汚れた階段を上る。ペンキが剝げてあちこちが錆び付いた重い鉄の扉を、蝶番《ちょうつがい》を軋ませながら押し開く。

扉の向こう側――そこは、このビルの屋上だ。

コンクリートが剝き出しの屋上には無数のひび割れがあって、そこから何本もの雑草が伸びている。雑草のいくつかは人の膝ほどの高さに育って、小さな花を咲かせている。

ずっと昔から、その狭い屋上の片隅には古い木製の椅子が置かれている。太陽にさらされ、雨に打たれ、風に磨かれ、すっかり白っぽくなった椅子――そこに腰を下ろし、僕は今夜も空を見上げる。

港のほうから生温かく湿った風が吹いている。辺りには噎せるほど濃密な潮の香りが立ち込めている。

港内を行く、タグボートのものらしいエンジン音がする。もう深夜だというのに、いまだに走りまわる車の音や、街を歩く人々の声が聞こえる。

僕は夜空を見上げ続ける。

いくつかの小さな雲がゆっくりと移動していく。今夜は湿度が高いのだろう。星はあまり見えない。

いや、星が見えないのは、湿度のせいばかりではない。横浜の夜は明るすぎるのだ。港を囲むようにして林立する高層ビル群、港をまたぐようにかけられた巨大な吊り橋、そこを通行するおびただしい数の車、行き交う船舶、遊園地、ショッピングモール、ハイウェイ……夜空に放たれる大量の人工光が、この空から星の輝きを奪っているのだ。

昔はこうではなかった。僕が幼かった頃は、この屋上からもたくさんの星が見えた。特に真冬の深夜には、圧倒されてしまうほど多くの星が夜空に瞬いていた。

僕は夜空を見上げ続ける。もう慣れたもので、いつまでこうしていても首が痛くなることはない。

僕は星を見るのが好きだった。幼い頃から、晴れた晩にはほとんど必ず、今と同じようにこの屋上に上がり、今と同じようにこの椅子に腰を下ろして星を見上げていた。暖かな季節には、コンクリートの床に仰向けに寝転んで夜空を眺めることもあった。

「どうして優太《ゆうた》はそんなに星を見るのが好きなの？」

ある時、母が僕に訊いた。

けれど、僕は母の質問に曖昧《あいまい》にしか答えられなかった。

「ただ、何となく……」

「何となく？」

「うん。何となく……面白いから……」

「それじゃあ、大きくなったら天文学者になるといいわね」

「天文学者って、何をするの？」

「さあ？　お母さんもよくは知らないけれど……きっと新しい星を見つけて、その星に名前をつけたりするのよ」

「最初に見つけた人が名前をつけていいの？」

「たぶん……そうだと思うけど……」

自信がなさそうに母が笑い、僕は「誰にも見つけられていない星が、まだ残っているのだろうか？」と思ったりした。

もしかしたら、僕の母は本当に息子が天文学者を目指すと思っていたのかもしれない。その年の誕生日には望遠鏡をプレゼントしてくれた。ピカピカに輝いていて、筒がとても太くて、ひとりでは持ち運ぶのが大変なほど重たい天体望遠鏡だった。

さっそく僕は屋上に望遠鏡の三脚を立てて月や星を眺めた。けれど、僕は望遠鏡にはあまり夢中になれなかった。

望遠鏡を通して見る星や月は、確かに素晴らしかった。月のクレーターや土星の輪が見えた時には、確かに感激もした。それでも……望遠鏡では空の大きさが感じられなくて、潜水艦に閉じ込められたみたいな気分になって、何となく息苦しくて、どうしても好きになれなかったのだ。

たぶん……僕は星を見ること自体が好きなわけではなかったのだ。幼かった僕は……頭上に広がる星空を見上げることで、宇宙全体の様子を思い描いていたのだ。

この宇宙は、どのくらいの広さがあるんだろう？　いったい、どこまで続いているんだろう？　宇宙船に乗り込んで、どこまでも飛んで行ったら、最後はどこに行き着くんだろう？　宇宙の外れは、どんなふうになっているんだろう？　行き止まりがあるんだろうか？　行き止まりがあるのだとしたら、その外側はどんなふうになっているんだろう？

幼い頃から、僕はしばしば、それを考えた。

僕が見たかったのは星ではなく、宇宙だった。だから、望遠鏡で星を拡大して見ることは、僕の琴線《きんせん》に触れなかった。

「もう飽きちゃったの？　その天体望遠鏡、ものすごく高かったのよ」

僕の部屋の片隅で埃を被《かぶ》っている望遠鏡を見るたびに、母は残念そうにそう言ったものだった。

あの頃、僕は、ほとんどの週末ごとに東横線に乗って、渋谷のデパートの屋上にあったプラネタリウムに出かけて行った。夏休みや春休みには、毎日のように通った。あまり何度も通ったので、解説員のセリフを覚えてしまったほどだった。

「君、プラネタリウムがすごく好きなんだね」

ある日、開演前に、解説員の男の人が僕にそう話しかけて来た。眼鏡をかけた、優しそうな人だった。

「はい……星を見るのが好きなんです……」

人と話すのが得意ではなかった僕は、真っ赤になって頷いた。

「僕もそうだったんだ。僕も君みたいに星を見るのが好きでね、小学生の頃は毎日のようにここに通って来てたんだよ」

「おじさんも……このプラネタリウムに来てたんですか？」

「そうだよ。あんまり毎日来たから、解説員の喋ることをみんな覚えちゃって、その言葉を先取りして喋っちゃったくらいだよ」

男の人が言い、僕はおかしくて笑った。僕自身も、解説員の言葉を先取りして喋りたいという微かな思いを、いつも心に抱いていたから。もちろん、僕はそんなことができる子供ではなかったけれど。

「そんなに星が好きなら、大きくなったら、君も僕みたいな仕事をするといいかもしれないね」

「僕にでも……なれるでしょうか?」

おどおどしながら、僕は訊いた。

「なれるさ。なりたいと強く願えば、人は何にだってなれるんだから」

男の人は僕は見つめて言った。そして、優しく微笑んだ。

いつか僕もプラネタリウムの解説員になろう。

幼い僕は、その日、心の中でそう決めた。

なりたいと強く願えば、人は何にだってなれる——。

もしかしたら、僕の願い方が弱かったのかもしれない。僕には、プラネタリウムの解説員になるという望みをかなえることはできなかったのだから……。


いつものように30分ほど夜空を見上げていたあとで、僕はようやくそれをやめる。椅子から立ち上がり、屋上のドアに向かう。

背後で、何かが動く気配を感じて振り返る。

コンクリートのひび割れに伸びた雑草が、さようならをするかのように揺れていた。

2

玄関のドアを開くと、粉雪がものすごい勢いで駆け寄って来て、僕の足にじゃれ付いた。あげくの果てに腹を見せて床に仰向《あおむ》けに寝転がり、両手両足で僕の足を下からしっかりと抱き締めた。いつものことだ。

唯一の同居人である僕が、1日留守にしていたから、きっと寂しかったのだろう。

いつものように、僕は急いで靴を脱ぐ。そして、靴下を履いた足裏で、粉雪の胸部や腹部を軽く踏み付けてやる。

粉雪は白い雌の雑種猫だ。誕生日は不明だが、1歳半は過ぎているはずだ。

粉雪は両方の目がまったく見えない。いくつもの動物病院で検査してもらったが、たぶん生まれつきのもので、これからも見えるようにはならないという。

僕はそれを不憫《ふびん》に思っている。だが、粉雪自身は盲目であることにそれほど不自由を感じてはいないようだ。

この部屋にはほとんど家具や物が置いていないということもあるが、歩きながら粉雪がどこかにぶつかることはないし、食事や排泄に苦労をしているふうでもない。足音で僕のことがわかるらしく、僕が帰宅するといつも、こうしてどこからともなくダッシュして来て、足にじゃれ付いてくる。だが、ほかの誰かが一緒の時には、どこかに隠れてしまって、その人がいなくなるまでは絶対に姿を現さない。

粉雪はよく、窓辺にうずくまって外を見ている。いや、見ているはずがない。けれど、その姿は外を眺めているようにしか見えない。

いつだったか、部屋の中を飛んでいた大きなハエを、両手を合わせるようにして捕まえたことがあった。あの時は本当に驚いた。

きっと、目が見えない分、ほかの感覚が秀《すぐ》れているのだろう。粉雪の目は明暗さえ感じていないらしいが、朝になれば、眠っている僕の顔をなめて起こそうとするし、夜になれば、僕のベッドに飛び乗って眠っている。

いつもそうしているように、仰向けに転がっている粉雪の胸部や腹部をしばらく足の裏で愛撫してやったあとで、僕はゆっくりと室内に入り、粉雪も立ち上がって僕に続いて室内に入った。

僕の部屋はビルの最上階の6階にある。

かつてこのビルは5階までをワンルームマンションとして賃貸し、僕はこのビルの最上階である6階に両親と3人で暮らしていた。幼くして父を亡くしてからは、20年以上、母とふたりで生活していた。

その頃、このビルの2階から5階には、それぞれ6部屋ずつがあった。どの部屋も25平方メートルほどの広さのワンルームだったが、最上階にある僕たちの住居だけは4LDKの間取りで、広さも180平方メートルほどあった。母が死んだあとで僕は家の中のすべての壁を取り壊し、ガランとした一部屋だけの殺風景なものに作り直した。

僕が暮らしているこの180平方メートルの空間は、倉庫のようにガランとしている。家具と呼べるようなものは、ほとんどない。

シンクはあるけれど、グラスを洗う以外にはめったに使わない。ガス台では稀《まれ》に湯を沸かすこともある。だが、そのほかの用途に使用したことはない。

この部屋にはテレビはない。ラジオもない。CDプレーヤーもないし、モバイル式の音楽プレーヤーもない。

この部屋には食卓がない。椅子がない。本棚がない。パソコンもファックスもない。観葉植物の鉢も、熱帯魚の泳ぐ水槽もない。キッチンの脇には食器棚があるけれど、そこにはグラスとウィスキーのボトルしか入っていない。

剝き出しのコンクリートに囲まれたガランとした空間に、ソファとローテーブル、ベッドと冷蔵庫と洗濯乾燥機、花瓶とゴミ箱、砕いたシリカゲルを満たした粉雪用のトイレ、それにかつて母からプレゼントされた天体望遠鏡が置いてあるだけだ。

毎夜そうしているように、僕は今夜も食器棚からウィスキーのボトルとグラスを取り出す。冷凍庫にあった氷の塊をアイスピックで砕いてグラスに入れ、そこにウィスキーを注ぎ込む。そして、毎夜そうしているように、そのグラスを手に窓辺のソファにもたれ、グラスの中の琥珀《こはく》色をした液体を飲む。

職業に貴賤はありません。すべての仕事は尊いのです。

昔、小学校の担任だった女性教師が言っていた。

誰にでも平等で、誰にでも優しいその人が僕は好きだった。だから、あの時、僕は彼女の言葉を信じた。

職業に貴賤はない。すべての仕事は尊い。

けれど、それは間違いだった。職業には卑しいものがあるのだ。

尊い職業というものがあるのかどうか、それは今もわからない。だが、少なくとも、卑しい職業というものは存在し、その仕事に従事している卑しい人間も存在する。

卑しい職業に携わる、卑しい人間――僕がそれだ。

窓ガラスに映った僕の顔を見ればわかる。卑しい人間は、卑しい顔をしている。

国内での商品の仕入れを担当している大野さんが、妻を売りたがっている男と契約を結んで来た。それで、僕はいつものように中野さんとふたりで、その男に会いに都内まで出かけた。

3

僕たちの仕事では、商品の仕入れはとても重要だ。それによって、仕事の成否のほとんどが決まると言っても過言ではない。僕たちの仕事がうまくいっているのは、国内での仕入れを担当している大野さんと、海外での仕入れに携わっている小野さんの功績によるところが多い。

大野さんは僕と同じ33歳。かつては警察で働いていたと聞いている。身長180センチ、体重135キロという巨漢だが、物腰が柔らかく、いつもにこやかで、ちょっとやそっとのことでは動じない冷静な人だ。大野さんは中野さんがスカウトし、僕が母からこの仕事を引き継ぐ少し前から、この仕事に携わっている。

小野さんも33歳。大野さんとは対照的に、小野さんはとても小柄だ。自分では160センチと言っているけれど、本当はもう少し低いだろう。小野さんは都内の国立大学を卒業後、総合商社に勤務していた。東南アジアでの生活が長かったようで、英語だけではなく、マレー語とインドネシア語も堪能だ。ひょうきんで明るくて、冗談が大好きだが、仕事は迅速で的確だ。小野さんは僕の母がスカウトし、大野さんの1年ほど前からここで働いている。

大きな大野さん、中くらいの中野さん、小さな小野さん、そして背の高い僕が高野……もちろん4人とも本名ではない。けれど、僕たちはずっとそう呼び合っていて、今では本名で呼ばれると戸惑うほどだ。ちなみに、いつも顔色の悪かった僕の母は、『青野』と呼ばれていた。

「こんなに渋滞してるんじゃ、下の道で行ったほうがよかったかもしれませんね」

車のハンドルを握った中野さんが、灰皿に煙草の灰を落としながら、うんざりとした口調で言った。

そう。いつものように、首都高速はひどく渋滞していて、車は歩くような早さでしか進まない。僕のすぐ左の車線では、ライトバンの運転席に座った若い男が、中野さんと同じようにうんざりとした顔をして煙草をふかしている。

「それでもやっぱり、高速のほうが一般道より少しは早いんじゃないですか?」

サングラスをかけた中野さんの横顔に僕は言う。

「そうなのかしら? でも、高速料金を払ってるのに、こんなに動かないなんて、詐欺にあったみたいで許せないわ」

中野さんが言い、僕は「そうですね」と言って笑った。

中野さんは53歳。僕たちの会社には僕も含めて4人しかいないが、男3人は同い年なので彼女が最年長ということになる。僕の母とふたりでこの仕事を始めたのが彼女だ。

中野さんはかつて、自動車会社で重役秘書をしていたという。事務処理能力が高く、交渉能力もあり、語学が堪能《たんのう》で、字が綺麗で、運転がうまい。その上、お洒落で美しくて、脚が綺麗でスタイルもいいのだが、1日に煙草を2箱以上吸うのが玉に瑕《きず》だ。

煙草を毛嫌いしている大野さんと小野さんは、中野さんに、自分たちが一緒の時には車の中では煙草は吸わないようにお願いしているらしい。

だが、もちろん、僕はそんなことは言わない。

僕も煙草の煙は好きではない。特に閉め切った車の中で、こんなふうに立て続けに煙草をふかされると頭がクラクラする。けれど、僕は中野さんにはお世話になっているのだから、このぐらいのことは我慢しなくてはならない。彼女が一緒にいてくれなければ、僕は何もできない、ただのでくの坊だ。

会社の実務のほとんどを取り仕切っている中野さんを、僕はとても頼りにしている。だが、彼女についてはよく知らない。本名と簡単な略歴は聞いているが、どこで生まれ、どこで育ち、どんな人生を送って来たのかも知らない。

でも実は、よく知らないのは中野さんのことだけではない。警察にいた大野さんのことも僕はよく知らないし、大手総合商社に勤務していた小野さんのことも詳しくは知らない。僕たちはそんな関係なのだ。

時には4人で食事をすることもあるが、深夜まで飲み歩くことはない。4人でゴルフをしたこともないし（僕以外の3人はゴルフをするらしい）、会社では仕事以外の話はめったにしない。それでも、僕たちは信頼しあっているし、今のところ、僕たちの仕事はうまくいっている。

「どうです？　その女の人、なかなか綺麗で若々しいでしょう？　スタイルもいいし、とても人妻には見えませんよ」

助手席で書類や写真を眺めている僕に、ハンドルを握った中野さんが言う。手にした煙草を灰皿に押し込み、すぐに次の煙草に火を点ける。

「そうですね。綺麗な人ですね」

A4サイズの写真を見つめて、僕は中野さんに同意する。

「最近は人妻に高い値が付くでしょう？　その人も高く売れるかもしれませんよ」

中野さんが言い、手にした女の写真を見つめて僕は頷く。

確かに、最近の競り市には人妻だという女が何人も出品されている。どういうわけか最近は、既婚者を買いたがる人が増えているようなのだ。

僕が手にした写真の女は、ミニ丈の白いノースリーブのワンピースをまとい、踵の高い白のサンダルを履いている。栗色に染めた長いストレートヘアを風になびかせ、遊園地のメリーゴーラウンドの前に佇《たたず》んでカメラを見つめている。ちょっと気が強そうだが、なかなか綺麗だし、若々しくてスタイルも悪くない。29歳という年齢は若くはないが、これだったら、競り市ではそれなりの値が付くような気もする。

大野さんからもらった資料によると、今まさに夫に売られようとしている女の名は薄井《うすい》樹《じゅ》里《り》。結婚して、もうすぐ2年になるようだった。

女の身長は166センチ、体重は48キロ。都内の私立大学を卒業したあと、イベントコンパニオンやナレーターコンパニオンのような仕事をしていたらしい。離婚歴はなく、妊娠の経験もない。資料には女のバストは83センチ、ウエストは58センチ、ヒップは84センチだと書かれている。

大野さんからの資料には、そのほかにもその29歳の主婦に関する細々としたことが記載されている。それによれば、女は左右の耳たぶに3つずつピアスの穴を空けている。臍《へそ》にもピアスをしている。既往症はないが、春には毎年、花粉症に苦しんでいる。腋《わき》の下と性毛の一部は永久脱毛している。下腹部に盲腸の跡があるが、手術したのは高校生の時なので、今ではほとんど目立たない。2カ月ほど前に夫婦でマレーシアに旅行をしていて、体には今もその時のビキニの跡が残っている。趣味はスノーボードとショッピング。スポーツクラブに週に3日から4日通い、主に水泳とエアロビクスをしている。さらに月に1～2度、エステティックサロンとネイルサロンに通っていると書かれている。

夫との性交渉は10日~15日に1度程度で、好きな体位は正常位。オーラルセックスがうまいということだが、これは単に夫がそう主張しているだけだろう。

「その女の人、哀れですね。結婚してまだ2年もたっていないんでしょう?」

相変わらず煙草をふかしながら中野さんが言う。

中野さんはいつもクールだが、やはり女性のせいか、売られていく女たちに対しては好意(同情?)的だ。

そういえば1年ほど前、僕たちの会社から競りに出す予定の18歳の外国人少女がいた。だが、市の直前になって中野さんが、「この子は売りたくない」と言い出した。誰も理由は尋ねなかったが、僕たちはその少女を売りに出すのをやめた。ひとりでも強く反対する人がいれば、それをしないというのが、僕たちの暗黙のルールだった。

マリアというその少女は今、中野さんのアシスタントとして、商品の女たちの世話や簡単なお使いなどをしてもらっている。

「そうですね。確かに可哀想な女の人ですね。結婚してまだ2年ですもんね」

僕は中野さんに同意する。

けれど、本当にそう思っているわけではない。僕には生まれつき、人に共感したり、同情したりという人間らしい感情が欠如しているのだ。

大野さんからの資料には、薄井樹里の夫についても書かれている。妻を僕たちに売ろうとしている男の名は薄井貴之《たかゆき》。32歳。都内の有名私立大を卒業し、現在は大手広告代理店に勤務している。

結婚してまだ2年にもならない妻を、男が売ろうとしている理由はわからない。僕たちに理由を知る必要はない。だが、大野さんの調査によれば、男には若い愛人がいるらしい。妻も薄々、そのことに気づいてはいるようで、夫婦仲はあまり良くないという。

男の年収は同い年のサラリーマンよりやや多いが、自宅マンション購入のために金融機関から多額の借り入れをしている上に、消費者金融などからの借金を重ねていて、金にはかなり困っているらしい。妻の浪費癖も夫にとっては頭痛の種のようだ。

この商談が成立すれば、邪魔な妻がいなくなる上に金も手に入るから、男にとっては一石二鳥ということになる。もしかしたらこれから、若い愛人と人生をやり直すつもりでいるのかもしれない。

どちらにしても、僕には関係がないことだ。

ビルとビルとのあいだを右へ左へと蛇行するハイウェイの上を、車は相変わらず歩くような早さで進み続けている。今、僕のすぐ脇には、どこかのビルの4階だか5階だかが見えている。明るくて広々としたオフィスで、スーツ姿の男たちや制服姿の女たちが動きまわっている。

「これじゃあ、約束の時間に間に合いそうにないですね」

ルージュの付いた煙草を灰皿に押し込み、またしても新たな煙草に火をつけながら中野さんが言う。

ダッシュボードの時計は、間もなく午後2時を指そうとしている。確かにこれでは約束の時間には間に合わないかもしれない。

「高野さん、お手数ですが、先方に電話してもらえませんか？」

中野さんが僕に指示をする。いつものことだ。僕は彼女の指示なしでは、ほとんど何もできないのだ。

「わかりました。電話します」

僕はそう言って、スーツのポケットから携帯電話を取り出した。

4

男の住まいは、江戸川のほとりに聳《そび》える25階建てマンションの20階にあった。

玄関で中野さんと僕を出迎えた男は、ハンサムな顔に爽やかな笑みを浮かべながら、僕たちを広々としたリビングルームに案内した。

僕たちが通されたのは、江戸川の流れや緑に覆われた河川敷や、無数のビルが林立した都内の風景や東京湾を一望できる、眺望の素晴らしい部屋だった。

「コーヒーと紅茶と日本茶と、どれがいいですか?」

ソファに並んで腰を下ろした中野さんと僕に男が訊いた。「オレンジジュースとかコーラとかトマトジュースなんかもありますけど……」

「あっ、おかまいなく」

僕が言うと、男は「いいんですよ。わたしも何か飲みたいから」と言って笑った。その笑顔は本当に爽やかで、優しそうだった。

「中野さん、せっかくだから、何かいただきますか?」

僕が尋ね、中野さんが「それじゃあ、紅茶をいただけますか?」と男に言った。

「そちらの男性……ええっと、高野さんでしたっけ?」

男が僕に爽やかな笑顔を向ける。「あなたは何を召し上がります?」

「あっ、あの……それじゃあ、わたしも紅茶をお願いします」

そう言って、僕も微笑む。

「それじゃあ、すぐにお持ちしますから、それまでここでビデオでもご覧になっていてください。それはタヒチに新婚旅行に行った時のビデオです」

爽やかに微笑み続けながらリモコンでビデオの操作をすると、男はリビングルームを出て行った。これから遊びに行くみたいな軽い足取りだった。

男がいなくなるとすぐに、リビングルームに置かれた液晶テレビは、陽光に満ちた南国の風景をその大画面いっぱいに映し出した。

「あの人、随分と明るいんですね」

ソファに並んで腰かけた中野さんが顔をしかめ、僕の耳元で声をひそめて言った。「これから奥さんを売ろうっていうのに、何だか、浮き浮きとしちゃって……どういう神経の持ち主なんでしょうね？」

確かに、男の明るさは少し不自然な感じがした。中野さんと僕は、これまでにも何度となくこういう商談に出向いているが、家族を売ろうとする人たちはたいてい沈鬱な表情をしているものだった。商談の最中に泣き出してしまう人もいたし、「やっぱり、この話はなかったことにしてください」と言って契約を撤回する人もいた。

つい数日前にも、中野さんとふたりで大学生の娘を売ろうとしている両親に会ったが、あの時は話をしているあいだずっと、父親も母親も泣き通しだった。

けれど、薄井貴之という男がどういう神経の持ち主であろうと、そんなことは僕には関心がない。僕の今の関心事は、男の妻のことだけだ。

液晶テレビの画面に目をやる。そこでは、大胆なデザインの黒いビキニの水着をまとった女が人気《ひとけ》のないビーチを歩いている。あの写真の女、薄井樹里だ。

真上から照りつける強い日差しが、ほかに足跡のない白砂のビーチに、女の影を強く刻み付けている。ビキニ姿の女の向こうには、ターキッシュブルーとエメラルドグリーンに染め分けられた珊瑚礁の海が果てしなく広がっている。海面にはほとんど波がなく、まるで鏡のように、熱帯の空と雲とを映している。

画面の女はすらりとした長い脚をゆっくりと前後させ、背筋を伸ばして姿勢よく歩いている。骨張った手首と足首で、ブレスレットとアンクレットが交互に光る。

女は時折、こちらを見つめ、白い歯を見せて嬉しそうに微笑む。海を渡って来た熱帯の風が、長く伸ばした女の髪をなびかせる。

左右に腰を振りながら、しゃなりしゃなりと歩いていた女は、やがて砂浜に作られたガゼボの下にたどり着く。椅子に腰かけ、長い脚を無造作に組む。爪に塗られたペディキュアが鮮やかに光る。

椰子の葉で屋根を葺《ふ》いたガゼボの下のテーブルには、赤い色の液体の入った細長いグラスと、オレンジ色の液体が満たされたグラスが並んでいる。赤い液体のグラスの縁にはランの花と、三日月形に切ったオレンジが添えられている。もうひとつのグラスの縁にはパイナップルが添えられ、そこに小さな紙製の傘が飾り付けられている。グラスの表面はどちらも汗をかいていて、とても冷たそうだ。

女はほっそりとした指で、赤い液体が入ったグラスを手に取った。その手の爪にも、鮮やかなマニキュアが光っていた。女は白い歯を見せてカメラに微笑んでから、ルージュに彩られた唇をストローの端に付けた。ストローの中を赤い液体が上がっていった。

「おいしいっ！　すごくおいしいっ！」

感激したように女が言い、直後に画面が上下に揺れる。たぶん、撮影者が女の言葉に頷いているのだろう。

このビデオの撮影者は、今、キッチンで僕たちに紅茶をいれている男なのだろう。たぶんあの男も、これを撮影していた時には、2年後に自分が妻を売り飛ばすことになるとは思ってもいなかったはずだ。

中野さんと僕は、その画像を無言で見つめている。中野さんが今、どう思っているのかは知らない。女に同情しているのかもしれないし、そうではないのかもしれない。

だが、少なくとも僕は売られる女に同情はしていない。僕がこうしてビデオの映像を見つめているのは、女を値踏みしているからなのだ。

そう。若いサラブレッドを買おうとしている馬主や調教師のように……あるいは市場でマグロの値打ちを判断しようとしている魚問屋のように……もしくはペットコンテストの審査員のように……僕は女に冷徹な視線を向けている。

この女はいくらで売れるだろう？　売る時にはどこをセールスポイントにすればいいのだろう？

僕は奴隷商人なのだから、ほかに考えることなどない。

5

やがて男が、トレイを抱えてリビングルームに戻って来た。モニターの画面では相変わらず男の妻が、タレントのプロモーションビデオのように、セクシーな水着姿でさまざまなポーズを取り、微笑んだり、澄ましたり、唇を尖らせて怒った顔をしたりしていた。

「夫のわたしが言うのも何ですが、いい女でしょう？」

僕たちの向かいに腰を下ろすと、薄井貴之が笑顔で口を開いた。「美人だし、スタイルもいいし、セクシーだし……これは2年前の映像ですけど、今も体のラインはまったく変わってませんよ。これで金遣いが荒くなくて、性格さえ良ければ、わたしだって手放したくないんですけどね」

「確かにお綺麗な奥さんですね」

僕は男の言葉に同意する。

「うちの女房ね、ベッドでのテクニックのほうも抜群なんですよ」

「そうなんですか？」

「結婚してから、わたしが徹底的に仕込みましたからね」

男が好色な目をして笑う。「特に口を使わせたら、右に出る者はいないんじゃないかな？

よかったら、お試しになってみるといいですよ」

頷きながら、僕は曖昧に微笑む。顔が強《こわ》ばるのがわかる。僕は性的な話をするのが好きではないのだ。

確かに同業者たちの中には、商品である女を競りに出す前に、自分たちで『試してみる』という者もいるらしい。ある知り合いの業者は僕に「実際に抱いてみないと、自信を持って売れないじゃないか？」と、もっともらしく言ったこともある。

けれど、僕はそんなことはしない。したいとも思わない。

「それで、ええっと……高野さんでしたね？……あれからいろいろと考えてみたんですが、うちの女房、もう少し高く買ってもらえませんか？　いくら何でも、あの値段は安すぎるんじゃないですか？」

男が言った。男の妻の買い取り価格についてはすでに合意していたはずだが、少しゴネてみる気になったらしい。

助け船を求めて、僕は中野さんの横顔を見た。だが、中野さんは僕のほうを見ない。しかたがない。お飾りではあるが、一応、会社の代表は僕だ。

「あの……薄井さん……安いとおっしゃられますが、わたしたちとしては、あの値段はかなり頑張ってるほうなんですよ」

ぎこちない笑みを浮かべて僕が言う。もう一度、助け船を求めて、中野さんの様子をうかがう。けれど、中野さんは相変わらず知らんぷりをしている。

「だけど、人ひとりの値段がそんなに安いなんて……そんなの、納得できません」

男は顔を強ばらせ、嫌々をするかのように首を左右に振る。

僕は相変わらず、ぎこちない笑みを浮かべている。だが実は、戸惑っているわけではない。こういうことには慣れているのだ。

「薄井さん、わたしたちは、はったりを言っているわけでも、奥さんを買い叩こうとしているわけでもないんです。あの価格は、ちゃんとした根拠のある数字なんです」

僕が言い、隣で中野さんが頷く。

「それじゃあ、その根拠とやらを教えてください。あなたがたはいったい何を根拠に、わたしの女房にあんな安い値段を付けたんですか？」

僕を睨《にら》みつけるようにして男が言う。すでに喧嘩腰だ。

「あの……わたしたちは、今までの競りでの売買価格の実績をもとに、奥さんの購入価格を算出しました」

僕も男を真っすぐに見つめ返す。「これまでの競りで、どの程度の女性に、どの程度の値段が付いているのか……わたしたちはそれをもとに、綿密な打ち合わせを行い、その上で奥さんの購入価格を算出したんです」

僕が言っているのは、はったりではない。これはビジネスなのだ。購入した女性をいくらで売却できるかは非常に重要なことだから、４人で本当に綿密に打ち合わせて決めているのだ。

「薄井さん、これを見てください。一般の人にはお見せできない資料なんですが……きょうは特別にお見せします」

僕はカバンから分厚いアルバムを取り出し、テーブルに広げる。「このアルバムには前回と前々回の競り市に出品されたすべての女性と、その落札価格が記載されています」

男が身を乗り出し、テーブルの上のアルバムを見つめる。

そのアルバムには１ページにひとりずつ、女の顔写真と全身写真が貼られ、その下に彼女たちのプロフィールが記載されている。全身写真の多くは下着姿か水着姿だが、中には全裸の写真もある。

「へえっ……これは、すごいな」

テーブルに身を乗り出し、呻くように男が呟く。

女を売りたがっている客に、そのアルバムを見せることはめったにない。だが、大野さんから、この薄井貴之という男には多少のものは見せてもいいと聞かされていた。たぶん男は大野さんから、ルールを守らなかった者たちの末路は聞かされているのだろう。

そのアルバムの１ページ目に記載されているは、前々回の市で売られた女だ。19歳の日本人で、彼女の顔写真と、下着姿の全身写真が２枚貼られている。写真を見る限り、なかなか可愛らしい顔をした女だ。ほっそりとした体つきなのに、乳房はかなり大きい。

男は相変わらず身を乗り出して、テーブルの上のアルバムを見つめている。

「いいですか?……これがこの女性の生年月日と、出身地と、簡単な経歴です」

僕はその部分を指で示す。

そこに記載された略歴によると、その女は埼玉県川口市で生まれ、地元の県立高校の普通科を卒業後、東京都内の百貨店で婦人服の販売員として働いていた。

「これがこの女性の身長体重とスリーサイズ……これは血液型……こちらは手の長さと脚の長さ、首回り、座高、足のサイズ……」

男は無言でアルバムの写真を見つめている。生まれて初めて女のヌード写真を見る男の子のように真剣だ。

「これは未婚か既婚かの別。彼女はまだ19歳ですから、未婚ですね……これは産んだ子供の数。当然ながら、0になっていますね……これは趣味。この子はテニスとボディボードが好きなんですね。そういえば、筋肉質でよく日に焼けていますね……これは資格や特技。自動車免許を持っているみたいですね……そして、これ……最後のこれが、競りにかけられた時の価格と、最終的な売買価格です。×印が付いているものは、買い手がなくて、売買が成立しなかったということを示しています」

男は低く唸《うな》りながら、僕が指で示した価格を見つめている。それは僕たちが提示した男の妻の価格より高い。

「この子、うちの女房より高いじゃないですか？」

「19歳ですからね。基本的には、若ければ若いほど高くなります」

「もし、わたしがこの子を手に入れたかったら、この金額を払えばいいんですね？」

「基本的にはそういうことですが、ほかに買いたい人がいたら、その人と競り合わなくてはなりません」

「買い手がつかないということもあるんですか？」

「競り市での売買成立率は65パーセントでしかありません。ということは、3人のうちひとりは買い手がつかないという計算になります」

「もしも、買い手がつかなかった時は……その女はどうなるんです？」

興味津々といった様子で男が質問を続ける。

「まあ、いろいろですが……普通は次の市で、もう少し価格を下げて競りにかけられることになります」

「なるほど……」

その19歳の日本人の女は、売り主が最初に提示した金額で売買が成立している。ということは、競り合いにはならず、最初に手を上げた人間が、そのままの価格で購入したのだろう。まだ19歳なのだから、もう少し高く売れてもいいような気もするが、こればかりは予想が難しいのだ。

「ご自由にご覧になってください」

僕はアルバムを男のほうに押してやる。

男はアルバムに手を伸ばし、恐る恐るといった様子でページをめくる。指先が震えているのは、興奮のためだろうか？

男がアルバムを眺めているあいだに、僕はアルバムの1ページ目にいた19歳の女が競りにかけられた時のことを思い出そうとした。彼女を出品したのは僕たちではないが、僕は競り市には必ず出席しているから、彼女が競られている時にその場にいたはずだった。

どんな女だったのだろう？　どんな人がこの子を買ったのだろう？

けれど……僕には思い出すことができなかった。

そう。マグロの卸業者が市場に並べられた一匹一匹を覚えていることがないように、僕も売られた女たちを覚えていることはできない。売買が成立してしまえば、ほとんどの女のことは、綺麗さっぱり忘れてしまうのだ。

6

男は興味深そうにアルバムを見つめ続けている。男がページをめくるたびに、そこには別の女が姿を現す。

若い女、もうそれほど若くはない女、中年の女……初老と言えるような女もいるし、まだ幼い女の子もいる……痩せた女、太った女、背の高い女、小柄な女……日本人もいるけれど、外国から連れて来られた女たちのほうが多い。

「こんなにたくさんの女たちが売買されているなんて……驚いたな」

男が本当に驚いたように言う。

「実は、この備考欄がいちばん大切なんですが……たとえば……ほらっ、この人」

僕はそう言いながら手を伸ばし、あるページを開いて男に見せる。

そこには、それほど若くない女の全身写真が2枚と、顔写真が2枚貼られている。女は黒いブラジャーとショーツをまとい、踵の高い黒いパンプスを履いている。写真からでも、その体をたっぷりと脂肪が覆っているのがわかる。パーマのかかった髪は美しくセットされ、顔にはしっかりと化粧が施されているが、目尻や口元の皺《しわ》は隠すことができない。

「この人、何なんです？　何か特別なんですか？」

男が僕を見る。

「薄井さん、ここに書いてある旦那さんの名前、ご存じですよね？」

僕は指先で備考欄を示す。

「あっ」

男が思わず声を漏らす。

男が驚くのも無理はない。そこには、夫の名前として、現職の閣僚の名が記載されているのだ。

「これ……本当なのかい？」

目を丸くして男が僕を見つめる。

「本当です。事情は知りませんが、この大臣は妻を売りに出したみたいですね。彼女自身は有名人じゃないし、容姿もそんなでもない。でも……ほらっ、大臣の奥さんだというだけで、こんなに高い値段で売れていますね」

「ああっ……すごく高いね」

男が頷き、信じられないといった目で僕を見る。

「彼女はすでに45歳で、子供もふたり産んでいます。ですが、夫の知名度が高いせいで、こんなに高い値が付いたんだと思います。有名人の妻っていうのは、なぜか、高く売れるんですよ」

そう。前々回の市では、その閣僚の妻がいちばんの高値で売れたのだ。

「それから……こっちのファイルをご覧になってください」

僕はカバンから別の資料を取り出し、男に手渡そうとした。

その瞬間、隣に座っていた中野さんが僕の脇腹を肘でつついた。

そんなものまで見せるな。

きっとそういうことなのだろう。だが、僕の手はすでにそれを男に渡していた。

僕は慌てて中野さんの顔を見る。中野さんが、顔をしかめて苦笑いをしている。

しかたがない。今さら、そのファイルを取り上げるわけにはいかない。

「これは何なんですか?」

僕から受け取った薄っぺらなファイルを男が開く。

「ええ。あの、それは……VIP向けの競りにかけられた女性たちなんです……」

嘘をつくわけにもいかず、僕は正直に答えた。

「VIP向けの競り?」

「あの……ここだけの話ですが……一般の市が終了したあとで、これまでの競りで何人もの女性を購入している上得意のために、感謝会を兼ねて特別な市が開かれるんです」

僕が言い、男が興味津々といった様子でファイルをめくる。

僕は中野さんの顔を見る。中野さんは相変わらず苦笑いをしている。だが、その顔を見る限り、僕の失敗は許される範囲なのだろう。

「えっ……嘘だろ?」

ファイルを眺めていた男が突然、素っ頓狂な声を出した。

僕は反射的に、男が見ているファイルのページに目をやった。

案の定、そこにはひとりの中年女の顔写真と、黒い下着姿の３枚の写真が貼り付けられていた。

「どうしてこんな人が売られてるんだ？」

呻くように男が言い、僕は「どうしてなんでしょうね？」と言って微笑んだ。

女の写真を見ている男は、これまで以上に驚いた顔をしている。信じられないといった様子で僕を見つめ、首を左右に振る。

その驚きはもっともなことだった。僕だって、その女が売りに出されると聞いた時は、冗談だと思ったほどだったから。

そう。なぜ、こんな女が競りにかけられているのかは、僕にもわからない。その真相を知っているのは、彼女の仲買をした奴隷商人と、彼女を売り払った人間だけだろう。

「彼女は50歳です。普通の女性でしたら、市に出せるような年齢ではありません。でも、こういうスーパーセレブはまったく別なんです。こういう女性なら、たとえ年齢が高くても、たとえスタイルが崩れてしまっていたとしても、とてつもない高値が付きます」

「とてつもない高値……」

男が僕の言葉を意味もなく繰り返す。

「はい。競り市での最高値記録は、この女性が売れた時のものです。たぶん、しばらくのあいだ、この記録が更新されることはないでしょう」

競り市で売られた女たちのことは、僕はほとんど覚えていない。だが、そんな僕でさえ、その女が売られた時のことは鮮明に記憶している。

あの時は数人の成り金たちが、その女を自分の所有物にするために、激しく競り合った。女の価格はうなぎ登りで吊り上がり、最終的には最初の提示価格の5倍を超える高値で競り落とされた。

「わかっていただけましたか、薄井さん？　わたしたちは、こうした過去の売買実績を元に奥さんの購入価格を算出したんです。確かに奥さんはお美しい方ですが、あなたは有名人ではないし、奥さんも有名人ではない。それに29歳という年齢は、どうしてもネックになります。さっきも言ったように、基本的には若ければ若いほど高く売れるんです。いつだったか、5歳の女の子が売りに出されたことがあるんですが、この時はすごい値段で取引されていました」

「5歳だって！」

男がまた素っ頓狂な声を出す。「そんな子を買って、どうするつもりなんだろう？」

「さあ？　わたしたちはそこまでは、存じ上げません。とにかく、わたしたちには決して奥さんを買い叩こうという気持ちはないんです。どうぞ、ご理解ください」

そう言うと僕は、いまだに目を点にして女の写真を見つめている男に頭を下げた。

7

「うちの女房が特別ではないということはわかりました。でも、もう少し何とかしてくださいよ。わたしは自分の大切な女房を売るんですよ」

男が腕組みして僕を見つめた。だが、その目付きはさっきまでほど挑戦的ではなく、どちらかと言えば、同情を求めていかるのようにも見えた。

大切な女房――。

男が言った瞬間、隣にいた中野さんが少し笑った。

けれど、幸いなことに男はそれに気づかなかった。

「わたしたちも、できるだけ高い値段で奥さんを買って差し上げたいのですが……もし、買い手がつかないと、わたしたちは大きな損害をこうむることになります」

子供に言い聞かせるような口調で僕は言う。「さっきも言ったように、売買の成立率は65パーセントに過ぎないんです。もし、奥さんに買い手がつかなくて、その次の市にまわすとなると、それまで誰かが毎日、奥さんの面倒をみなくてはならなくなります。食事の世話をしたり、入浴させたり、奥さんがいる部屋の掃除をしたり、精神に異常を来《きた》さないように話し相手になったり……わたしたちにとって、それは大きなリスクです」

僕は人と言い争うことが得意ではない。だが、これはビジネスなのだから、言うべきことは言わなくてはならない。

「でも、その値段じゃなあ……」

男がなおも言う。喧嘩に負けた犬のような目で僕を見る。

「もし、薄井さんがこの価格で奥さんを売るのは嫌だということでしたら、残念ですが、この話はなかったことにしましょう。薄井さんも、わたしたちのことや、きょう見たもののことはすべてお忘れになってください……もし、他言された時はどうなるか……うちの大野から聞いていらっしゃいますよね？　競り市の主催者は、中国系のとても怖い人たちですからね」

僕はそう言って微笑み、テーブルの上の資料をカバンにしまおうとする。

「ちょっと待ってください」

男が慌《あわ》てた口調で言う。「わかりましたよ。いいですよ。その金額で女房を売ることにしますよ」

投げやりな口調で男が言い、僕は男の目を見つめてにっこりと微笑む。

「納得していただけたようで、わたしたちも嬉しいです」

僕はそう言って頷き、中野さんの横顔をうかがう。中野さんが僕を見て頷き返す。

第3章

1

横浜へと向かう帰りの道でも、高速道路はひどく渋滞していた。

来た時と同じように、車は歩くような早さでしか進まず、来た時と同じように、中野さんは苛々とした様子で立て続けに煙草をふかしていた。

その車の助手席で、車内に充満した煙に耐えながら、僕はハイウェイの両側に壁のように立ち並ぶビルの中で動く人々をぼんやりと眺めていた。

ねえ、中野さん、どうしてマリアを売るのを、あんなに嫌がったんですか？

時折振り返り、冷たく整った中野さんの横顔を見るたび、僕はそう訊いてみようと思った。けれど、やはり訊くのはやめた。

再び窓の外に視線を戻す。そして、急に……彼女が売られた時のことを思い出した。

あれは今から1年ほど前のことだった。

たいてい競りが行われた翌日の晩に、過去に何人もの商品を落札した上得意だけを招いた、VIP向けの特別な競り市が開催される。

この市はいつも、競りを主催する組織の代表者の個人宅で行われる。個人宅といっても、横浜港を一望する根岸の丘の中腹に建つ、ものすごい大邸宅だ。

競り市を主催する組織の代表が中国人だということもあって、その市ではいつも豪華な中国料理が振る舞われる。1年前のあの晩は、豪勢な広東料理と、高価な老酒やワインが食卓に並べられた。

VIP向けのその市には、料理だけでなく、商品も特別なものが出品される。

特別な商品とは、必ずしも若く美しい女たちということではない。この市では主に、女優やモデルや歌手やアイドルタレント、各界の有名人や著名人やその妻や娘や母親など、一般にセレブと呼ばれる人々が商品として出品されるのだ。

セレブというだけで、そういう女たちには特別な値段がつく。何年か前、中東のとある国の国王の第三夫人だか第四夫人だった女が出品された時は、数人が激しく競り合い、イタリア製の超高級スポーツカーが何台も買えるほどの高値がついた。

また、四半世紀ほど前にオリンピックの体操でメダルを獲得した女が出品されたこともあった。その頃の女は妖精のような美少女で、世界中が注目したものだったが、今では小柄で小太りの中年女になっていた。だが、東欧出身のこの女もびっくりするような高値で売買された。

本当の意味でのセレブではないが、殺人の刑期を終えて出所したばかりの女がその市に出品されたこともあった。この女は保険金目当てに夫を殺害した容疑で刑に服していたのだが、その美貌も手伝って、逮捕前はワイドショーのレポーターたちにしきりに追いまわされ、テレビの画面にしばしば登場していた。結局、殺人の容疑で逮捕され、刑に服し、10年近くを刑務所で過ごしたあとで娑婆《しゃば》に戻ったのだが、30代半ばになった今も相変わらず若々しくて、美しくて、悪女の匂いのようなものを盛んに撒《ま》き散らしていて、市ではかなりの額で取引された。

僕たちがそのVIP向けの市に参加することは多くない。そこに出品できるような特別な商品は、めったに手に入らないからだ。

だが、たまたま1年前のあの時は、13歳の日本人の少女を出品できたので（ローティーンの少女はセレブではないが、やはり特別だ）、僕は大野さんとふたりで、その市に出かけていった。

それまでにも何度か訪れてはいたが、横浜港を見下ろす丘に建つその邸宅は、そのたびに驚くほど立派だった。コロニアル風の巨大な建物も立派だったが、プールやテニスコートやイギリス風の庭園を有する庭も立派だった。

ＶＩＰ向けの市はいつも、その邸宅の1階の大フロアで行われる。その日もフロアには大きなテーブルがいくつも並べられ、フロア前方には一段高くなったステージが設置されていた。ステージの背後には巨大な鏡が取り付けられていた。

会場に僕たちが到着した時にはすでに、テーブルの上では豪勢な広東料理の数々が湯気を上げ、テーブルのあいだをチャイナドレスをまとったウェイトレスが忙しそうに歩きまわっていた。会場の片隅では生バンドがジャズを演奏していた。

テーブルのほとんどは、すでに客で埋まっていた。客たちは誰も、パーティーのように着飾っていた。女たちのほとんどは、華やかなドレスをまとい、全身に無数のアクセサリーを光らせていた。夏だったから、広々とした芝生の庭にもテーブルが並べられていて、そこでも客たちがビールやシャンパンを飲みながら、夜の横浜港を見下ろしていた。

男性客の多くは年配者だった。だが、ここ数年のあいだに巨額の財を成した若い起業家たちも何人かいた。親から莫大な財産を相続した遊び人もいたし、テレビや雑誌でよく顔を見かける有名人や文化人の姿もあった。男たちの多くは若い愛人を連れていた。

僕たち業者が客たちと同じテーブルに着くことは許されない。僕たちの席は会場の隅に作られた簡易テーブルだ。だが、食事だけは、客と同じものを食べることができる。食いしん坊の大野さんは、着席するやいなや、目の前の広東料理にむしゃぶりついた。

開会に先立って、会場の人々にパンフレットが配布された。パンフレットといっても、映画のそれのように安っぽいものではなく、ハードカバーの立派な冊子だった。

きょうはどんな特別な商品が出品されるのだろう？　サプライズは用意されているのだろうか？

そう思いながら、僕はパンフレットを開いた。

たいした期待をしているわけではなかった。セレブとはいっても、最近は名もない女優や、売れなくなった元アイドルが出品されるだけで、本当のセレブが競りにかけられることは、ほとんどなかったからだ。

だが、パンフレットの最初のページに視線を落とした瞬間、僕は自分の目を疑った。

2

そこに掲載されていたのは中年の女だった。プロフィール欄には50歳という年齢が記されていた。上品な顔をしてはいたが、際立って美しいわけではなかったし、下着姿の全身写真が特別にセクシーだというわけでもなかった。だが、それでも……彼女は間違いなく特別だった。

「大野さん、これ……見てください」

隣で夢中で箸を動かし続けている大野さんに、僕は手にしたパンフレットを見せた。

もぐもぐと口の中の広東料理を咀嚼《そしゃく》しながら、大野さんがパンフレットに視線を投げかけた。そして、その瞬間、凍りついたかのように嚙むのをやめた。半開きになった口から、唾液にまみれた肉がテーブルの上にぼろぼろと落ちた。

汚いですね。

ふだんの僕なら、そう言って笑うところだった。だが、その時は、そんなことはまったく気にならなかった。僕はそれほど驚いていたのだ。

出品される商品を見て、僕が驚くことはめったにない。いや……いつだったか、僕が10代の頃に憧れていたアイドルタレントが、そのＶＩＰ向けの市で売りに出された時は少しだけ驚いた。だが、それ以外に僕が商品に驚いたことはなかった。

しかし、そんな僕でさえ、その女が売りに出されているという事実には驚かないわけにはいかなかった。

「いったい、どうして……」

口の中の肉をようやく嚥下《えんげ》した大野さんが、絞り出すかのように声を出した。そして、細い目をいっぱいに見開き、パンフレットの女を瞬《まばた》きもせずに見つめた。

なぜ、僕たちがそんなに驚いたのか？

それは、その女が、高貴な生まれの人間だったからだ。

高貴な生まれ――そういうものが存在するのかどうか、僕にはわからない。そういうことには関心がない。

けれど、パンフレットの1ページ目に掲載されていたその女は、少なくとも一般的には高貴な生まれの高貴な人間だと思われている人物だった。僕たちのような一般市民には、話しかけることさえはばかられるような、近寄りがたい女だとされている人物だった。

「本物なのかなあ？　高野さん、どう思います？　本当に、本人なんでしょうか？」

パンフレットを見つめた大野さんが、呻くように言った。

僕は首を傾げた。僕もまた半信半疑だったのだ。

だが、女の仲買人となっている中国系の組織は、僕たちよりずっと前から競り市に参加している老舗だった。偽物を出品するようなことをするとは考えにくかった。

「もし、これが本当にあの人本人なんだとしたら、いったい……誰が売りに出したっていうんでしょう？　クリスタル貿易はこの女を誰から、いくらで買ったんでしょう？」

驚きと興奮のために、大野さんは真っ赤になっていた。「もし、こんなことが世間に公になったら、ものすごい騒ぎになっちゃいますよね？」

驚き、興奮しているのは僕たちだけではなかった。パンフレットが配られた直後に、会場は騒然となった。

「嘘だろ？」

「どうして？」

「信じられない？」

客の口から発せられるそんな声が、会場のあちらこちらから絶え間なく聞こえた。

男たちの何人かは、興奮のために顔を赤くしていた。あからさまに嫌な顔をする男もいたし、「ひどい」「可哀想」と言って顔をしかめる女の姿もあった。

会場全体が異様な雰囲気に包まれたまま、やがてタキシード姿の司会者が競り市の開会を宣言し、続いて前方のステージに、その日の最初の商品である女が姿を現した。

最初にステージに上がった女はセレブではなかった。だが、この特別な市の幕開けを飾るに相応《ふさわ》しい、美しくてスタイルのいい、若い日本人の女だった。

通常、競りは初値の低い商品から順番に始められる。だから、本日の目玉商品であるあの高貴な女の競りは、最後に行われるはずだった。VIP向けのその市では、出品される商品は総じて高かったが、その女につけられている初値は驚くほど高かったのだ。

「それにしても……こんな値段で買うやつが本当にいるのかな？　買ったやつは、いったいあの人をどうするつもりでいるんだろう？」

競りが行われているあいだ、大野さんはその女のことばかり話していた。だが、その女を気にしているのは、大野さんばかりではなかった。

何人かの名もない女優や、売れなくなった元アイドルなどが売りに出されたにもかかわらず、客たちはみんな、最後に登場する女のことが気になって、そのほかの競りには集中できないようだった。

僕たちが出品した13歳の少女は、3番目にステージに登場し、競りにかけられた。それは多額の借金を抱えた両親に売られた少女で、大野さんが仕入れの担当をしていた。

ローティーンの日本人少女が出品されるのは、わりと珍しいことだった。おまけに、その子はなかなかの美少女だったから、激しい争奪戦が繰り広げられて、高く売れることを僕たちは期待していた。

だが、最後に控えている女の存在感があまりに大きかったためか、少女の競りは思っていたほどには盛り上がらなかった。下着姿でステージに立った少女は天使のように可愛らしかったにもかかわらず、僕たちがつけた初値よりほんの少し高いだけの金額で、ＩＴ関係の会社を経営する男に買われていった。

「残念でしたね。もう少し高く売れると思っていたのに……」

僕が言い、大野さんが、「こんな日に出品したのが悪かったですね」と、やはりとても残念そうに言った。

僕たち業者は、自分たちが出品した商品の競りが終わると、たいていは席を立つ。けれど、その日は、帰宅する業者は誰もいなかった。僕たちも帰らなかった。

誰もが、最後に登場する女を待っていたのだ。

3

競りが続けられ、そしてついにその時が来た。

会場の照明がさらに落とされ、スポットライトが前方のステージを照らし出した。その強烈な光の中にひとりの女が姿を現した。

ざわついていた会場が水を打ったかのように静まり返った。僕の隣で、大野さんが唾液を飲み込む音がした。

ステージに上がった女は、スポットライトを反射して光るサテン地の白いガウンをまとっていた。足首まで届くような、長いガウンだった。とても踵の高い、真っ白なパンプスを履いているのが、ガウンの裾から見えた。長い黒髪は、アップにして頭上に小さくまとめられていた。

女の背後に付き添うようにして立っている中国人の男は、この世界では名の知れた奴隷商人のひとりだった。僕は挨拶程度の付き合いでしかなかったが、『于《う》さん』と呼ばれているその男と、大野さんは親しくしているようだった。

ステージに上がった時、女は自分の足元を見つめていた。だが、やがて顔を上げた。きっと背後にいた奴隷商人が、顔を上げるように命じたのだろう。

スポットライトの硬質な光が、もう若くはない女の顔に強い陰影を作った。静かだった会場が、少しだけざわめいた。

女の顔には、人相が変わるほどの濃い化粧が施されていた。だが、間違いはなかった。そこにいるのは、紛《まぎ》れもなくあの女だった。高貴な血筋をもった男女を両親として生まれ、高貴な血を受けた男と結婚し、高貴な血を引き継ぐ何人かの子を出産し、高貴で優雅な暮らしをしていたはずの、あの女に違いなかった。

顔を上げた女は、ルージュに彩られた唇を一文字に結んだまま、ほとんど瞬きさえせず、客席を埋めた人々を見つめた。

僕たち業者の席は部屋の最後方にあって、ステージからはかなり離れていた。けれど、そんな僕にでさえ、こちらを見つめる女の目に、強烈な怒りと、凄まじい憎しみが浮かんでいるのはわかった。

タキシード姿の奴隷商人が、ステージ上のマイクを手にした。そして、そこに立つ女の名と、競りでの初値を告げた。

会場がまたざわめいた。

奴隷商人が告げた価格は、平均的な商品の5倍もの額だった。

「高いなあ……」

わかっていたにもかかわらず、会場の何人かがそう呟いた。

「わたしたちはこの女に、まだ何のしつけもいたしておりません。ですから、みなさまがたの手で、厳しくしつけていただければ幸いでございます。高慢で気の強い女ですから、しつけ甲斐があると思います」

奴隷商人は少し訛《なま》りのある日本語でそう言うと、客席に深々と頭を下げた。そして、無造作に腕を伸ばし、女がまとっていた純白のガウンをサッと剝ぎ取った。

瞬間、僕は息を飲んだ。

ガウンの下に、女はほとんど透き通った白いブラジャーと、やはりほとんど透き通った白いショーツをまとっているだけだった。乳房を覆った薄いブラジャーの向こうには小豆《あずき》色をした乳首がくっきりと見え、股間を申し訳程度に覆った小さなショーツの中には縮こまった性毛が透けて見えた。

「すげえ……」

すぐ近くで誰かが呻くように呟いた。

そう。透き通った下着をまとった女は、全裸でいるよりさらに淫《みだ》らに見えた。

だが、僕が息を飲んだのは、女が扇情的な下着姿だったからではなかった。それは、彼女が拘束されていたからだった。

アキレス腱の浮き出た女の両足首には金色の輪が嵌められ、ふたつの輪は30センチほどの長さの金色の鎖で結ばれていた。背後の鏡には、後ろ手に金色の手錠を嵌められた女の手首が映っていた。

　ほっそりとした女の首には、大型犬に使われるような黒革製のごつい首輪が嵌められ、そこに細い金色の鎖が繋《つな》がれていた。鎖の端は奴隷商人がしっかりと握り締めていた。

「ひどいな……何てことをしやがるんだ？」

　隣で大野さんが呻くのが聞こえた。「首輪までする必要はないじゃないか？」

　客たちの多くも、大野さんと同じように感じているようだった。会場のあちらこちらから、「ひどい」「やり過ぎだ」という声がさざ波のように聞こえた。

　競りに出される女が手錠や鎖で拘束されているのは、珍しいことではなかった。首輪を嵌められた女も少なくはなかったし、口枷を嚙まされたり、テープのようなもので口を塞がれたままステージに上がる女も珍しくはなかった。十字架やXの形に組まれた木材に縛り付けられたまま競りにかけられる女もいた。

　何人かの女たちは、競りにかけられる段階になってもなお、自分の置かれた状況を受け入れることができない。そして、ステージ上でひどく取り乱し、暴れたり、泣き叫んだりする。そういう女たちは拘束せざるを得ないのだ。

　だが、そんな女たちを見慣れている僕でさえ、その女が鎖と首輪で拘束されている姿には違和感を覚えずにはいられなかった。高貴な彼女とグロテスクな拘束具は、あまりに不釣り合いだった。

ガウンが剥ぎ取られた瞬間、整った女の顔がわずかに歪《ゆが》んだ。

けれど、女がしたのは、それだけだった。彼女は客席に背を向けることも、しゃがみ込むことも、顔を背けることもせず、じっと客たちを見つめた。

その場に居合わせたすべての人々の視線が、ステージ上のひとりの女に注がれた。

「スタイルがいいんだな……」

すぐ近くのテーブルで、さっきとは別の誰かが呟いた。

そう。女は若々しい体つきをしていた。ほっそりとした腕と脚には筋肉が浮き上がり、体には余分な脂肪がほとんどなかった。ウェストは若い女たちのようにくびれ、鳩尾《みぞおち》から下腹部に向かって真っすぐ縦に筋肉の線が入っていた。乳房は大きくはなかったが、しっかりと張り詰めていた。

羞恥のためか、屈辱のためか、怒りのためか……それとも単にパンプスの踵が高すぎるためなのか……ほっそりとした女の脚は、細かく震えていた。それが離れた場所に座っている僕にもわかった。

司会の男が競りの開始を宣言した。

その直後に、客席からひとりの男が大声で金額を告げた。それは大手の紳士服量販店の経営者で、これまでにも競り市で何人もの女たちを購入している人物だった。

また会場がざわめいた。男が告げた額が、初値の2倍だったからだ。

司会の男はその額に大袈裟《おおげさ》に驚いてみせた。それから、それ以上の値で買いたい者はいないかと訊いた。

すぐに別の男が、紳士服量販店の経営者の告げた額を上回る金額を叫んだ。それは、僕たちが出品した13歳の少女を落札したＩＴ企業の経営者だった。

また会場がざわめいた。

即座に紳士服量販店の経営者が対抗した。だが、ＩＴ企業の経営者も負けてはいなかった。さらに、投資顧問グループの代表を務める男と、株式の売買で巨富を得た20代の男と、通信販売で財を成した男が競りに加わり、女の価格は一気に吊り上がっていった。

最初にその女がステージに登場した時、会場には緊張感が漂っていた。だが、いつの間にかその緊張感は消えてなくなり、今では少し下品な熱気に包まれていた。誰もが興奮し、口々に何かを言っていた。

少なくない女たちは、自分が競られている途中でパニックに陥る。たぶん、屈辱感が最高潮に達するためだろう。

だが、その高貴な女はパニックに陥ったり、泣き出したり、叫んだりはしなかった。ただ、客席の人々をじっと見つめているだけだった。

今になってもなお、女は毅然とした態度を保ち続けていた。そして、まるで拝謁に来た市民に接見し、彼らを睥睨《へいげい》する女王陛下のように、凛《りん》とした顔で人々を見つめていた。

「あの人を自分の好き勝手にできたら、きっとすごい背徳感に浸れるんだろうな」

近くにいた初老の男が、連れの若い女に囁《ささや》くのが聞こえた。

「あんなオバサンのどこがいいのか、わたしには全然わからない」

女には男の気持ちが理解できないようだった。

「ちょっと歩かせてみてくれよ」

株式の売買で巨富を得た20代の男が怒鳴るように言った。噂によると、その男はたった一晩でサラリーマンの生涯賃金の10倍にも相当する利益を上げたのだという。

ステージ上の女が、その男を見つめた。その男は彼女の息子と同じくらいの年齢のはずだった。

そんな若い男が彼女を手に入れたとして、どうするつもりなのだろう？　いったい彼女に何をさせるつもりでいるのだろう？

金色の鎖を握り締めたまま、奴隷商人が女の耳元で何かを囁いた。おそらく、ステージを下りて客席を歩くように命じたのだろう。

女は頷《うなず》かなかった。だが、逆らいはしなかった。

よく訓練された大型犬のように、奴隷商人が鎖を軽く引っ張っただけで、女は自分からステージを下りた。

鎖に繋いだ犬でも散歩させるかのように、奴隷商人は下着姿の女と一緒に客席のテーブルあいだをゆっくりと移動していった。女は背筋を真っすぐに伸ばし、ファッションモデルのように毅然とした態度で歩いていた。だが、両足首を鎖で繋がれている上、パンプスの踵がとても高いため、かなり歩きにくそうだった。女が脚を動かすたびに、両足を繋いだ鎖がジャラジャラという音を立てた。

「みなさま、ご覧になるのは結構ですが、触ったり、撫《な》でたり、なめたりするのはご遠慮ください」

奴隷商人がつまらない冗談を言い、何人かが義理のように笑った。

テーブルのあいだをゆっくりと歩いていた下着姿の女と奴隷商人は、やがて部屋の後方にあった僕たち業者の席のほうに近づいて来た。

女の顔にはファンデーションが厚く塗り込められていた。だが、その下にうっすらと――左目の脇と、左の顎の辺りに、殴られたみたいなアザができているのが見えた。さらに、筋肉が張り詰めた腕や太腿にも内出血の跡のようなものがいくつか残っていた。

女はほとんど視線を揺らさずに歩いた。すぐ近くで見ると、髪の根元がわずかに白くなっているのがわかった。目元と口元には、加齢にともなういくつかの小さな皺があった。

「綺麗な人なんだな……」

僕の隣で大野さんが呟いた。

女は整った顔立ちをしていたが、群を抜いて美人だというわけではなかった。肉体の衰えは最小限だったが、それでも、若い女たちのようではなかった。

それにもかかわらず、僕も大野さんと同じように、その女を綺麗だと思った。

そう。女は綺麗だった。内面から滲み出る気品と誇りと神々しさのようなものが、女を実際以上に美しくさせていたのだ。

ちょうど僕の脇を通り過ぎようとした時、女の体が大きくよろけた。たぶん、何かに躓《つまず》いたのだろう。

あっ。

僕は反射的に手を差し伸べた。汗ばんだ手が、剝き出しになった女の腕に触れた。

女の皮膚はしっとりと滑らかで、少しひんやりとしていた。

その瞬間、アイラインに縁取られた目で女が僕を見つめた。

大丈夫ですか？

僕はそう言おうとした。けれど、言えなかった。僕を見つめた女の視線の強さが――そこに込められた怒りと憎しみが、僕から言葉を奪ったのだ。

僕は無言で手を引いた。

女の鎖を引いていた中国人の奴隷商人が、僕に小声で「すみません」と礼を言った。

けれど、女は何も言わなかった。怒りのこもった目で、僕をもう一度見つめただけだった。

その女は結局、最初に提示された価格の5倍もの額で落札された。女を自分の所有物にすることに成功したのは、途中から急に競りに加わった大手カジュアル・ファッション・メーカーのオーナー社長で、40代前半の男だった。

あれから1年――。

あの女は今、どこで何をしているのだろう？　あの大金持ちの洋服屋は、自分の所有物になった女に、どのような『しつけ』をしたのだろう？

中野さんが運転する車の助手席から、ぼんやりと外の風景を眺めながら、僕はその女のことを思った。

車は相変わらず、歩くような早さでしか動かない。ハンドルを握った中野さんは相変わらず、苛々とした様子で立て続けに煙草をふかしている。けれど、いつの間にか、ハイウェイ沿いに林立するビルのあいだからは、夏の夕日に照らされた東京湾やコンビナートが見えるようになった。

まもなく横浜だ。

4

中野さんと僕が都内から戻ると、ビルの2階にある事務所には大野さんと小野さんとマリアの3人がいて、それぞれが湯気の立つカップを手に談笑していた。いつものように大野さんと小野さんはシックなスーツ姿で、マリアはジーパンにTシャツというファッションだった。

小野さんはとても小柄だが、日焼けした筋肉質な体つきをしている。彼は、1週間ほど前、商品となるふたりの外国人女性を連れて帰国したばかりだった。

「おかえりなさい」

「お疲れ様でした」

事務所に入った中野さんと僕に、3人が口々に言う。中野さんと僕も「ただいま」「遅くなりました」と、それぞれに笑顔で言う。

「ちょっと、この部屋、冷房が効きすぎじゃないですか？」

中野さんが剝き出しになった自分の腕や肩をさすりながら、ソファにいる大野さんを睨みつける。「犯人はまた大野さんですね？」

確かに事務所の中には、冷たい空気が充満している。スーツを着ている僕でさえ、足を踏み入れた瞬間に身震いしたほどだった。

「寒い？　わたしにはちょうどいいけど……みんなも、そうじゃない？」

大野さんが困ったようにみんなを見まわす。大野さんの目の前のローテーブルには、エアコンのリモコンが置いてある。いつものことだ。極端に太っているせいか、大野さんは暑がりで、事務所にやって来るといつも真っ先にリモコンを摑み、エアコンの設定温度を自分の好みに変えているのだ。

「何言ってるんです、大野さん？　冷えすぎですよ。こんなところにいたら、凍死しちゃいますよ。ねえ、マリアもそう思わない？」

中野さんがマリアに訊き、マリアは大野さんに遠慮しながら、「ええ。言われてみれば、あの……少し寒いです」と答える。

「ほらね」

中野さんが勝ち誇ったように笑う。「こんな寒さの中で平気にしていられるのは、脂肪の鎧《よろい》をまとった大野さんだけですよ」

「脂肪の鎧だなんて……それじゃあ、あの……もう少しだけ温度を高くしますよ」

大野さんが渋々といった様子でリモコンを手にとる。

大野さんとは対照的に、中野さんはとても寒がりだ。それで、ふたりのあいだでは毎日のように、こんなやり取りが繰り返されている。

「あの……高野さんと中野さんも紅茶、飲みますか？」

マリアがアルミ製の小鍋を示し、中野さんと僕に日本語で訊く。

マリアが日本に連れて来られて、まだ1年ほどにしかならない。だが、そのあいだに、彼女は驚くほど日本語がうまくなった。今では、日常の会話に困るようなことはほとんどない。最近は日本語で冗談も言えるようになった。

今、3人が手にしているカップの中身は、マリアの特製紅茶だ。ワンルームマンションだった頃の3部屋分の壁をぶち抜いて作った事務所には、いつものようにその独特の香りが充満している。

「そうね。うんと熱いやつを1杯もらおうかしら？」

中野さんが優しげな笑顔でマリアに言う。

「高野さんもいりますか？」

マリアが今度は僕に訊き、僕は「はい。あの……僕にもお願いします」と、笑顔が強ばらないように気をつけながら言う。

「それじゃあ、すぐに熱いのを作ります」

マリアが嬉しそうに言い、事務所の片隅にあるシステムキッチンに向かう。

マリアは事務所にいる人たちのために1日に何度も、その特製紅茶をいれてくれる。それはアルミ製の小さな鍋に、紅茶の葉とたっぷりの黒砂糖、月桂樹の葉、シナモンパウダー、そのほかに何種類かのスパイスみたいなものを入れて、牛乳で煮込んだ飲み物だ。薄茶色で、ドロドロとしていて、香りが強くて、とても甘い。マリアは『紅茶』と言っているが、見た目はポタージュスープに近い。

それはマリアの母親の自慢の一品で、彼女の母親は客がやって来ると、いつもその飲み物でもてなしていたそうだ。大野さんも小野さんも中野さんもその飲み物が大好きで、事務所にいる時はいつも何杯も飲んでいる。

その飲み物はとてつもなく甘くて、かなり癖が強くて、僕はあまり好きになれない。というより、実は、かなり苦手だ。けれど、断るとマリアが気を悪くするかもしれないから、勧められた時には飲むようにしている。においを嗅がないようにして一息に飲んでしまえば、何ということはない。

1年前にはマリアは、僕たちが扱っている商品のひとりに過ぎなかった。けれど、今ではそうではない。彼女は僕たちの大切なビジネスパートナーだ。

マリアが特製紅茶を作ってくれているあいだに、僕は大野さんと小野さんに、さっき夫と売買契約書を交わして来た薄井樹里という女のことを報告をした。

「もっと高く買えって言われませんでした？」

この仕入れを担当した大野さんが僕に尋ねる。冷房の設定温度を上げたせいか、その額には早くも汗が光り始めている。

「言われましたけど、何とか頑張りました」

「あの旦那、どうでした？」

大野さんがさらに訊き、中野さんが「嫌な男でしたよ」と言う。

「自分の女房を喜んで売ろうとする男ですよ。そんなやつに、いい人がいるわけないじゃないですか？」

憎々しげに言うと、中野さんはあからさまに顔をしかめてみせた。

「でも、売り主がどんなやつでも、わたしたちには関係のないことですから……あの値段で買えてよかったじゃないですか？」

よく日焼けした小野さんが、真っ白な歯を見せて笑う。

小野さんが言うのは正論だ。売り主がどんな人間でも、僕たちには関係がない。僕たちはただ、女という商品を右から左へと横流しするだけのブローカーなのだから。

「まあ、そうだけど……あんな男が大金を手にして、これから若い愛人とよろしくやっていくのかと思うと、何だか不愉快ですよね」

中野さん言い、大野さんが苦笑いする。

やがて、事務所の中にマリアが煮出している紅茶の香りが充満し始めた。マリアによれば、この香りには人をリラックスさせる作用があるらしい。

「それにしても今回は、みんなで精力的に飛びまわったわりには、思ったほど仕入れがうまくいきませんでしたね？」

太い腕を窮屈そうに組んで大野さんが言う。

最近、大野さんは一段と太ったのかもしれない。ワイシャツのボタンが今にもはじけ飛んでしまいそうだ。

「でも、とりあえず4人は確保できたわけだし、まあまあじゃないですか？　益田《ますだ》さんのところなんて、今回はひとりも出品できないって嘆いてましたからね」

小野さんが笑う。空になったカップをガス台の前にいるマリアに向かって掲げ、「マリア、これ、僕にもう1杯もらえるかい？」と言う。

「そうなんですか？　益田さんのところは今回はゼロですか？」

大野さんが驚いたように言い、小野さんが「みたいですよ」と答える。

前回の市が終わってから毎日のように、大野さんは日本各地を、小野さんは主にアジアと東欧を、精力的に飛びまわってくれた。それにもかかわらず、今回の市に僕たちが出品できそうなのは、外国人の女がふたりと、日本人の女がふたりの合計4人だけだ。

だが、最近はどの奴隷商人グループも仕入れに苦労しているらしい。今回、僕たちが4人の商品を確保できたというのは、幸運なほうなのかもしれない。

5

ベランダで煙草を吸っていた中野さんが室内に戻って来てから、僕たちはマリアがいれてくれた熱々の特製紅茶をすすりながら、今回の競り市に出品する女たちにつける価格を相談した。

ふたりの日本人のうちのひとりは、きのう父親に書類を届けるように言い付かって事務所にやって来た19歳の少女だ。彼女にはかなりの高値が期待ができそうだった。客たちは日本人のティーンエイジャーの少女には目がない上に、川上春菜というその少女はなかなか可愛らしい顔をしていて、スタイルも悪くなかったから。

もうひとり、ついさっき中野さんと僕とで夫との商談を済ませて来た主婦、薄井樹里もそれなりに美人でスタイルがよかった。29歳という年齢はネックだったが、うまくいけば高い値がつくかもしれなかった。

「ふたりとも絶対に高く売れますよ。どちらも美人ですからね。特にこの19歳の女の子、彼女はすごく高く売れると思いますよ」

彼女たちの仕入れを担当した大野さんは、ふたりに高い初値をつけたがった。

「いくら何でも、その値段はちょっと高すぎますよ。買い手がつかなかったら、どうするんです？　中野さんもそう思うでしょう？」

小野さんが大野さんに反論し、中野さんに同意を求めた。

「そうですね。確かに、あの19歳の子は可愛いけど、最初からそんなに高い値をつける必要はないかもしれませんね」

中野さんが小野さんに同意し、大野さんは不服そうに唇を尖らせた。

僕たちが話し合いをしている事務所の片隅では、マリアが椅子に座ってペーパーバックを読んでいる。もちろん今ではマリアにも、僕たちの日本語は理解できるはずだ。

マリアはどんな気持ちで僕たちの話を聞いているのだろう？

部屋の隅に座っているマリアを見て、ぼんやりと僕は思った。

ほんの1年前に、僕たちはこんなふうにここに座って、マリアにつける価格の相談をしていたのだ。マリアの顔写真と下着姿の全身写真も撮影し、競り市で配布されるパンフレットにはすでにそれが掲載されていたのだ。

ただ、あの時は、競り市の前日になって急に中野さんが「マリアは売りたくない」と言い出した。それで僕たちはマリアを出品するのをやめたのだが、もし、中野さんがあんなことを言わなければ、マリアは今頃どこかの金持ちの所有物になっていたのだろう。まあ、ここで働いているのと、金持ちの所有物になるのと、マリアにとってどちらが幸せなのか、僕にはわからないけれど……。

「高野さんはどう思われます？」

ぼんやりとマリアを見ていた僕に、大野さんが訊いた。

意見が割れた時には、僕たちは基本的に多数決を採用している。だから、今は僕の意見が重要なのだ。

「そうですね……ええっと、あの……僕も、小野さんや中野さんに賛成です」

僕が答える。３対1。これで決定だ。

「そうですか……」

大野さんが、がっかりしたように言う。

「大野さんのお気持ちは分かりますけど、たとえ初値が安くても、欲しい人が何人かいれば、競り合いになって高く売れるわけだし……ここは安全策を取って、手頃な価格で売りに出しましょうよ。もし万一、売れ残りでもしたら面倒なことになりますからね」

僕はそう言って大野さんを説得する。

「そうですね。わかりました」

残念そうに大野さんが頷く。

自分が仕入れて来たのだから、少しでも高く売りに出したいという大野さんの気持ちは理解できるし、みんなだってできるだけ高く売りたいのだ。だが、最初からあまり高い値をつけると、買い手が現れずに売れ残ってしまう恐れがある。そうなったら、次の市まで商品を保管しておかなくてはならない、ということになる。

生きている人間をビルの一室で待機させておくのは大変なことだ。食事や入浴の世話だけでなく、健康面や精神面でのケアが不可欠になって来る。野生の動物を捕獲して飼育するのが困難なのと同様に、女たちの肉体的・精神的な健康状態を良好に保ったまま狭い部屋に閉じ込めておくのは、とても難しいことなのだ。

結局、19歳の少女も29歳の主婦も、最初は少し安めの値をつけて、競り合いで値が上がることを期待することにした。売れ残った商品を次の市まで保管しておくリスクを負うより、多少は安くても売ってしまうほうが結局は得なのだ。

6

ふたりの日本人の女たちの初値が決まると、次に僕たちは外国人の女たちにつける初値の検討に入った。

つい先日、小野さんが外国から日本に連れて来たふたりの女は、このビルの504号室と505号室に待機している。504号室にいるのは22歳の東欧出身の女で、明るい金色の髪をした白人だ。大柄で、少し太りぎみだが、目が青くてなかなかの美人だ。もうひとり、505号室に待機しているのはインドだかパキスタンだかの出身の少女で、16歳前後だということだった。

　この少女の年齢がはっきりしないのは、生年月日が正確にはわからないためのようだった。小野さんがそんな子にどうやってパスポートを取得させたのかは知らないが、何か特別な方法があるらしい。小野さんの話によると、この少女は生まれつき目が不自由だということだった。

「高野さんはもう、ふたりに会いましたよね？」

　ふたりの仕入れを担当した小野さんが僕に訊いた。

「ええ。あの……ちらっと見ただけですけど……」

「話はしてみました？」

「いえ……あの……見ただけです」

　そう。基本的に、僕は商品の女たちとは話さない。彼女たちが外国人の時は、なおさらだ。みんなとは違って、僕は英語が下手くそなのだ。

　それに……もし、言葉が通じたとしても、いったい何を話せばいいというのだろう？　彼女たちは親や兄弟に売られた女たちで、僕は奴隷商人なのだ。共通の話題など、あるはずがなかった。

　22歳の東欧出身の女の初値はすぐに決まった。市に出品される東欧系は数が多いから、特別な場合を除けば、単純に過去の例に従えばいいだけのことだった。

「それじゃあ、次は盲目の女の子について話し合いましょう」

麻のスーツに包まれた脚を組み直しながら、小野さんが切り出した。「あの子はいいですよ。わたしとしては、ぜひ、ＶＩＰの市に出したいと思ってるんです」

「えっ、そうなんですか？」

僕には意外だった。あの少女は盲目だというから、てっきり、価格も落ちるものだと考えていたのだ。

「当然ですよ」

小野さんが得意げに断言した。「あの子は、特別です」

僕は濃く化粧が施《ほどこ》された中野さんの顔を見、それから汗の粒が浮き出た大野さんの顔を見た。ふたりは僕を見つめ返し、無言で頷いた。

どうやら、知らないのは僕だけで、ほかの3人はあの少女について何か知っているようだった。ちょうど小野さんが女たちを連れて帰国した時、僕は仕事で北海道に出かけていたから、彼女たちについて詳しいことを聞いていないのだ。

「あの子……顔が綺麗で、年が若いからですか？」

僕は５０５号室で、ベッドの縁に腰かけている少女をちらりと見ただけだった。だが、それでも、その華奢な少女がとても美しい顔立ちをしているのはわかった。

「ええ。もちろん、それもあります。あの子はものすごく美人だし、年も若いし、体も綺麗です。でも、それだけならＶＩＰの市に出そうなんて思いませんよ」

小野さんが妙にもったいぶった話し方をした。

「だって、あの……あの子、目が……不自由なんでしょう？」

「ええ。そうです。まったく見えません」

「それでも特別なんですか？」

僕がなおも質問し、小野さんが浅黒い顔に相変わらず得意げな笑みを浮かべながら、中野さんと大野さんを順番に見た。

大野さんがにやにやとした顔で小野さんに頷き、中野さんも濃く化粧した顔に微妙な笑みを浮かべて頷いた。部屋の隅ではマリアが、少し戸惑ったような顔で僕たちのほうを見つめていた。

どうやら、マリアでさえ、僕の知らないことを知っているらしかった。

「高野さん。あの子はね……せいぎの達人なんですよ」

何か宣言でもするかのように、小野さんが僕に言った。

正義の達人？

僕には、小野さんが何を言っているのか、まったくわからなかった。

「あの……小野さん……正義って……どういうことですか？」

「セックスに関する技術ですよ」

再び宣言でもするかのように、小野さんが答えた。「要するに、あの子は男と女の性的な営みに関するテクニックが抜群なんですよ」

なるほど……『せいぎ』は『正義』ではなく、『性技』だったのだ。

「それは、つまり……教育済みということですか？」

僕が質問し、小野さんが「教育済み？　いや、あの子は、それ以上です」と強い口調で断言した。

「それ以上……」

意味もなく僕は小野さんの言葉を繰り返した。

「ええ。あの子……サラっていう名前なんですけどね……サラはムンバイのずっと北西、インドとパキスタンの国境辺りの貧しい漁村の生まれなんです。父親は漁師です。サラは確か……12人兄弟だか13人兄弟だかの、10番目だとか、11番目だとか聞いています」

小野さんが、主に僕に向かって、ゆっくりとした口調で説明をしてくれた。「サラは生まれつき目が不自由だから、大きくなっても家事を手伝えるようにはならないし、農作業をできるようにもならない。それで両親は口減らしのために、まだ幼い彼女をムンバイの売春宿に売ったんです」

「なるほど……」

日焼けした小野さんの顔をぼんやりと見つめて僕は頷いた。

「サラはその売春宿で、幼い頃から男女の営みに関する秘術を教え込まれた。教育なんてものじゃなく、それこそ徹底的に、来る日も来る日も教え込まれたんです。そして、ごく幼い頃から、来る日も来る日も男性客の相手をさせられて来たんです」

「なるほど……」

僕は同じセリフを繰り返した。

「その後も、サラは金銭で繰り返し売買されて、いくつもの売春宿を転々としたようです。プネ、チェンナイ、コルカタ、デリー……客には外国人が多かったみたいで、それで多少の英語とフランス語を話せるようになったということです」

「なるほど……」

僕はまたしても同じ言葉を繰り返した。何を言っていいか、わからなかったのだ。

「それで、実際のところはどうなんですか？」

黙って小野さんの話を聞いていた大野さんが口を挟んだ。

「実際のところって？」

「だから、あの……あのテクニックのことですよ。あんな華奢な女の子が、本当にその道の、あの……達人なんですか？」

大野さんは恥ずかしそうにそう言うと、笑いながらハンカチで額の汗を拭った。

「ええ。それは間違いありません」

「どうしてわかるんです？」

「わたしが自分で試してみたんですから」

小野さんが平然と言った。

「試したって……あの……小野さん、あの子に相手をさせたんですか？」

びっくりしたように大野さんが訊いた。

「当然じゃないですか？　それを確かめずに、大金は払えませんから。ものすごく高かったんですよ、あの子」

「で……どうでした？」

巨体を乗り出すようにして大野さんがさらに訊いた。唾液を飲み込む音がした。

「正直言って……あの……驚きました。天にも昇るっていうのは、もしかしたら、ああいうことなのかもしれません」

小野さんが言い、自分自身の言葉に照れたように笑った。


小野さんによると、その盲目の少女を仕入れるために、東欧出身の女の3倍もの金を使ったということだった。

「仮にあの子が性の達人だったとしても、競り市で客たちがそれを信じてくれるかどうかは問題ですよね」

中野さんが剝き出しの腕を撫でながら言った。さっき僕たちが入って来た時に比べると室温はかなり上がっているが、それでもまだ寒いようだ。

「そうですよ。客たちをステージに上がらせて、あの子とセックスさせるわけにはいかないですしね」

大野さんが中野さんに同意した。

それは僕も考えていたことだった。扇情的な下着姿で客のテーブルのあいだを歩かせるだけでは、少女が性の達人であることを証明することはできないから。

「いや、それは宣伝の仕方次第で何とでもなるはずです。わたしたちは今では、かなり信用がありますし……特別教育済み、ということで売りに出しましょう」

「特別教育済み……ですか？」

大野さんが繰り返す。

「そうです。特別教育済みです。普通の女ではどれほど厳しく教育したとしても、サラのレベルまで達することはあり得ません。サラは本当に特別なんです。彼女はごく幼い時から、毎日のように教育を受けて来たようなものなんですからね」

「いくら特別教育済みだといっても、そんなに高くて、本当に売れるのかなあ？」

半信半疑といった顔で大野さんが言う。

「売れます。絶対に売れます。まあ、そんなことはないと思いますが、もし、万一、売れ残るようなことになったら、わたしが責任を取ります」

　小野さんはそう言って譲らなかった。

7

　人を教育する、という職業がある。

　中学校や高校の教師のことではない。競り市に出品される女たちに、『しつけ』をする専門家のことで、僕たちは彼らを教育師と呼んでいる。

　さらに僕の同業者たちは、教育師によってしつけを施された女たちのことを、『教育済み』と呼び、それをされていない女たちのことを『未教育』と呼ぶ。『飼い馴らされていない』と言う場合もある。

　少し前まで、教育済みの女たちには、未教育の女たちより高い値がつくのが普通だった。専門家によって厳しい教育を受けた女たちは、一般的に柔順で、性的な技術に長《た》けていて、扱いやすかったから。

　専門家に教育を依頼すると、それなりの金がかかる。決して安くはない額だ。だから当然、女たちの価格にはその分の代金を上乗せするということになる。それにもかかわらず、少し前まで客たちは、専門家によって教育された女を競って求めたものだった。

だが、この頃は競り市で、教育済みの女が特別に高く売れるということもなくなった。未教育の女に、自分たちの手で教育をしたいという者が多くなったのだ。

飼い馴らされていない女に、自分自身で教育をする楽しみを失いたくないということなのだろう。自分で教育をしたいがために、未教育の女以外は購入しないという客たちも少なくない。

素人が教育をするのは、簡単ではないと聞いている。野生の猛獣に調教をつけるのと同じようなものだ。だが、今では、多くの人が実際に自分の手で教育をしている。おそらく、そのためのノウハウが広まっているのだろう。

僕たちも最近はめったに専門家に女たちの教育を依頼しない。今回も、4人とも専門家には頼まず（サラという少女には、その必要が初めからないらしいが）、今のままの状態で売りに出すことにした。


以前は、僕たちもしばしば専門家に依頼して女たちに教育をしてもらっていた。

教育はたいてい3日、長くても5日ほどで終わる。その間は、僕たちがすることは何もない。だが、その教育の最後には僕たちのうちの誰かが立ち会って、その成果を確かめる必要があった。

教育の成果の確認は、中野さんにやってもらっている。けれど、中野さんの都合が悪い時には、別の誰かがそれをしなくてはならなかった。そういう時、たいていは小野さんがその役を買って出てくれたし、大野さんにお願いすることもあった。だが、3人が揃って国外に行っていた時に一度だけ、僕が成果の確認に立ち会ったことがあった。

あれは今から1年ちょっと前のことで、おそらくあの時が、僕たちが専門家に女の教育を依頼した最後だった。

あの時、僕たちが教育してもらった女は32歳。10年近く映画のスタントマンとして働いていて、半年ほど前に、映画プロデューサーだった20歳年上の夫と結婚していた。その夫によれば、かつて彼女はアマチュアレスリングの有力選手だったそうで、今も暇さえあればジムで体を鍛えているということだった。

撮影現場での彼女はとても勇敢で、誰もが尻込みするような危険なシーンのスタントにも自ら望んで果敢に挑んだ。撮影中に2度ほど大きな怪我を負ったが、それでも臆するようなことはなかった。

容姿が美しいために、現場で彼女はよく目立った。だが、彼女の仕事はスタントだから、画面にその顔が映されることはない。何人かの人々は、それを残念に感じていたらしい。その美貌を活かして女優に転身してはどうかという話もあったようだ。

けれど、彼女はそれに応じなかったという。

「強くて、勇気があって、その上、美しいんだ」

映画プロデューサーである中年の夫は、僕たちに自慢げにそう語った。

そんな妻を彼がどうして手放す気になったのかは知らない。結婚間もないその夫に売られる形で、彼女は僕たちの事務所にやって来た。黒い髪を長く伸ばした背の高い女で、切れ長の目が涼しげで、意志の強そうな顔付きをしていた。化粧はほとんどしていなかったが、鼻筋が通り、顎がシャープで、かなりの美人だった。

夫に騙《だま》されて事務所に連れて来られた日、女はシンプルなTシャツに擦り切れたジーパンを履いていた。日焼けした体は筋肉質で、とても引き締まっていて、僕は野生のヒョウを連想した。

スタンガンの不意打ちによって意識を失わせられ、このビルの一室（502号室だったと記憶している）に囚《とら》われた女は、意識を取り戻すと激しく暴れた。

たいていの女たちは、密室に拉致されると、狂ったように泣き叫んで大暴れをする。それは当然のことだろう。だが、あの女は一滴の涙も流さなかったし、大声を上げることもなかった。だが、その代わり、彼女は信じられないほどの凄まじさで暴れたのだ。

僕たちはあらかじめ用心して、女が意識を取り戻す前に下着以外の服を剝ぎ取り、両手を背後に縛り、両足も手錠で拘束した。普通なら、それで安心できるはずだった。たいていの女は、裸にされて縛られてしまったあとは泣き叫ぶことしかできなかったから。

だが、あの女はそうではなかった。数々の危険なスタントシーンを乗り越えて来た女は、両手両足を拘束されたままの姿で部屋の中を飛びまわり、壁やドアに体当たりを繰り返し、近寄る者たちに飛び蹴りや体当たりを繰り返したのだ。その並外れた体力と、抜群の運動神経と、とてつもない気の強さは、僕たちを驚かせた。

「まるでアマゾネスですね」

大野さんはそう言って苦笑いをした。

しかたなく、僕たちは3人がかりで女を床に押さえ付け、その首に革製の首輪を嵌め、太い鎖を使って部屋の片隅に繋いでおいた。

けれど、女はそれでも諦めはしなかった。

あの頃、女たちの世話は、中野さんがひとりでやっていた（マリアはまだいなかった）。だが、あの女は中野さんの手には負えなかった。ある日の朝、女は鎖に繋がれ、手足を拘束されたまま、部屋に入って来た中野さんに襲いかかったのだ。

女は中野さんに頭突きや飛び蹴りや体当たりを食らわせた上、体のいたるところに噛み付いた。

中野さんからの緊急通報を受けた大野さんが502号室に駆け込んだ時には、中野さんは腕や足を噛まれて血まみれになっていた上に、左の肋骨を2本も骨折していた。

しかたなく、女の世話は大野さんにしてもらうことになった。大野さんは柔道四段の巨漢だが、それでも女の世話は容易ではなく、何度も頭突きをされたり、飛び蹴りや体当たりを見舞われたらしかった。

「あんなに凶暴じゃ、とてもじゃないけど、売りになんて出せないですよ」

「あんな女を売ったら、間違いなく怪我人が出てクレームが入ります」

大野さんと中野さんが口々に言い、それで僕たちは、その道のプロに教育を依頼することにしたのだ。

8

僕たちの依頼を受けてやって来たのは、がっちりとした体格の小柄な男だった。少し前まで、僕たちはしばしば彼に女たちの教育を頼んでいたのだ。

彼は40代半ばで、大野さんと同じように以前は柔道選手だったと聞いている。大怪我をして若くして引退したが、かつてはオリンピックを目指すほどの強豪だったという。

だが、今の彼は、そんなふうには見えなかった。いつもにこやかで、物静かに話し、上品で優しげだった。

女の教育を始める日、僕はその元柔道選手と大野さんの3人で女の部屋に行った。

手足を拘束された女は、下着姿でベッドに横になっていた。だが、ドアの開く音に体を起こし、戸口に立つ僕たちを見つめた。

切れ長の女の目には、怒りと憎しみが満ちていた。それは、見られるだけで身震いしてしまうほどだった。

教育師の男は無警戒に女に近づくと、女の足の拘束を解き、続いて手の拘束を解いた。女の手首と足首には、ひどい擦り傷ができていた。

短い沈黙があった。だが、次の瞬間、女は奇声を発して元柔道選手に襲いかかった。

「危ないっ！」

大野さんが叫んだ。

だが、次の瞬間には、引き締まった女の肉体は宙に舞い、直後に、嫌と言うほど激しく壁に叩き付けられた。

背中から壁に叩き付けられた女は朦朧となり、そのまま床にずるずると崩れ落ちた。

僕は思わず目を逸《そ》らした。大野さんも僕と同じことをしていた。

教育師たちがどのようにして女に教育を施すのか、僕はよく知らない。だが、聞いたところによれば、彼らは対象となった女に暴力と説得を繰り返すのだという。

抵抗する女を力ずくで叩きのめす。それから、諦めて、この現状を受け入れるように優しく、辛抱強く説得する。女が説得を受け入れないようなら、また叩きのめし、そのあとでまた優しく、辛抱強く説得する。

叩きのめし、説得する……叩きのめし、説得する……数日にわたって執拗に、根気よくそれを繰り返すことによって、女たちのほとんどは完全に諦め、すべてを受け入れ、そして、服従するようになるのだという。

たぶんあの時も、元柔道選手である教育師は同じ方法を使ったのだろう。女を力でねじ伏せ、嫌と言うほど打ちのめし、そのあとで、諦めて現状を受け入れるようにと説得したのだろう。時には性的な凌辱《りょうじょく》も加えたのだろう。教育のために女を凌辱するのは、ごく普通に行われていることだった。

時折、監視カメラで教育の様子を眺めていた大野さんによると、教育師が女を犯しているところは見てはいないが、彼が女を叩きのめしている場面は何度か目にしたということだった。

実は僕も、あの女が教育を施されているあいだに、たまたま502号室の前を通りかかったことがあって、悲鳴のような女の声を耳にしていた。

あの気の強そうな女が悲鳴を上げる？

だが、そうなのだろう。彼女に施された教育は、それほど厳しく、それほど激しい、徹底的なものだったのだろう。

多くの場合、教育期間は3日で終わる。長くても5日で終わる。だが、あの女の教育には1週間もの時間がかかった。


その教育の最後の日、僕はあの女が監禁されていた502号室に呼び出された。

僕が部屋に入った時、女は全裸でベッドに俯《うつぶ》せに横たわっていた。もう手も足も拘束されていなかったし、首輪も付けていなかった。鍛え上げられた肉体は、相変わらず野生のヒョウのように引き締まっていて、とてもしなやかそうだったが、この1週間でさらに痩せたのがはっきりとわかった。

眠っているのだろうか？　それとも、厳しい教育に疲れ果てて、ぐったりとしているのだろうか？

「こんにちは、高野さん」

スーツを着込んだ元柔道選手は、部屋に入って来た僕にそう言って頭を下げた。「たいした女でしたよ。こんなに手がかかる女は初めてです」

男が説明し、僕は無言で頷いた。

「でも、しっかりと教育してしまえば、こういう女こそ、柔順になるんです」

穏《おだ》やかな口調で男が言った。その顔には、大きな仕事をやり遂げた者に特有の笑みが浮かんでいた。

本当なのだろうか？　野生のヒョウのようだったあの女を、彼は本当に飼い馴らすことができたのだろうか？

教育師の男はしばらくのあいだ、ベッドに俯せになった全裸の女を満足げに見つめていた。それから、「立ちなさい」と静かに命じた。

「はい……」

どこからか、呟くような女の声が聞こえた。それはあの女の声だった。

女はゆっくりと上半身を起こした。女の乳房は小さかったけれど、形よく尖っていて、とても固そうだった。尖った肩には鎖骨が浮き上がっていた。

あれっ？

女が顔を上げた瞬間、僕は別人なのではないかと思った。

顔が変わっていたというわけではない。ただ……1週間前まで女の顔に浮かんでいた強烈な意志のようなものが……その顔から完全に消えていたのだ。

そう。顔を上げた女は、意志を有していなかった。

「来なさい」

男が再び命じ、女が再び「はい……」と小声で答えた。そして、全裸のまま、ゆっくりとベッドを下り、僕たちのほうに歩み寄って来た。

どこに目をやったらいいかわからなくて、僕は視線を泳がせた。

「止まりなさい」

男が命じ、女はまた「はい……」と返事をし、僕たちのすぐ前で足を止めた。

「よろしい。こちらが、お前の現在の所有者である高野さんだ。ご挨拶しなさい」

教育師の男が言い、女が顔を上げた。そして、ほんの一瞬、僕の目を見た。

女の左目の横と左の顎のところには、青黒いアザができていた。

「こんにちは、高野さま。菊川恭子《きくかわきようこ》と申します。よろしくお願い致します」

呟くように女が言い、僕に向かって頭を下げた。

「あっ、こんにちは……あの……こちらこそ、よろしくお願いします」

僕が慌てて頭を下げ、隣で男がおかしそうに笑った。

僕は再び女の顔を見た。切れ長の女の目は相変わらず魅力的だった。けれど、やはり、その目には力がなかった。まるでガラス玉のようだった。

「跪《ひざまず》きなさい」

元柔道選手がさらに命じ、全裸の女はまた小声で「はい……」と言って、カーペットが敷かれた床に跪いた。

「よろしい。それでは、高野さんの靴を、舌でなめて差し上げなさい」

男が驚くような命令をした。

だが、もっと驚いたのは、女が僕の靴の上に顔を伏せ、その舌先で靴の表面をなめたことだった。

反射的に僕は後ずさった。そんな僕を見て、教育師がまたおかしそうに笑った。

黒革製の僕の靴の先は、女の唾液で濡れて光っていた。

「よし、それでは次に、高野さんに口で奉仕して差し上げなさい」

男がさらに驚くような命令を女に下し、女がまた「はい……」と小声で応じた。

「ちょっと、あの、桑原さん……」

さらに後ずさりながら、僕は男に言った。「もう結構ですから、あの……やめさせてください」

「もういいんですか？　せっかくだから、くわえさせてみたらいかがですか？」

男が笑いながら僕を見た。

「いや、でも……もう結構です。ありがとうございました」

僕が礼を言い、教育師が「どういたしまして」と言って満足げに頷いた。

元柔道選手によって教育が施された女に対して、市では激しい競り合いが展開された。そして結局、投資顧問グループの代表をしている40代の男が、僕たちがつけた初値の倍近い高値で落札した。

あれから1年以上が過ぎた今、小野さんと大野さんが性の達人だという盲目の外国人少女のことを話しているのを聞きながら……僕はそんな昔のことを思い出した。

売買した女たちのことは、たいてい僕はすぐに忘れてしまう。けれど、あの女のことは——僕を見つめた力のない目のことは、今もしばしば思い出す。

あの女は今どこで、何をしているのだろう?

第4章

1

2階の事務所でみんなと別れ、自宅のある6階に戻る。

横揺れしながら上昇していたエレベーターの扉が開くと、そこには畳1枚分ほどのスペースがあり、その先に僕が暮らしている部屋のドアがある。

エレベーターを下りた僕は、息を殺し、足音を忍ばせて、そのドアに近づく。

だが、どれほど息を殺し、どれほど足音を忍ばせたところで、無駄だということはわかっている。どこで、何をしていようと、彼女は帰宅する僕の足音を決して聞き逃さない。

息を殺したまま、ドアの外に佇む。ペンキが剝げかけたドアに耳を押し付け、中の気配をうかがう。

彼女はすぐそこにいるのだろうか？

いや、いるに決まっている。

広くて殺風景な部屋のどこかでくつろいでいた彼女は、すでに玄関に駆けつけ、このドアのすぐ向こうに佇んでいるはずだ。

僕がひとりで帰宅した時には、彼女は必ず玄関に迎えにやって来る。だが、大野さんや小野さんや中野さんが一緒の時には、絶対に出て来ない。

鍵穴に鍵を差し込む。ひとりでに顔が微笑む。

「粉雪っ、そこにいることは、わかってるぞっ」

そう言いながら、僕は勢いよくドアを開ける。

思った通り、ドアを開けた瞬間に、真っ白な猫が転げるようにして飛び出して来た。

「ただいま、粉雪」

僕は足元の白い雌猫に声をかける。

粉雪は長い尻尾をピンと垂直に立て、僕の足にまといついていく。僕の2本の足のあいだを8の字を描くようにして歩きまわり、さかんに体を擦りつけていたあとで、腹を上にして床に仰向けに寝転がる。

僕は靴を脱ぎ、靴下だけになった足の裏で、優しく踏み付けるようにして粉雪をかまってやる。

タイルの床に仰向け寝転んだ粉雪は、下から僕の足を両手で抱えたり、足に顔をなすりつけたり、軽く嚙んだりを繰り返す。僕はそれに応えるかのように、足の裏で粉雪の柔らかな腹を、繰り返し優しく踏んでやる。

帰宅した時のいつもの儀式——僕は玄関の戸口に立ったまま、1分ほどそんなことを続ける。

以前は家に帰るのを楽しみにしたことなどなかった。けれど、今の僕は、こうしてここに戻って来るのを楽しみにしている。

誰かが待っていてくれて、こんなにも僕の帰宅を喜んでくれる。そのことが、僕を幸せな気分にしてくれる。

粉雪は相変わらず仰向けに転がって、僕の足にしがみついている。目をいっぱいに見開いた顔は、まるで僕を見つめているかのようだ。

「さっ、家に入ろう」

僕は粉雪に言う。

もちろん粉雪は何も言わない。けれど、僕の言葉は理解しているはずだ。彼女には、僕が言うたいていのことがわかるから。

「さあ、もう中に入るぞ」

僕はもう一度、粉雪に言う。そして、いつものように玄関前に粉雪を置いて室内に入る。粉雪もすぐに立ち上がり、僕に続いて室内に戻る。

いつものように、部屋の中は真っ暗だ。

粉雪のために、出かける時もエアコンはつけておく。だが、明かりは無意味なので、外出する時には消灯することにしている。

いつものように壁のスイッチを次々とオンにしながら、僕は部屋の奥へと進んでいく。真っ暗だった室内に、柔らかな光が満ちていく。

振り返ると、僕のすぐ背後で、粉雪がこちらを見上げていた。

2

粉雪と出会ったのは、1年半ほど前のことだった。

とても寒い真冬の夕暮れで、空には汚れた脱脂綿のような色をした雲が、重たそうに垂れ込めていた。

あの日は本当に雲が低かった。塔のように聳えるランドマークタワーや、三日月形をしたインターコンチネンタルホテルの先端は雲の中に隠れて見えなかった。ただ、ビルの屋上に設置された赤いランプが、煙みたいな雲を赤く染めながら、幻想的に点滅しているのがわかっただけだった。

その低い雲から、ちらちらと雪が舞い降りていた。午後の早い時間までは小雨だったのが、いつしか雪に変わったのだ。

それは大粒の水っぽい雪だった。下から見上げると、雪ではなくて、焼却炉の煙突から吹き上げられる灰みたいに見えた。

あとからあとから、雪は絶え間なく舞い落ちて来た。けれど、積もることはなく、湿った地面に触れると、次の瞬間には跡形もなく消えてしまった。

あの夕暮れ、這《は》い上がって来るような寒さに身を震わせながら、僕は自宅近くの公園をひとりで歩いていた。公園を抜けてスーパーマーケットに行くつもりだった。僕には週に1度、1週間分の冷凍食品やレトルト食品を買い込むという習慣があった。

真冬の夕暮れの公園に人の姿はなかった。街灯は灯っていたけれど、足元はおぼつかなかった。閉じた傘を片手で握り締め、もう片方の手をダウンジャケットのポケットに突っ込み、水たまりに気をつけながら、僕は泥濘《ぬかる》んだ道を足早に歩いて行った。

その時——近くの植え込みから妙な声が聞こえた。

僕は足を止めた。そして、声のするイブキの植え込みのほうに近づいていった。

街灯の光が届かない植え込みの根元は暗かった。けれど、声の主はすぐにわかった。それは段ボール箱の中の白い子猫だった。

化粧品メーカーのロゴが入った20センチ四方ほどの箱の中で、その子猫はしきりに鳴いていた。その鳴き声は猫のものというよりは、人間の赤ん坊のようだった。

箱の底には薄いタオルが敷かれていた。けれど、この寒さでは、そんなものは何の役にも立たなかった。子猫は白く小さな体を絶え間なく震わせていた。

以前から、その公園には捨てられる猫が多いと聞いていた。だから、その猫が飼い主に捨てられたのだということは僕にもわかった。

どうしよう?

箱の脇にしゃがんで僕は思った。そっと手を伸ばして、子猫の体に触れた。

もしかしたら、僕が猫に触れたのは、生まれて初めてだったかもしれない。

子猫の毛は信じられないほどに柔らかかった。耳かきについている白いフワフワの毛みたいだった。

段ボール箱があったのは植え込みの根元だったけれど、風が吹くたびに、その箱の中にも雪が舞い込んでいた。溶けた雪で、子猫の体はしっとりと湿っていた。そんな場所に置き去りにしたら、こんな小さな子猫は明日の朝までに……いや、今夜中に命を失ってしまうに違いなかった。

しかたなく、僕は子猫を抱き上げた。

その瞬間、僕は驚いた。子猫の体はそれほど軽かったのだ。まるで小鳥を抱いているかのようだった。

羽織っていたダウンジャケットのファスナーを降ろし、僕はその内側に子猫を入れた。そして、スーパーマーケットに行くのを諦め、近くの動物病院に向かった。

そこに動物病院があるということは、幼い頃から知っていた。


生まれて初めて足を踏み入れる動物病院の待合室には、獣たちのにおいが噎せ返るほどに充満していた。

初診の受付を済ませると、僕は子猫をジャケットの内側に抱いたまま、待合室の片隅の椅子に座って順番を待った。セーターとジャケットとのあいだで、子猫は時折、もぞもぞと身動きをしていた。僕にはそれが、少し楽しかった。

待合室には飼い主に連れられたたくさんの動物がいた。そのほとんどが犬だった。小型犬の多くは、凝った衣服をまとっていた。大型犬は主人の足元にうずくまり、飼い主に甘えた視線を向けていた。どの犬もつやつやとしていて、とても毛並みがよかった。

犬の種類についてよく知らない。だがきっと、どれも血統書付きの立派な犬たちなのだろう。彼らはみんな、主人にとても可愛がられているように見えた。

それなのに……あの犬たちはこんなに大切に可愛がられているというのに……きっと、生まれてから一度も飢えたことなどないというのに……僕の胸にしがみついている子猫は、あんな雪の中に捨てられていたのだ。誰からも必要とされず、あの箱の中で命を終えようとしていたのだ。

獣のにおいが充満した待合室で1時間以上も待たされた末に、ようやく僕たちの順番が来た。

もう寒くはないはずなのに、診察台に乗せられた白い子猫は、待合室で犬が鳴くたびに身を震わせた。

初老の獣医師が診察をしているあいだ、僕は子猫を見つけた時の状況を説明した。

「あなたに発見されてよかったですよ。あと30分遅かったら、凍死していたかもしれないですよ」

「そうなんですか？」

「こんな子猫は、この寒さの中じゃ生きられませんからね」

時間をかけて入念に子猫を診察した獣医師は、子猫を生後1月半ほどだと推測した。さらに獣医師は、飼い主はこの子猫が盲目なので捨てたのだろうと推測した。

「目が……見えないんですか？」

驚いて僕は訊いた。あの公園からここまで抱いて来たというのに、子猫の目が見えないことに僕はまったく気づかなかった。

「ええ。見えていません。明暗も感じていないようですね」

獣医師が哀れむような目で子猫を見つめ、それから僕の顔を見つめた。そして、少し困ったように微笑んだ。

「あの……目が見えないのは、生まれつきのものなんですか？」

老人斑が浮いた獣医師の顔を見つめて僕は訊いた。

「おそらく、そうだと思います」

「あの……治療すれば、見えるようになるんでしょうか？」

僕がさらに訊き、獣医師は「たぶん、無理でしょう」と言って寂しそうに笑った。

子猫の診察を終えたあとで、獣医師が僕に「これから、どうします？」と訊いた。

獣医師によれば、この動物病院には毎週のように捨てられた子猫が運び込まれて来るのだという。

「うちは野良猫の一時預かりをしている、数少ない獣医のひとつなんですよ」

獣医師はそう言って、また寂しそうに笑った。

この動物病院に運び込まれた子猫たちは、ワクチンの接種とノミの駆除を済ませたあと、通りに面したガラス張りのショールームで10日間を過ごす。そのあいだに、子猫を引き取りたいという人が現れれば引き取ってもらう。病院にはたくさんのボランティアが出入りしていて、常にみんなで里親を探しているから、そういう人に引き取られることもある。ボランティアたちも、無理をして引き取っていく。

だが、10日が過ぎても引き取り手が現れない場合は、子猫は保健所に引き渡されて処分されることになる。

「処分って……あの……殺されるんですか？」

僕が訊き、初老の獣医師が「そうです」と短く答えた。もう微笑まなかった。

「さて、この子猫ですが、どうしましょう？　うちで預かりますか？　それとも、あなたが飼いますか？」

獣医師の言葉に僕はたじろいだ。猫を飼うなんて、考えたこともなかった。

「あの……ここで預かっていただけば……その……この子猫の新しい飼い主が決まることもあるんですよね？」

たじろぎながら、僕は訊いた。

「可能性としてはあります。でも、この子の場合は難しいかもしれません」

「目が見えないからですか？」

「そうです。たぶん、この子猫を飼いたいという人は現れないと思います」

「ということは……10日後には、この子猫は殺されるんですか？」

「そうなるはずです」

優しく穏やかな口調で、だがきっぱりと、獣医師が言った。

診察台の上の盲目の子猫を見つめて、僕はしばらく思案した。待合室はとても混雑しているというのに、獣医師は僕をせかさなかった。

「あの……目が見えない猫を飼うのは、難しいんでしょうか？」

やがて、怖《お》ず怖《お》ずと僕は訊いた。

「うーん。わたしにも経験がないんで、何とも言えないんです。でも……そんなに難しくはないんじゃないかなあ？　途中で失明した子とは違って、この子は生まれつき目が見えないから、適応能力は高いと思うんですよ」

黄ばんだ歯を見せて笑いながら獣医師が言った。「もし、あなたが飼ってくれるっていうなら、わたしもできるだけの助言はしますよ」

「あの……僕は出張が多いんですが……」

「その時はうちで預かるか、ボランティアの人にお宅に世話をしに行ってもらえばいいだけですよ」

「でも……僕は猫を飼ったことなんてないし……」

「誰だって、最初は初めてですよ」

僕を見つめて獣医師が頷いた。

しかたがない。この子猫は僕が飼おう。

僕はそう決めた。

「わかりました。僕が飼います」

僕が言うと、獣医師はとても嬉しそうに笑った。


そんなふうにして、僕はその子猫を飼い始めた。家に連れ帰ってすぐに、『粉雪』という名前を付けた。

その日の雪は粉雪ではなく、実際には水っぽいべたべたとした雪だったけれど、『粉雪』という言葉の響きが何となくロマンティックに思えたし、子猫は雪のように真っ白な体をしていたから。

獣医師が言った通り、粉雪の目が見えないことで僕が困るようなことはほとんどなかった。確かに、この部屋に連れ帰ったばかりの頃の粉雪は、動作が緩慢《かんまん》だった。たぶん、部屋の中のどこに、何があるのかを確認し、それを脳にインプットしていたのだろう。

だが、すぐに粉雪は、何かにぶつかることもなく部屋の中を歩きまわるようになった。数カ月後には走りまわるようにさえなった。あまり自由自在に動きまわるから、本当は目が見えているのではないかと疑いたくなるほどだった。

粉雪には明るさも暗さもわからないらしい。だが、それなのに、いつも日だまりに横たわって日光浴を楽しんでいる。その姿は、普通の猫たちと何ら変わりがない。

健康診断に連れて行くたびに（心配性なので、僕は毎月のように粉雪を健康診断に連れて行く）、あの初老の獣医師は「こんにちは、粉雪」と言って、粉雪の顔にキスをする（粉雪はいつも、とても迷惑そうにしている）。

僕がこうしてソファでウィスキーを楽しんでいる今も、粉雪は僕の足元にいる。いつものようにコンクリートが剝き出しの床に寝転がり（冷たくて気持ちがいいのだろう）、僕の足の甲に顎を乗せて微睡《まどろ》んでいる。

木の樽の中で何十年も熟成したウィスキーを楽しみながら、僕はいつものように、そんな粉雪を眺める。

今、僕はつくづく思う。あの日、粉雪と出会えてよかった、と——。

3

足元にうずくまる白い猫を眺めながら、3杯目のウィスキーを飲み干した時……僕は急に、このすぐ下の階にいる盲目の外国人少女のことを思い出した。

生まれつき目が不自由で、幼い頃に両親に売り飛ばされ、それから十数年にわたって男たちの性の玩具《がんぐ》として生きて来たという少女のこと——。

その子と、話をしに行ってみようかな。

なぜか急に、そう思った。

その少女に性の相手をさせようと思ったわけではない。僕が商品に手をつけることはない。少なくとも、これまでは、そんなことは一度もしていない。

ただ、何となく……たぶん、ほんの気まぐれに……その外国人少女と、取り留めのない話をしてみたくなったのだ。

いや、ただ単に、ウィスキーの酔いが手伝って、性の奥義《おうぎ》の伝承者だという少女への邪《よこし》まな好奇心が募《つの》っただけなのかもしれない。

エレベーターを使って5階に下りる。チラチラとする蛍光灯に照らされた、狭く薄汚れた廊下を歩き、ドアに張り付けられた『505』というプレートの前で足を止める。ジャラジャラと喧しい音をたてる鍵の束をポケットから出し、鍵のひとつに貼ってあるはずの『505』というラベルを探す。

見つけた鍵を鍵穴に差し込もうとして、躊躇《ちゅうちょ》する。唇をなめながら、しばらくのあいだ、ペンキの剝げかけたドアを見つめている。

僕はいったい、その少女と何を話すつもりでいるのだろう?

小野さんによれば、長いあいだ外国の男たちの相手を務めさせられているうちに、その少女は英語とフランス語を話すことができるようになったらしい。けれど、僕は英語が堪能ではなかった。フランス語なんて、挨拶くらいしか知らなかった。

それに……たとえ何とか言葉が通じたとしても、そんな少女と何を話せばいいというのだろう？

だいたい、こんな時間に、ティーンエイジャーの少女の部屋を訪れるなんて、常識ある大人のする行為だとはいえなかった。その少女だって、僕が訪ねて来たら迷惑に決まっている。もしかしたら、僕が性交の相手をさせるために来たと思うかもしれない。

やっぱり、やめよう。

そう思った僕が踵《きびす》を返しかけた時、ドアの向こうから声がした。

「Who are you?」

少女の声は小さかったけれど、細くて透き通っていた。

急なことに僕は戸惑った。そのままドアから離れ、エレベーターに戻ろうかとさえ思った。

だが、僕はそうしなかった。

「あの……My name is Takano Yuta……I am……the president of Yokohama Star Trading.」

ドアの前に立ち尽くし、片言の英語で僕は言った。言っていて赤面してしまうような、ひどい発音だった。

「Please come in.」

ドアの向こうの少女の声が言った。やはり細くて透き通った、美しい声だった。

その声に励まされるかのように、僕は手にした鍵をドアの鍵穴に差し込んだ。

ドアを開ける。廊下に漂っていた光が、室内の暗がりを照らし出す。

ドアの向こう側には、肩が剝き出しになった白いナイトドレスを羽織った髪の長い少女が立っていた。少女は僕が思っていたよりずっと背が高かった。

「こんばんは、タカノさん。わたしの名前はアプサラといいます。みんなはサラと呼んでいます」

驚くほど整った顔を僕のほうに向けて、少女が言った。

たぶん、一瞬にして僕の英語能力の拙《つたな》さを理解したのだろう。それは幼児向け英語教室の教師が使うような、とてもゆっくりとした、聞き取りやすい英語だった。

「こんばんは、サラ。あの……眠っていましたか？」

相変わらずひどく拙い英語で僕は訊いた。

「いいえ。眠ってはいませんでした。どうぞ、中に入ってください」

よく通る声で言って、少女が微笑んだ。見開かれた大きな目が、宝石のように光った。その微笑みは、女性にあまり関心のない僕でさえハッとしてしまうほど魅力的だった。

「あの……いいんですか？」

「ええ。どうぞ」

少女に導かれるようにして、僕は室内に足を踏み入れた。

僕が後ろ手にドアを閉めた瞬間、部屋の中は真っ暗になった。それは、ほとんど完全な暗闇だった。

中野さんはいつも、部屋を出る時には明かりをすべて消してしまうのだろう。粉雪と同じように、少女には明かりは必要ないのだから、当然のことだった。

僕の先を、少女はすたすたと歩いて行った。それが足音でわかった。

粉雪が暗闇をまったく苦にしないように、少女も暗闇を苦にしているふうではなかった。

だが、その部屋の暗さは僕には不都合だった。

「あの……明かりを点けてもいいですか？」

僕の言葉に、暗闇の中で少女が、「Sure.」と答えた。

僕は記憶を頼りに指先で壁を探り、ようやくそこにスイッチを探り当て、それをオンにした。たったそれだけのために、数秒が必要だった。

次の瞬間、眩《まぶ》しすぎるほどの光がその狭い空間に満ち、僕は思わず目を瞬かせた。

かつてはワンルームマンションの一室として使用されていたその部屋は、息苦しくなるほど狭かった。その狭い部屋に、安物の椅子が2脚と安物のテーブルがひとつ、それに小さな鉄製のベッドが置かれているために、残りのスペースはほんの少ししかなかった。

明かりが灯った時にはすでに、少女は壁際にあるベッドの端に腰を下ろし、僕のほうに顔を向けて無言で微笑んでいた。

こんなに綺麗な子だったのか……。

光に照らされた少女の顔を見て、僕は思った。

そう。少女はそれほど美しい顔立ちをしていた。眉も、目も、鼻も、口も、顔の形も……すべてが完全で、欠点がどこにもなく……人形のようでさえあった。

少女は癖のない黒髪を長く伸ばし、それを無造作に両脇に流していた。白いナイトドレスに包まれた体はほっそりとしていて、剝き出しの肩が尖っていた。明るい小麦色をした肌には透明感があり、柔らかくて滑らかそうだった。

そして、目。

見開かれた少女の目はびっくりするほど大きく、睫毛《まつげ》がとても長かった。黒い瞳は透き通っていて、とても魅惑的で……まるで僕を見つめているかのようで……不自然なところがどこにもなかった。

本当に何も見えていないのだろうか？　僕は小野さんたちに、からかわれているだけなのではないだろうか？

そんな疑いを抱きながら、僕はベッドから1メートルほど離れた場所に置かれた椅子に腰を下ろした。座った瞬間、安物の椅子が鈍い音を立てて軋《きし》んだ。だから、たとえ本当に少女が盲目だったとしても、僕が椅子に座ったことはわかったはずだった。

「こんな時間に、ごめんなさい。あの……君と少し、話ができたらと思って……」

心の中で英語の単語を何度か並べ換えてから僕は言った。

少女は何も言わなかった。ただ、微笑み続けながら、意味ありげに頷いただけだった。もしかしたら、やはり僕が彼女に性交の相手を務めさせるために来たと考えているのかもしれなかった。

しばらくの沈黙があった。何をどう話せばいいのかがわからず、僕は早くも、ここに来たことを後悔し始めていた。

次に言葉を発したのは僕ではなく、少女のほうだった。

「タカノさん……お酒を召し上がっていらしたんですか？」

ベッドに浅く、姿勢よく腰掛けた少女が、整った顔に笑みを浮かべて僕に訊いた。

「はい。あの……少しだけ……」

恥じながら、僕は答えた。酒の力を借りて少女の部屋に押しかけて来た自分を、みっともなく感じていたのだ。

「それは……スコッチ・ウィスキーですね？」

「えっ？　あの……どうしてわかるの？」

少し驚いて僕は訊き返した。

「においがしますから」

形のいい鼻を突き出すようにして少女が笑った。

「あの……スコッチ・ウィスキーのにおいがするの？」

「はい。そのにおいは……そうですね……ジョニーウォーカーの……ブルーラベルじゃありませんか？」

少女が言い、僕はさらに驚いた。その晩、僕が飲んでいたのは、紛れもなくジョニーウォーカーのブルーラベルだったから。

「どうしてわかったの？」

「においでわかりました」

少女が平然と言った。

「あの……君は……においだけで、ウィスキーの銘柄がわかるの？」

「いいえ。みんなわかるわけではありません。でも、ポピュラーなブレンドウィスキーだったら、たいていはわかると思います」

人形のような顔に相変わらず魅惑的な微笑みを浮かべながら、ベッドに腰掛けた少女がそんな意味のことを言った。

「君は……あの……ウィスキーが飲めるの？」

「はい。ウィスキーだけでなく……ブランデーでもワインでも、ジンでもウォッカでも……たぶん日本酒でも……勧められれば、たいていのお酒は飲みます」

その言葉は僕には意外だった。彼女が飲酒をするという報告は誰からも受けていなかったし、小野さんによれば、少女はまだ16歳前後だということだったから。

売春宿での性行為の前に、あるいはあとに、ティーンエイジャーの少女に酒の相手をさせている男たちの姿を、ほんの一瞬、僕は思い浮かべた。

「君はお酒を飲むのが好きなの？」

「はい。好きです。お酒を飲むと、楽しい気分になるから」

宝石のような目を僕のほうに向け、微笑み続けながら少女が言った。

「あの……君には、特に好きなお酒があるの？」

信じがたいほどに整った少女の顔や、丈の長いナイトガウンに包まれたほっそりとした体を正面から見つめて僕は訊いた。僕が女性をそれほどまじまじと、それほど不躾《ぶしつけ》に見るのは、たぶん初めてだった。

きっとそこにいる少女が盲目だから、そんなことができたのだろう。ふだんの僕には、女性の顔や体を見つめられるような勇気はなかった。

「そうですね……お酒はたいていは好きですけれど……スコッチ・ウィスキーがいちばん好きかもしれません」

少女が言い、僕は少し嬉しくなった。僕もスコッチ・ウィスキーが好きだった。

「そう?……あの……それじゃあ、これから僕の部屋で一緒にウィスキーを飲まないかい? 僕はこの部屋の真上に住んでいる人だ」

僕はそう言って少女を誘った。そして、そんなセリフを口にしている自分を意外に思った。僕は女性を部屋に誘えるような男ではなかった。

「わたしが……タカノさんと一緒に、ですか?」

「あの……もし、君が嫌じゃなければだけど……」

気がつくと、僕も微笑んでいた。きっと少女が微笑み続けているから、それが移ってしまったのだろう。

「本当にいいんですか?」

「もちろんだよ」

「嬉しい。ぜひ、ご一緒させてください」

少女が言った。そして、本当に嬉しそうに微笑んだ。

4

僕が先に立ち上がり、続いて少女が立ち上がった。少女はタオル地でできた白いスリッパを履いていた。スリッパの先は大きく開いていて、そこから鮮やかなペディキュアに彩られた可愛らしい爪の先がのぞいていた。

目が不自由な人を連れて歩くにはどうしたらいいのだろう?

僕は戸惑ったが、その必要はなかった。少女がすぐに歩み寄って、僕の左腕に軽く摑まったから。

少女の手の爪はとても長くて、そこにはペディキュアとは別の色のマニキュアが塗られていた。

腕に少女の手が触れた瞬間、かつて一度も感じたことのない不思議な感情が僕の体をすっと通り過ぎた。少女からは仄《ほの》かに、石鹸みたいな香りがした。

「それじゃあ、歩くよ」

相変わらず拙い英語で僕が告げ、少女が小声で「はい」と答えた。

腕を摑んだ少女を従えて、僕は505号室を出た。そして、少女と歩調を合わせるようにして、薄暗い廊下をゆっくりと歩いた。

目を閉じた少女の顔は、僕のすぐ左肩のところにあった。彼女の吐く湿った息が、僕の耳に暖かく吹きかかった。

エレベーターの前で僕が足を止めると、少女も足を止めた。

「エレベーターに乗るから、足元に気をつけてね」

再び僕が告げ、僕の左腕を摑んだ少女が、また小声で「はい」と答えた。

5階から6階に上がるだけのエレベーターは、たちまちにして目的地に到着した。少女がちゃんとエレベーターを下りたのを確かめてから、僕はすぐ目の前にある自室のドアに手を伸ばした。

粉雪は出て来ないだろう。

僕はそう思っていた。僕が誰かと一緒に帰宅した時には、粉雪は絶対に出て来なかったから。

けれど、そうではなかった。僕がドアを開けた瞬間、真っ白な猫が転がるようにして飛び出して来たのだ。

粉雪は少女の足首の辺りのにおいをしばらく嗅いだあとで、いつも僕にしているように少女の足元にころりと仰向けに寝転んだ。

「あなたの猫ですか？」

その場にしゃがみ、指先で粉雪の体に触れながら少女が言った。

「うん。粉雪っていう名前なんだ」

「コナユキ？」

「そう。コナユキ」

粉雪は僕以外の人間に触られることを嫌う。いつも診てもらっている獣医に触られることさえ嫌がる。だが、不思議なことに、その少女に触られるのは嫌ではないようだった。いつも僕にしているように、粉雪は床に寝転がったまま少女の手にじゃれついた。

「コナユキ……コナユキ……」

言いにくそうに少女が繰り返した。「どういう意味ですか？」

「ええっと……パウダリースノウ、かな？」

「Powdery snow」

僕とはまったく違う言葉に聞こえる発音で少女が繰り返した。

雪を見たことはある？

慌てて僕はその言葉を飲み込んだ。少女が生まれた地方に雪が降ろうと降るまいと、彼女にそれを見られるはずがなかった。

「さっ、中に入ろうよ」

僕が促《うなが》し、少女は粉雪から手を離して立ち上がった。

そっと体を支えてやりながら、窓辺のソファに少女を座らせる。薄いナイトガウンの向こうの乳房が、僕の腕に微《かす》かに触れる。

それはほんの一瞬のことだったけれど、僕は少しドキッとした。ナイトガウンの下は素肌だった。

「あの……ウィスキーの銘柄は何がいいのかな?」

少女を見下ろすように立って僕は訊いた。

「何がありますか?」

ソファに座った少女が、僕のほうに顔を向けて訊き返した。その口調はウィスキー通のようで、僕には少しおかしかった。

少女はその大きな目を、ごく普通に開いていた。付け睫毛でもしているのではないかと思うほどの長い睫毛が、目の下に大きな影を作っていた。

「そんなに特別なものはないんだ。ええっと、ここに今あるのは……さっきまで僕が飲んでたジョニーウォーカーのブルーラベルと……ジョニーウォーカーのゴールドラベルと……ごく普通のオールドパーの12年と……18年物と12年物のシーバスリーガルと……カティーサークの25年と……バランタインの17年と30年と……それから……シングルモルトのウィスキーが何本かあったと思うんだけど……」

「あの……どれでもいいんですか?」

白い歯を見せて嬉しそうに少女が訊いた。黒い瞳が宝石みたいに光った。

「どれでもいいよ」

「バランタインの30年でもいいんですか?」

少女は少し遠慮がちに、僕が所蔵している中ではもっとも高価なウィスキーの名を口にした。

「もちろん、いいよ」

僕が言い、少女がとても嬉しそうな顔をした。「バランタインの30年は、どうやって飲む？　ストレート？　それとも、水割り？」

「タカノさんはいつも、どうしているんです？」

「僕はいつも、オン・ザ・ロックなんだけど……」

「オン・ザ・ロック？」

少女が首を傾げた。その言葉の意味がわからないようだった。

「あの……グラスにウィスキーと、砕いた氷を一緒に入れて飲むんだよ」

「そうですか……それじゃあ、わたしもそうしてください」

少女が言い、僕は部屋の隅にある棚の奥から、バランタインの30年のボトルを探して引っ張り出した。そして、冷凍庫から氷の塊を取り出すと、いつもそうしているように、シンクに置いたボウルの中でアイスピックを使って砕いた。

「君は、バランタインの30年を飲んだことがあるの？」

大きめの氷を選んでグラスに入れながら、僕は背後のソファにいる少女に訊いた。

「はい……デリーにいた頃に何度か、お金持ちの男の人に飲ませてもらったことがあります」

「男の人って……店のお客さんのこと？」

「はい。そうです」

「へえ？　気前のいいお客さんだったんだね」

「そうですね。とても年を取っていたけれど、優しくて、親切で、いい人でした」

少女が言い、僕は、少女に酒を飲ませている年老いた男の姿を思い浮かべた。想像の中の老人は、アイロンのかかった麻のスーツをまとっていた。

少女は安っぽくて薄汚い売春宿を転々として、悲惨な日々を送って来たのだ——たった今まで僕はそう思い込んでいた。だが、実際にはそうではなく、バランタインの30年が置いてあるような、かなりの高級店で働かされていたのかもしれなかった。

バランタインの30年はありふれてはいたけれど、それなりに高価なウィスキーだった。ロサンゼルスの免税店で買ってから1年近くが過ぎていたが、ひとりきりで飲んでしまうのが何となくもったいなくて未開封のままだった。

けれど、今夜は僕もそれを飲みたかった。今夜ここで、外国から来た盲目の少女と向き合って、その古いウィスキーを飲みたかった。

表面に汗をかいたグラスを手にして、少女は琥珀色の液体の香りを嗅いだ。形のいい小鼻がヒクヒクと動いていた。それから、柔らかそうな唇をグラスの縁に、恐る恐るといった様子でつけた。

少女がグラスの中の液体を口に含む。その微かな音がする。舌の上で転がすようにして味わったあとで飲み下す。ほっそりとした喉が上下に動き、コクンという小さな音が僕の耳に届く。

「Delicious……Very delicious……」

僕のほうに顔を向けた少女が言った。そしてまた、とても嬉しそうに笑った。

5

僕が生まれた頃に樽に詰められたウィスキーを味わいながら、少女は自分が生まれた村の話をしてくれた。僕が頼んだからだ。

「わたしが生まれたのは、本当に田舎で、本当に貧しくて……本当に何もない海辺の村だったんです。だから、お聞かせするようなことは何もないんですけれど……」

遠慮がちにそう言いながらも、少女は自分が生まれたという、パキスタンとの国境に近い西インド地方の村の話をしてくれた。

「わたしが生まれた地方は、とても暑いところでした。雨季と乾季はあるけれど、一年中、いつも暑いんです。幼くしてわたしはその村から出て行くことになってしまったから、はっきりと覚えているわけではないんですが……あの村はとても暑くて……それから、とても風の強いところだったような記憶があります……朝には陸から土や草や家畜のにおいのする風が吹いて、夜には海のほうから潮や魚のにおいのする風が吹くんです」

穏やかな笑みを浮かべながら、少女はゆっくりと話をした。時折、マニキュアの光る指でテーブルの上のグラスを持ち上げ、琥珀色の液体を口に含んだ。少女がグラスを傾けるたびに、大きな氷が音を立てて転がった。

年上の男と接することに慣れているのだろう。少女は僕を相手に話すことを、苦にしているようではなかった。

少女の向かいに座った僕は、彼女にわかるように声に出して頷きながら、人形のように美しい顔を見つめ続けていた。

大きな目の中で少女の瞳はよく動いた。本当は見えているのではないか。またそう疑いたくなるほどだった。瞬きをする様子も、普通の人と何ら変わりなかった。

「ある季節になると、砂漠のほうから熱い風が吹きつけるようになります。火傷《やけど》をしてしまうほど熱い風なんです。そんな季節には、村の人たちはみんな家の中にこもって、風がおさまるのを待ちます。家の中も涼しいわけではないんですけれど、砂漠の風にさらされるよりはマシなんです」

少女のグラスが空になるたびに、僕はそこに新たなウィスキーを注ぎ入れた。もちろん、自分のグラスにも同じことをした。

静かだった。日中は騒音を撒き散らしていた選挙カーも、今はもう走っていないようだった。ただ一度、港のほうから船の汽笛が、低く長く響いただけだった。

「熱い風は何日も吹き続けるから、人々は何日も家の中でじっとしています。汗まみれになって、風が止むのをただ待ち続けるんです。でも、そんな季節は楽しみでもあるんです。家の中で何もせずに、ただお喋りをしていることができますから……」

少女には僕の顔は見えないのだから、僕が微笑む必要はないはずだった。けれど、なぜか、僕は微笑んでいた。いや、途中で、自分が微笑んでいることに気づいたのだ。

「あの……こんな話、あなたには退屈じゃありませんか？」

話を続けながら、時折、少女はそう訊いた。

「いや。退屈じゃないよ。楽しいよ」

そのたびに、僕はそう答えた。

そう。少女の話は退屈ではなかった。それどころか僕は、彼女の話が終わってしまうのを恐れていたほどだった。

少女はその村の景色を見たことはないはずだった。それにもかかわらず、少女の話を聞いていた僕の脳裏には、その貧しい漁村の風景が——小さな漁港に出入りする小さな漁船の数々が、生臭い漁市場を行き交う大勢の人々の姿が、その声が、人々の上に広がる青い空や白い雲が、大地に満ちた噎せ返るような熱気が、タタール砂漠から吹いて来る熱く乾いた風の音が、その風に波打つ小麦の穂が、村外れに広がるという落花生畑が、放牧されたヤギたちの声が、インド洋の水平線に沈む赤い太陽が、雨季に大地に降り注ぐ柔らかな雨が——まるで見たことがあるかのように鮮やかに浮かび上がった。

「アプサラというわたしの名前は、神話の中の天女の名前なんです。身分の低い漁師である父が、娘にそんな高貴な名前を付けたから、罰が当たって目が見えなくなったんだって……わたしの目が見えないのがわかった時、村の人はみんなそう言ったそうです」

僕には聞き取れなかった単語もいくつかあったけれど、少女はとても丁寧に、言葉を選びながらゆっくりと話してくれた。

「わたしの両親や兄や姉や弟や妹たちは、たぶん今でもまだ、その村か、近くの村で暮らしているはずです。兄や弟たちは漁師になっていると思います。姉たちはきっと、結婚して、子供を産んでいるはずです。でも、わたしはもう、両親や兄や姉や弟や妹たちが使っている言葉をうまく話せないかもしれません」

4歳か5歳まで、少女はその村で暮らした。それから、ムンバイの売春宿に売られ、その後は、インド各地の売春宿を転々とした。プネ、チェンナイ、コルカタ、デリー……生まれ故郷の村に戻ったことは一度もなかった。

整った顔に微かな微笑みを浮かべ、グラスの中のウィスキーをなめるように飲みながら、少女は淡々とした口調で話した。

少女の声は耳に心地よかった。まるで、音楽でも聴いているかのようだった。


途中で粉雪がやって来て、少女の足元に寝転んだ。それに気づいた少女が、「コナユキ……コナユキ……」と呪文のように繰り返しながら、ほっそりとした小麦色の腕を伸ばして粉雪の体を撫でた。

粉雪の真っ白な毛の中に、鮮やかなマニキュアが美しく映えた。

「不思議だなあ……粉雪は僕以外の人間のことは嫌いなはずなんだけど……」

「そうなんですか？」

「うん。普通は誰が来ても、どこかに隠れてしまって、出て来ないんだけどなあ」

そう。大野さんも小野さんも中野さんも、僕が猫を飼っていることは知っている。だが、誰ひとり、粉雪の姿を見ていなかった。

「それはたぶん、コナユキがわたしを仲間だと思ってるからじゃないかしら？」

粉雪の体を撫で続けながら、少女が言った。肩に流れる黒髪が、天井の明かりにつややかに光った。

「仲間って？」

「わたしと同じように目が見えないから」

少女の言葉は、またしても僕を驚かせた。

「あの……粉雪の目が見えないって……どうしてわかるの？」

隠しておくつもりではなかった。だが、粉雪が盲目だということを言ったら、何となく、少女を侮《あなど》っていると思われそうな気がして、そのことは言わずにいたのだ。

「最初から、そんな気がしていました。普通の猫とは、じゃれ方や、触られた時の反応が違うから……」

「僕はすぐ近くの公園で粉雪を拾って来たんだけど、その時から目が見えなかったんだ。動物の医者の話によると、生まれた時から見えないらしいんだ」

僕には『獣医』という英単語がわからなかった。何だか難しい言葉だったような気がするが、忘れてしまった。だからしかたなく、『animal doctor』と言った。だが、少女はそのインチキな言葉を理解してくれたようだった。

「そうなんですか？　生まれつきなんですか？」

足元の粉雪に顔を向けたまま、少女が微笑んだ。「それじゃあ、コナユキ……お前もわたしと同じね」

盲目の猫は、盲目の少女の手にじゃれながら、嬉しそうにその手を嚙んだ。

6

僕たちはウィスキーを飲み続けた。途中で僕は酒のつまみに、貰い物のチョコレートを出して少女に勧めた。

「これ……チョコレートだよ……ここに置くからね」

そう言って僕は少女の右手に触れ、チョコレートを乗せた皿の位置を教えた。彼女の肌にじかに触れるのは、それが初めてだった。少女の手はほっそりとしていて、その皮膚はとても滑らかだった。

マニキュアの光る指先で、少女は皿の中のベルギー製のチョコレートをつまんで口に入れた。そして、また「Delicious」と、嬉しそうに言った。

「あの……タカノさんは、煙草は吸わないんですよね？」

3杯目のウィスキーを飲み終えた頃、少女が遠慮がちに僕に訊いた。

「うん。僕は煙草は吸わないんだ」

「それじゃあ、あの……この煙草は誰のなんですか？」

少女がその細い指先で、ローテーブルの端に置いてあった煙草のパックに触れた。

「ああっ、それは中野さんのだよ。彼女がきのう、ここに忘れていったんだよ」

そう。数日前の夕方、この部屋に戻っていた僕のところに、事務所にいた中野さんが書類を届けに来てくれた。中野さんがいたのは15分にも満たない短い時間だったのだが、ヘビースモーカーの彼女は、その時もここで煙草を何本か吸った。そして、そのまま煙草を置き忘れて帰ってしまったのだ。

「あの……これを、わたしが吸わせてもらうわけにはいきませんよね？」

「いや、別にかまわないと思うよ。でも、あの……君は煙草を吸うの？」

「はい。以前はよく吸っていました。一緒に働いていた女の子たちも、みんな吸っていたし……」

少女の言葉は、いちいち僕を驚かせた。子供のような体つきをした少女には、酒も煙草も似つかわしくは見えなかった。

「でも……日本では、20歳以下の人は、お酒も煙草もダメだということなので、日本に来てからは吸っていません」

黒く透き通った宝石のような瞳を僕のほうに向けて少女が言った。僕はその少女の顔を、さらにまじまじと見つめた。そして、また、綺麗な子だな、と思った。

「あの……だったら、これを吸っていいよ」

「ナカノさんに怒られないかしら？」

「大丈夫だよ。中野さんは優しい人だよ」

「ここで吸っても、いいんですか？」

「かまわないよ。中野さんは、いつも平気で吸ってるし……あの……今、灰皿をもって来るからね」

そう言うと僕は、洗ったままシンクのそばに置いてあった灰皿を取りに行った。中野さんが来た時のために、僕も灰皿だけは用意してあった。


一緒に置いてあった使い捨てライターを使って、少女は慣れた手つきで煙草をくわえ、その先端に火を点けた。

深々と吸い込み、天井を振り仰ぐ。ピンク色の唇をすぼめ、そこから細く煙を吐き出す。真っ白な煙が天井にふわりと広がる。

「ああっ、幸せ……」

少女が言った。恍惚《こうこつ》となったその顔は、官能的にさえ見えた。

「あの……君は幸せなの？」

「ええ。幸せです。こんなにおいしいウィスキーが飲めて、おいしいチョコレートを食べられて、煙草も吸えて……すごく幸せな気分です」

「それはよかった」

「あの……タカノさんは幸せじゃないんですか？」

少女が意外そうに訊き、僕は少女の顔を見つめた。

「あの……僕は……幸せだと思ったことはないなあ」

たぶん、それは事実だった。覚えている限りでは、幸せを実感したという記憶は僕にはなかった。

「それは、あの……どうしてですか？」

その大きな目を僕のほうに真っすぐに向けて、少女がさらに意外そうに訊いた。

「どうして？」

「だって、タカノさん、何でも持っているんでしょう？　この建物も、車もテレビもパソコンも携帯電話も、高級な洋服も腕時計も靴も鞄も、洗濯機も冷蔵庫も食器洗い機も……何でも持っているんでしょう？」

「まあね。でも、日本人はたいてい持ってるからね……」

本当は僕はパソコンもテレビも持っていなかったが、好きで買わないだけなのだから、それは言わずにいた。

「行きたいところに、行きたい時に行けるし……お腹が空いて死にそうになることもないし……雨が降っても雨漏りの心配をすることもないし……お金持ちだから、欲しいものは何でも買えるし……それなのに、どうして幸せじゃないんですか？」

だが、その問いへの答えは僕には見つけられなかった。どれほど考えても、見つけることはできなかった。

「さあ？　僕にはわからないよ」

しばらく考えたあとで、僕は言った。そして、意味もなく微笑んだ。


僕たちはウィスキーをさらに何杯も飲み続け、少女はさらに何本かの煙草を吸った。小麦色をした少女の顔は、酒を飲み続けるにしたがって、少しずつ赤みを帯びていった。

「もし高度な治療をすれば、君の目は見えるようになるんだろうか？」

少女が3本目か4本目かの煙草をふかしている時に、僕はそう言ってみた。

「さあ？　わたしにはわかりません」

目の前の灰皿に、慣れた手つきで煙草を押し潰《つぶ》しながら、少女が言った。何だか他人事《ひとごと》みたいな口調だった。

「ちゃんとした治療を受けてみたいとは思わないの？」

僕はさらに訊いた。実は僕は、粉雪の目が見えるようにならないかと、数軒の動物病院に当たってみたことがあるのだ。

「そうですね。目が見えたら素晴らしいのかもしれないけれど……でも、今ではわたしは、自分の目が見えないことに感謝しているんです」

「感謝？」

僕は首を傾げた。

「ええ。だって……もし、わたしの目が普通に見えていたら……わたしはきっと今ごろは、近所の誰か、好きでもない男の人と結婚させられて……もしかしたら子供も産んで……あの貧しい村で一日中、朝早くから夜遅くまで、汚らしいボロボロの服を着て、馬やロバみたいに休む間もなく、泥だらけになって働き続けていたはずなんですから……きっと、こんなにおいしいウィスキーを飲むこともなかっただろうし……こんなにおいしいチョコレートを口にすることもなかっただろうし……」

少女が言った。だが、僕には何と答えていいのか、わからなかった。

少女がグラスに手を伸ばし、琥珀色の液体を口に含む。口の中でしばらく味わっていたあとで、小さく喉を鳴らしてそれを飲み込む。僕を見つめるようにして微笑む。

「目が見えなかったから、わたしはいろいろなところに行けたし、こうして日本にも来ることができた……英語やフランス語も、少しは喋れるようになれた……素敵な香りのする香水を付けることもできたし、村の人たちが絶対に口にできないようなおいしいものも食べられた……だから今ではわたしは、目が見えなくてよかったと思ってるんです。そのことに感謝してるんです」

僕は無言で頷いた。けれど、無言だったから、僕が頷いたのは少女にはわからなかったかもしれない。

「あの……タカノさん？」

何杯目かのグラスを空にした少女が僕のほうに顔を向けた。

「えっ？　何だい？」

「何かしましょうか？」

少女の顔に笑みはなかった。

「何かって？」

「だから……あの……男の人がみんな喜ぶようなことを……」

一瞬、少女が何を言っているのか、僕にはわからなかった。それからようやく、それを理解した。

そう。少女は自分にできる唯一の方法で、今夜のウィスキーの代価を支払おうとしているのだ。

「いや……何もしなくていいよ」

素っ気なく僕が言い、少女が意外そうな顔をした。

「あの……タカノさんは、女が好きじゃないんですか？」

宝石のような美しい目で、少女が僕をじっと見つめた。いや、見つめられているかのように僕は感じた。

もしかしたら少女は、最初からそう思っていたのかもしれない。少なくとも、少し前からは、僕が彼女の性的な奉仕を求めていると思っていたのかもしれない。

「そうだね。あの……僕は女は好きじゃないんだ。いや。あの……僕は……男も女も、どっちも好きじゃないんだよ」

僕が言い、少女が少し困ったような顔をして頷いた。

ボトルが半分ほど空になったところで、僕は少女を505号室に送って行った。もう真夜中になっていた。

「今夜は楽しかったです。ありがとうございました」

505号室のドアのところで少女が礼を言った。

「どういたしまして。あの……僕もすごく楽しかったよ……」

それは本当だった。僕がそんなふうに感じたのは、とても久しぶりのことだった。

「ゆっくりとお休みになってください」

見えているかのように僕を見つめて、少女が微笑んだ。

「あの……もし、よかったら、明日の晩も、また一緒に飲まないかい？　まだバランタインも半分も残ってるし……」

「いいんですか？」

「うん。ぜひ、また飲みたいな」

「嬉しい」

「明日の晩、また迎えに来るよ」

僕は言った。「それじゃあ、おやすみなさい、サラ」

「おやすみなさい、タカノさん。あの……」

少女が何かを言いかけた。言いかけたように、僕には聞こえた。

「えっ？　何だい？」

「いいえ。何でもないんです……おやすみなさい」

首を左右に振って少女が言った。

僕はドアを閉めた。だが、しばらく、閉まったドアの外側に立っていた。それから、ポケットから鍵の束を取り出して、ドアにしっかりと鍵を掛けた。

自室のドアを開くと、またしても粉雪が飛び出して来た。けれど、一緒に少女がいないので、少し不思議そうにしていた。

「あの子は、また明日の晩も来るよ」

僕は粉雪に微笑んだ。そして自分が、明日の晩を楽しみにしていることに気づいた。

第5章

1

ふだんなら少女は、女たちが起こしに来る前に目を覚ます。

けれど、その朝はそうではなかった。少女が目を覚ましたのは、狭い部屋に響いた「おはよう、サラ」という中年の女の声によってだった。

昨夜、久しぶりに飲んだウィスキーのせいだろう。ベッドに上半身を起こすと、頭の芯が微かに痛んだ。

「おはようございます、ナカノさん」

戸口の辺りに、マリアと並んで立っているらしい女に少女は微笑んだ。それから、口を押さえて小さくあくびをした。

「あれっ？　これは……何のにおいだろう？」

戸口に佇んだ中年の女が鼻をヒクつかせている音がした。「これは……お酒だね。サラ、あんた、お酒を飲んだのかい？」

「はい。昨夜、ウィスキーを飲みました」

悪びれもせずに少女は答えた。酒を飲んだことで、誰かに咎《とが》められたことは一度もなかったから。

「だって、ここにはウィスキーなんて置いてなかっただろう？」

「昨夜、タカノさんがここにいらして、彼の部屋に連れて行ってもらって、そこでふたりでウィスキーを飲みました」

少女が答えた。けれど、女はそれに対して何も言わなかった。

建物の外からはきょうもいろいろな音が聞こえた。蟬や鳥たちの声もしていたけれど、それらの多くは大都会の騒音だった。

部屋の戸口に立ち尽くし、中年の女は沈黙していた。トレイを抱えたマリアが、その背後に所在なさげに佇《たたず》んでいた。見えたわけではなかったが、少女にはそれがわかった。

「サラ、あんた……高野さんとセックスしたのかい？」

数秒の沈黙のあとで、中年の女が言った。

女の声には咎めるかのような響きがあった。少なくとも、少女はそう感じた。

性交をしたことを咎められたことはなかったから、少女はそれを意外に思った。性行為をすることは、少女の唯一の仕事だった。

「いいえ、していません」

「それは本当なの？」

「はい。あの人……タカノさんは、女は好きじゃないって……あの……男も女も、両方とも好きじゃないって……そう言っていました」

少女が答え、また数秒の沈黙があった。

喉の渇きを覚えて、少女はサイドテーブルに腕を伸ばし、そこにあったペットボトルを手に取った。けれど、戸口に立った女が無言なので、飲むのをためらっていた。

やがて女が言った。

「高野さんは、そういう人なんだよ……あの人はね、そういう人なんだ」

声のするほうに顔を向けて、少女は曖昧に頷いた。けれど、何と答えていいのかは、わからなかった。

「さっ、それじゃあ、朝食にしよう」

女が言い、トレイを抱えたマリアの足音が近づいて来た。

少女は手にしたペットボトルの蓋を開けて、中のミネラルウォーターを口に含んだ。

2

ここでの少女の朝食はいつも質素で、量も多くはなかった。夕食には肉や魚や卵料理も出たけれど、朝食はいつも1杯の雑穀粥と、一皿の野菜スープ、カップ1杯のコーヒーとグラス1杯のトマトジュース、それにカットしたフルーツが少々というものだった。けれど、その朝の食事はいつもよりさらに少なくて、バナナが半分とコーヒーが1杯だけというメニューだった。

「足らないと思うけど、きょうだけは我慢しておくれ」

少女のすぐ脇で中年の女が言った。「きょうはパンフレットに載せる写真の撮影をするからね。だから、できるだけお腹を引っ込ませておきたいんだよ」

「はい。わかりました」

少女はそう答えて微笑んだ。だが、内心ではがっかりしていた。朝と夕の2度の食事は、ここでの数少ない楽しみのひとつだった。

「撮影が済んだら、何かおやつを食べさせてあげるからね。もっとも、サラ、あんたは痩せ過ぎだから、少しぐらいお腹が出てでもかまわないんだけどね」

女が笑った。その息から微かに煙草が香り、少女は昨夜の煙草の味を思い出した。

わずかばかりの朝食は、たちまちにして終わってしまった。食事が済むと、マリアが少女の入浴の手伝いをしてくれた。

手伝いと言っても、少女はたいていのことは自分でできた。だから、マリアはただバスルーム内にいて、少女にシャンプーやコンディショナーを手渡したり、シャワーの温度を調節したり、乾いたバスタオルを差し出したりするぐらいしかすることはなかったが。

間もなく競り市が開催されることになっていた。

どんな人がわたしを買うのだろう？　若い人なのだろうか？　年寄りなのだろうか？　優しい人なのだろうか？　それとも、横暴な人なのだろうか？

それが気にならないと言ったら、嘘になる。けれど少女は、そのことについては考えないようにしていた。

自分にコントロールすることができないことは思い悩まない。

それが少女の生きる術《すべ》だった。少女はこれまで、ずっとそうして生きて来た。

けれど、それでも……毎日そばにいて、親切に世話をしてくれたマリアと、もう永遠に会えなくなるのだと考えると辛《つら》かった。

少女はこれまで、誰かを好きになったことはほとんどなかった。それほど濃厚に誰かと付き合ったこともなかった。だが、マリアと、ナカノという中年女には、淡い好意を抱いていた。ふたりは少女に対して、とても親切に接してくれたから。

「ねえ、マリア」

浅いバスタブに身を横たえ、全身を温かな湯に浸しながら、少女はすぐそばにいる女に呼びかけた。密室になったバスルームに少女の細い声が美しく響いた。

「なあに、サラ？」

小声でマリアが訊いた。今度はその声がバスルームに響いた。マリアはあまり喋らなかったが、喋る時にはいつも、小さな声で囁くように話した。

「マリア、あの……実は、あなたにお願いがあるんだけど……」

手を伸ばしてマリアの腕に触れながら少女は言った。マリアの腕は皮膚が薄く、皮下脂肪がほとんどなかった。

「お願いって、何なの？」

相変わらず、囁くような声でマリアが言った。彼女の吐く息が、濡れた少女の顔に柔らかく吹きかかった。

「あの……マリア……もし、よければ……顔に触らせてもらいたいんだけど……」

遠慮がちに少女は申し出た。

実はずっと前から、マリアの顔に触りたかった。マリアだけではなく、ナカノという女の顔にも触りたかった。けれど、なかなか言い出せずにいたのだ。

「わたしの顔に？」

少し不思議そうにマリアが言うのが聞こえた。

「ええ。あの……あなたがどんな顔をしているのか知りたいの……そうすればきっと、わたしはマリアのことをいつまでも覚えていられるはずだから……来週も再来週も、1年後も10年後も、きっとマリアのことを思い出すことができるはずだから……」

少女が言った瞬間、マリアの喉が不思議な音を立てた。

嗚咽《おえつ》？

どうやら、そうらしかった。

「どうしたの、マリア？　あの……泣いているの？」

少女の問いかけにマリアは答えなかった。けれど、次の瞬間、マリアの手が少女の手首を摑み、自分のほうにぐいっと引き寄せた。

そして、少女の指先は、マリアの顔に初めて触れた。

少女はその濡れた掌《てのひら》で、夢中でそれを撫でた。

思った通り、マリアは泣いていた。目の下を、幾筋もの涙が流れていた。自分の手が濡れているにもかかわらず、少女にはそれがわかった。

マリアの顔は小さくて、全体的に平べったくて、頰の辺りが少しふっくらとしていて、鼻が小さくて丸かった。睫毛は長く、目が大きく、唇は小さくて柔らかかった。左右の耳たぶには、小さなピアスが嵌められていた。

「どう、わたしの顔？」

顔を触られながらマリアが笑った。

「そうね。とても優しそう……それにとても綺麗……」

「綺麗？　そんなこと言われたことないわ。それって、お世辞でしょう？」

「お世辞じゃない。本当に綺麗よ」

「だったら、すごく嬉しいわ」

濡れた指先でしばらくマリアの顔のあちらこちらを触っていたあとで、少女はゆっくりと手を離した。

「もう大丈夫。これでわたし、マリアのことは忘れない」

少女が言い、マリアが無言で頷いた。見えなくても、少女にはそれがわかった。

3

入浴のあとでいつものように、マリアがドライヤーとブラシとを使って少女の髪を乾かしてくれた。そのあいだ少女は、タオル地のバスローブをまとって、椅子のひとつに浅く腰を下ろしていた。

「サラ、あんたの髪は本当に綺麗だねえ。つややかで、こしがあって、癖がなくて……まるでシルクでできているみたいだ。羨《うらや》ましいよ」

部屋の片隅で煙草をふかしているらしい、ナカノという中年女が言うのが聞こえた。

「そうですか？　ありがとうございます」

少女は女のほうに目を向けて微笑んだ。

自分が美しい髪をしているということは少女も知っていた。これまでにたくさんの人に言われてきたから。

少女の髪は太くて、癖がなく、つるつるとした手触りで、長く伸ばしても先端が枝毛になることはなかった。みんなは黒いと言っているから、きっとそうなのだろう。


髪が乾くと、ナカノという女が少女の顔に化粧を始めた。少女は椅子に腰掛けたまま、自分の顔を撫でていくパフやチップやブラシの感触に身を委《ゆだ》ねた。

実は少女は自分ひとりでも化粧をすることができた。店にいた頃は毎日ひとりで、手探りで化粧をしていたし、それでみんなからは充分に綺麗だと言われていた。

相変わらず、窓の外からは都会の騒音が聞こえていた。人の名前らしいものを連呼している女の声も聞こえた。

さっきマリアに訊いたら、この地方ではもうすぐ選挙があるらしく、それで候補者たちはスピーカーを取り付けた車に乗り込み、女に自分の名を連呼させながら街を走りまわっているということだった。

「サラ、あんたは美人だから、化粧映えがするねえ。化粧品のモデルにでもなればよかったのにと思うほどだよ」

しきりに手を動かしながら、ナカノという女が言った。

「ありがとうございます」

閉じた瞼を何度も撫でていく細く柔らかなブラシを、くすぐったく感じながら少女は日本語で礼を言った。

けれど、『色』という概念を理解していない少女には、その言葉の本当の意味はわからなかった。

化粧をしたあとも、顔に触った感じがそれほど大きく変わるわけではない。確かに、マスカラを使えば睫毛にはヴォリュームが出るし、ルージュを塗れば唇はベタベタする。香水を吹き付ければ、とてもいいにおいがする。だが、顔に触った感じはそんなには変わらない。少し粉っぽかったり、少ししっとりとしていたりするだけだ。

けれど、化粧をすることで女の顔は変わるらしい。

それはどうしてなのだろう？　何がどう変わるのだろう？　わたしの顔はどんなふうに変わるのだろう？

客の前に出る時には必ず化粧をするように――。

どの店でも厳しくそう言われていた。だから少女は素直にそれに従っていた。けれど、理由を理解してそうしていたわけではなかった。

晴れた日の空の色は青、晴れた日の空に浮かんでいる雲は白、曇った日の空の色は灰色、木の葉の色は緑、ヒマワリの花は黄色、ニワトリのトサカは赤、カブトムシの羽は黒、綺麗な水には色がない……それは知っている。だが、その『色』というものがいったい何なのか、少女にはわからなかった。

「ああっ、サラ、あんたすごく綺麗だ！」

ナカノという女が感激したような口調で言い、そばにいたマリアが「本当に綺麗。ハリウッドの女優みたい」と、うっとりとした口調で言った。

その瞬間、少女は自分の目が見えないことを少し残念に思った。見たいと思うものはほとんどなかったが、できることなら、化粧をした自分の顔を見てみたかった。

4

化粧が済むと、少女はバスローブを脱ぎ捨てて全裸になった。そして、マリアに手伝ってもらって、シルクの下着を身に付け、踵の高い華奢なサンダルを履いた。ピアスやネックレスや、ブレスレットやアンクレットなどのアクセサリーも付けた。

ここに来てから少女はいつも、木綿の下着を着用していた。足元はいつも、タオル地のスリッパだった。けれど、シルクの下着やハイヒールには慣れていた。たくさんのアクセサリーにも慣れていた。それは少女の制服みたいなものだった。

着替えが終わると、部屋にもうひとりの人間がやって来た。それは少女を日本に連れて来た、オノという小柄な日本人の男だった。

ナカノという女とオノという男は、日本語で何かを話し、楽しげに笑っていた。

どんな話をしているのだろう？

ふたりが話しているのを聞いていると、少女は少し不安になった。

理解のできない言葉は、昔から少女を不安にさせた。だから彼女はごく幼い頃から、必死になって外国の言葉を覚えようとした。

かつて一緒に働いていた売春婦たちの多くは、聞き覚えた片言の英語を話した。片言のフランス語を話す女たちもいたし、片言のイタリア語やロシア語を話す女たちもいた。けれど、そんな女たちの使う外国語はどれも、聞き覚えのいい加減なものだった。

少女はそんな女たちよりずっと正確で、ずっと流暢《りゅうちょう》な英語とフランス語を話した。だから、英語やフランス語を使う客が店に来ると、通訳のために少女が呼ばれた。

今ではイタリア語とスペイン語も、日常的なことなら話せるようになっていた。英語やフランス語で歌われる曲だったら、その歌詞はたいてい聞き取ることができた。

言葉を勉強するのが特別に好きなわけではなかった。だが、光を知らない少女にとって、言葉は光だった。


しばらくすると写真の撮影が始まった。カメラマンはオノという男だった。

男は少女の容姿を繰り返し褒めながら、彼女にいろいろなポーズを要求した。男の話す英語は、とても流暢で、変な癖がなくて聞き取りやすかった。

少女は求められるがままにポーズをとった。シャッター音が立て続けに響いた。

シルクの下着やハイヒールやアクセサリーと同じように、少女は撮影されることにも慣れていた。店にやって来る男たちの何人かは、少女の裸や下着姿を写真やビデオに撮りたがった。何人かは少女と自分が性交しているところや、少女が口に男性器を含んでいる顔を撮りたがった。

写真もビデオも、具体的にどういうものなのか、少女にはわからなかった。けれど、少女はそれらの要求を拒まなかった。

それでも、性交の様子をビデオ撮影したすぐ直後に、その画像をその場で客が見ることがあって、そんな時には自分の口から漏れていた淫らな声が少女にも聞こえて、少し恥ずかしいような気分になった。


撮影は30分ほどで終了した。撮影が終わると、オノという男は部屋を出て行った。

ナカノという女が、すぐに化粧を落としてくれた。最後にはマリアが温かな濡れタオルで、少女の顔を丁寧に拭いてくれた。化粧を落とすとさっぱりして、呼吸が楽になったような気がした。

少女はまたマリアに手伝ってもらって、いつもの木綿の下着と木綿のナイトガウンに着替えた。

「これで終わりだよ。お腹がペコペコだろ？　すぐにおやつを持って来てあげるからね。それまで、のんびりしていなさい」

ナカノという女はそう言うと、マリアと一緒に部屋を出て行った。

ベッドの背もたれに寄りかかり、少女はゆっくりと首をまわした。そして、この上の階に暮らしている男のことを思い出した。

今夜もあの男は迎えに来るのだろうか？　またウィスキーを飲ませてくれるのだろうか？

今夜も煙草を吸えるのだろうか？

そう考えると、気分が高揚した。楽しいことを考えるのは、大好きだった。

第6章

1

かつて僕たちから女を買った男が、その女の下取りに来てほしいと連絡して来た。それで僕は大野さんとふたりで、湘南海岸沿いにあるその男の家に向かった。

本来、こういう仕事は中野さんと僕が担当していて、大野さんや小野さんが行くことはない。だが、きょうは競り市のパンフレットに載せる女たちの撮影のため、中野さんが動くことができなかった。それで大野さんが僕に同行してくれることになったのだ。僕は運転が下手なので、運転も大野さんにお願いした。

「それにしても、ひどい渋滞ですね。さっきから全然動いてないですよ。真夏の湘南だから覚悟はしてたけど、これほどとはなあ……」

ハンドルを握った大野さんが、呆《あき》れたような口調で言った。妊婦のように突き出した腹がハンドルにぶつかって、かなり運転しにくそうだ。

「頑張ってください、大野さん。もうあと少しの辛抱ですよ」

そう言って僕は大野さんを励ます。カーナビによれば、あと5分で現地に到着する予定になっている。だが、それは絶対に不可能だろう。

窓の外に目をやる。助手席に座った僕のすぐ左脇の歩道を、水着姿の若者たちがそぞろ歩いて行く。何人かはサーフボードやボディボードを抱えている。大きなゴムボートを頭に乗せて歩くカップルもいる。

歩道の向こう側は松の防砂林になっていて、その木々のあいだから、時折、海が見える。真夏の海はギラギラと暴力的なまでに輝いている。

渋滞は楽しいものではない。だが、大野さんは煙草を吸わないから、きょうはこうしていても苦痛ではない。もし、運転しているのが中野さんだったら、きっと車内には今頃、真っ白な煙が充満していることだろう。

「きょうの女の子はどんな感じなんでしょうね？　下取りに出すぐらいだから、やっぱり、ひどいことになっているんでしょうかね？」

ハンカチで額の汗を拭いながら大野さんが言う。エアコンは全開にしてあり、実を言うと僕はさっきから凍えているのだが、大野さんにはこれでも暑いらしい。

「どうなんでしょうね？」

曖昧な返事をしながら、僕はまた窓の外に目を向けた。

客たちから下取りの依頼があるのは珍しいことではない。実際、これまでに僕たちは、売りに出した女の5人にひとりぐらいは、半年から2年ほどのあいだに引き取っている。特に、次の競り市が間近に迫ったこの時期は、下取りの依頼が多い。

個人によって差はあるが、基本的に女たちの下取り価格はとても安い。平均すれば、購入時の価格の半額か、3分の1以下だろう。女たちの状態があまりに悪くて、無料で引き取るということも少なくない。

それでも、客たちにとっては、不必要になった女たちを、いつまでも手元に置いておくよりはいいのだろう。生きている女を処分することは簡単にはできないから（自分で処分してしまう客もいるとは聞いているが）、たいていの客たちは、いらなくなった女たちを購入した業者に引き取らせている。

車が古くなれば、あるいはその車に飽きれば、それを下取りに出して新車を購入する。女を下取りに出す客たちの気持ちは、たぶんそんなところなのだろう。

どちらにしても、下取りに行くのは楽しい仕事ではなかった。そういう女たちは、肉体的にも精神的にも悲惨な状態になっていることが少なくなかったから。

僕たちはたいてい、下取りをした女たちを何カ月か休養させる。それからまた、競り市に出品する。傷だらけの車を塗り直して販売する中古車屋みたいなものだ。

「ところで、高野さんは、これから下取りする女の子のこと、覚えてますか？　わたしたちが出品した子なんでしょう？　わたしは小野さんが仕入れて来た外国の女の子たちのことは、いつもあまり覚えていられないんですが……」

「覚えてるはずないでしょう？　僕は何でも忘れてしまうんですから」

「そりゃあ、そうだ。高野さんって、本当に何でも忘れちゃうもんね」

大野さんが笑い、突き出した腹部が上下に揺れる。

これから僕たちが下取りをする予定の女は21歳の外国人だった。半年ほど前に小野さんがフィリピンで仕入れて来たのだ。あの当時は女はまだ20歳で、確か……呼び名は『サリー』といったと思う。はっきりとは覚えていないが、ふっくらとした体つきをした、可愛らしい顔の、素直で優しそうな女だったような気がする。

「それで、高野さん、その客の男、いくつだって言ってましたっけ？」

「ええっと……確か……70歳だとか71歳だとか……」

「いい年なんですね？　奥さんや子供はいないのかな？」

少し蔑《さげす》むかのような口調で言って、大野さんが笑った。

「奥さんとは何年も前に離婚してて、子供たちもそれぞれ独立してるみたいですよ」

「それじゃ、ひとり暮らしということですか？」

「ものすごい金持ちだっていう噂ですから、家政婦さんがいるんじゃないですか？　僕も詳しくは知らないんですけど……」

「そのじいさん、これまでにも何人もの女の子を買っているんですよね？」

「僕たちのところからはひとりだけですが、ほかのところからは10人か……もしかしたら、それ以上買ってるかもしれません。業界では有名な人ですよ」

「ふうん。お盛んなんだな」

目を丸くして大野さんが笑う。

僕はまた窓の外に目を向けた。そして、ふとあの盲目の少女のことを思った。

「あっ、高野さん、あの子たち見てくださいよ」

大野さんがそう言って僕の膝を叩く。

ぼんやりとしていた僕は慌てて辺りを見まわす。

同じように渋滞している反対車線の向こう側の歩道を、白いビキニを着た少女と、黒いビキニをまとった少女が、左右に腰を振りながら歩いて来る。

まだ10代なのだろう。ふたりとも生意気そうな顔に濃い化粧をしていて、小麦色に日焼けしている。どちらも背が高く、腕や脚が長く、ほっそりとした体つきをしていて、明るく染めた髪を長く伸ばしている。

渋滞する車の中では、たいていの男たちがふたりの少女を見つめている。少女たちも見られていることを意識していて、ツンと澄まして歩いている。

「ああいう女の子たちを、日常的に仕入れることができたら、あっと言う間に億万長者になれるんですけどね」

大野さんが言い、僕は少女たちの背に飛び出した肩甲骨を見つめながら、「そうですね」と頷いた。

2

這うようにしか動かない車の窓から、水着姿の若者たちや、松の防砂林や、その向こうにちらちらとのぞく海や砂浜を眺め続けながら……僕はふと、ある外国人少女のことを思い出した。

その少女は当時18歳。インドネシア領の小さな島の出身で——1年半ほど前に開催された競り市で、僕たちが売りに出した商品のひとりだった。

少女は小柄で、ほっそりとしていて、とても可愛らしい顔立ちをしていた。仕入れ値は安かったけれど、10代で処女だということもあって、競り市ではそこそこの値で売れた。彼女を落札したのは、まだ30代半ばのゲームソフトメーカーの経営者だった。

売ってしまえば、もう僕たちには関係がない。僕たちはみんな、次の商品を仕入れて売りに出すことに忙しくて、その少女のことはすっかり忘れていた。

けれど、その競り市から半年後、僕たちはまたその少女を思い出すことになった。彼女が主人である男を殺害して逃亡したというのだ。

今から1年ほど前の夏の朝、都会に聳える超高級高層マンションの一室で、通いの家政婦が、血まみれになったその部屋の主を発見した。

警察が現場に駆けつけた時には、男はすでに死亡していた。死因は頭部を殴られたことによる脳挫傷で、死後10時間から12時間が経過していた。男の後頭部は頭蓋骨が陥没し、床には血と一緒に、脳のかけらとみられる物質が飛び散っていた。

凶器はすぐ近くにあった、ガラス製の灰皿のようだった。大きくて重い灰皿には、男の血液が大量に付着していた。

警察はすぐに、その部屋に男と同居していたらしいアジア系の外国人少女が犯人だと断定した。現場に少女の姿はなかったが、彼女が男を殺害する瞬間を記録した、決定的な映像が残されていたのだ。

家政婦の証言によれば、ゲームソフトメーカーの経営者である男から、少女は『コー』という名で呼ばれていたようだった。だが、中年の家政婦が知っていたのは、それだけだった。彼女は家の中にその少女がいるのは知っていたが、実際にその姿を見たことは一度もなかったというのだ。

すぐに捜査が開始された。だが、警察はいまだにそのアジア系少女を逮捕できていないばかりか、彼女の国籍も本名も年齢も、日本への入国ルートも特定できていない。少女と男がどこで知り合ったのかすらもわかっていない。

それを知っているのは、僕たちヨコハマ・スター・トレーディングの4人と、競り市の開催に係わる何人かの関係者だけだった。

警察の発表によれば、殺されたゲームソフトメーカーの経営者は、自宅マンションにその小柄なアジア系の外国人少女とふたりで暮らしていた。家政婦の女性が毎日のように出入りしていたようだったが、基本的には彼らはふたりきりで生活していた。

だが、それは生活というようなものではなかった。男は少女と生活していたのではなく、彼女を飼育し、性の奴隷としてもてあそんでいたのだ。

『飼育』という言葉は、ワイドショーや週刊誌が好んで使ったもので、警察や大新聞はそんな言葉は使わなかった。だが、アジア系の外国人少女に対する男の接し方は、その言葉がぴったりのものだったようだ。

男は死んでしまったし、その外国人少女はいまだに逃亡中だった。だから、ふたりの暮らしが本当はどういうものだったのかはわからない。だが、現場に残されたさまざまな物証が、彼らのおぞましい日々を物語っていた。

男と少女が暮らしていた部屋の中には、鞭や手錠やロープや口枷や、ガラス製の浣腸器や太いロウソクや……その他、一般の人はあまり目にすることがないような、たくさんの拘束具や道具類が残されていた。人が失神するほど強い電流を放つスタンガンもあったし、猛獣類の飼育に使うような鉄製の檻もあった。性的な興奮を得るために使用される薬品類や、膣への挿入を目的に作られた器具もたくさんあったという。

殺害された男は外国人少女との毎日を、動画や静止画として大量に記録していた。その一部は何らかのルートから流出し（撮影者本人が意図的に流通させたものもあるらしかった）、僕を含むかなりの数の人々が目にした。

映像の中の少女はいつも全裸で、多くの時、両手を背後で拘束されていた。首には革製の首輪が巻かれ、その首輪には鎖が繋がれていた。鉄の檻に入れられていることもあったし、四つん這いになってボウルからミルクを飲んでいることもあった。未熟な少女の体には、いたるところに傷やアザができていた。

インドネシアの小島で生まれ、家族の生活を支えるために金銭で売られて日本にやって来た18歳の少女は、成り金の日本人の男の性の奴隷として生きる日常に耐えた。少女はとても辛抱強かったし、家族のことを思うと、逃げ出すことはできなかったのだろう。

たとえそれがどんなに辛くても、終わりがわかれば、人はそれに耐えることができる。だが、終わりの見えない試練には耐え続けることができない。

器に注がれ続けた水が、ついにはその縁を越えて溢れ出るように……ある日、少女の我慢が限界を越えた。

そして、最後の瞬間がやって来た。

3

いつもそうしているように、その晩も男は、三脚上に取り付けたデジタルビデオカメラを作動させた。ファインダーをちょっとのぞいて構図を確認してから、カメラの焦点の中央――広々とした寝室の、広々としたベッドにゆっくりと腰を下ろした。自分のほうを向いたレンズに目をやり、さして面白くなさそうに笑った。

その晩も男は、痩せこけた体に茶色いシルクのガウンをまとっていた。いつものように、ガウンの下は裸だった。

ベッド脇のサイドテーブルの上には、最高級のブランデーのボトルと、華奢なブランデーグラスが置かれていた。煙草とライターと、大きなガラス製の灰皿もあった。

男はブランデーをグラスに注いだ。そして、手の中のグラスを何度か揺り動かし、グラスの縁に鼻を近づけて香りを楽しんだあとで、その琥珀色の液体を口に含んだ。

カーテンを開け放った大きな窓の向こう――そこには大都会の夜景が、地上の銀河のように果てしなく広がっていた。光に彩られた東京タワーが、すぐそこに見えた。男の暮らす部屋は、東京タワーの展望台とほぼ同じ高さにあった。

まるで銀河の中に浮いているようだ。

いつものように、男は思った。その部屋の高さが、自分の経済的な成功や、社会的な地位を象徴しているかのように感じられた。

美しい夜景を見下ろしながら、彼はしばしば、地上を睥睨しているような錯覚に陥った。あたかも自分が、この地上の絶対的な君主であるかのように。

部屋の明かりは消されていたが、暗くはなかった。窓から差し込む大都会の光と、満月に近い月の光とが、寝室全体に柔らかく満ちていたからだ。

手にしたグラスをサイドテーブルに置くと、男は部屋の隅に視線を移した。

広々とした部屋の片隅——そこに華奢な体つきをした小柄な外国人少女が、佇むようにして立っていた。

少女は全裸だった。痩せた浅黒い体のいたるところに、傷やアザができていた。ほっそりとした首には、大型犬用の革製の首輪が巻き付けられていた。首輪には長い鎖が結ばれ、その鎖の先端は壁から突き出した鉄製の止め具に固定されていた。

男は全裸の少女を見つめ、無言で手招きした。

少女はその大きな目でじっと男を見つめ返した。それから、いつもそうしているように、長い鎖をじゃらじゃらと引きずって、自分の主人である男に歩み寄った。

男は絶対的な権力を有した君主であり、少女は何の権利も持たない奴隷だった。命令に逆らうことなど、思いもよらなかった。

「四つん這いになれ」

男が命じた。

男の口から出るのは、すべて日本語だった。だが、この部屋に来て半年が過ぎた今では、そう命じられた時に自分が取らなければならない姿勢は少女にもわかっていた。

全裸の外国人少女は、絶対君主に命じられるがまま、男の足元に両手と両膝を突き、低い四つん這いの姿勢を取った。

「もっと足を開け」

男が命じ、少女は再びそれにしたがった。

その姿勢は交尾に応じるメス猫のようで、最初の頃、少女は非常な屈辱を感じた。けれど、いつしか、それにも慣れてしまった。

次に男が自分に何を命じるか……少女にはそれもわかっていた。

この部屋の絶対君主である男は、羽織っていたガウンの紐を解《ほど》いて前を広げると、跪いた少女の髪を乱暴に鷲摑みにした。そして、「くわえろ」と低く命じた。少女が予想していた通りの命令だった。

奴隷でしかない少女に、逆らう資格はなかった。いつもそうしているように、彼女は突き出された男性器を、その小さな口に深く含んだ。

男性器はまだ柔らかかった。だが、口の中でたちまちにして膨張を始めた。

少女はその大きな目をしっかりと閉じた。そして、この半年間、ほとんど毎夜そうしているように、ゆっくりと上下に顔を動かした。唾液にまみれた男性器が、少女の口から出たり入ったりした。

そんな少女を満足げに見下ろしながら、男はまたブランデーを飲んだ。無造作に手を伸ばし、四つん這いになっている少女の貧弱な乳房を揉みしだいた。

「うっ……うむっ……」

痛がった少女が身悶えした。少女の口の中で男性器が、確実に堅く、大きくなっていくのが感じられた。

少女の乳房をしばらく揉んでいたあとで、男はベッドの上に視線を落とした。そこには、こんな行為のたびに使用しているさまざまな器具や道具が乱雑に投げ出されていた。

しばらく考えていたあとで、男はどぎつい紫色をした電動の器具のひとつを手に取った。それは硬直した男性器を模して作られた合成樹脂製の器具で、とてもグロテスクな形をしていた。スイッチを入れると、細かく振動しながらくねくねと動いた。

男は少しのあいだ、手にした疑似男性器を見つめていた。それから、複雑な凹凸をもったその表面に、慣れた手つきでローションを塗り付けた。ひとつ目が済むと、別の疑似男性器を手に取り、それにも同じようにローションを塗った。

音楽のない部屋の中は静かだった。口を塞がれた少女が鼻で呼吸をする音と、唾液に濡れた男性器と少女の唇が擦れ合う音がするだけだった。口の中の男性器が膨張をしたせいで、少女は息苦しそうだった。

2本の疑似男性器にローションを塗り付け終えると、男はその1本の先端を四つん這いになった少女の女性器に宛てがった。そして、いつもそうしているように、それをゆっくりと膣の中に押し込んでいった。

「ううっ……うっ……」

少女が細い体をよじらせ、くぐもった呻きを漏らした。けれど、口を塞がれているために、それ以上の声を出すことはできなかった。太くグロテスクな合成樹脂製の男性器は、少女の体の中に呆気《あっけ》なく沈み込んだ。

1本目の挿入を終えると、男は2本目を手に取った。そして、今度はそれを少女の肛門に宛てがい、そのまま押し込もうとした。

肛門への挿入は、膣ほど容易ではなかった。少女は痛がって尻を振り、また、くぐもった声を漏らした。

「うむっ……うっ、ううっ……」

いつの間にか、少女の目からは涙が溢れ出ていた。床に突いた細い手足が、ブルブルと震えていた。

「動くな」

男が低く命じた。

やがて男は、少女の肛門を力ずくで押し開き、そこに合成樹脂製の男性器を挿入することに成功した。2本の疑似男性器の挿入が済むと、男はまたブランデーを飲んだ。それから急に思いついたかのように、少女に挿入した疑似男性器のスイッチを入れた。

まず、膣に挿入したほうのスイッチを、それから、肛門のほうのスイッチを……。

くぐもったモーター音が静かな室内を支配した。少女が細い体を痙攣させるかのように悶えさせながら、低く呻きを漏らした。

「うぶう……うぶう……うぶう……」

声が漏れたのは、快楽のためではなかった。それは単に、苦痛のためだった。

男にもそれはわかっていた。彼には少女に快楽を与える気など、最初からなかった。

男は女が苦痛に呻く様子を見ているのが好きだった。と言うより、女を苦しめることによってのみ、性的な快楽を得ることができた。だからこそ、彼には奴隷が必要だった。

女を飼う——この摩天楼の上にある部屋のように、それは彼の成功や地位を象徴しているかのように思えた。

四つん這いになって呻く少女と、窓の向こうに広がる大都会の夜景を交互に眺めていたあとで、男は自分の股間に顔を伏せた少女の髪を両手で強く鷲掴みにした。そして、少女の顔をより強く、より激しく、上下に揺さぶるかのように動かした。

硬直した男性器の先端に喉の奥を突き上げられ、少女は咳き込んだ。胃が痙攣し、吐き気が喉元まで込み上げた。顔を振って、口の中のものを吐き出そうとした。けれど、男はそれを許さなかった。

「うむうっ……うむううっ……」

少女が苦しみに呻き、男はその征服感に酔った。

そう。彼は征服者だった。人生の成功者であり、勝利者だった。

男性器は少女の口の中でさらに大きくなり、その強度をさらに増していった。あまりに膨張したので、今では痛みを覚えるほどだった。

もう一口ブランデーを楽しんだあとで、男は股間にうずくまっている少女に声をかけた。

さらなる征服感を得るために、彼がいつもしていることだった。

声をかけた？

いや、そうではない。男は少女を罵《ののし》ったのだ。

「惨めだなあ、コー。お前は惨めだよ。犬や猫と同じだ。いや、犬や猫はペットだけど、お前は家畜だ。奴隷だ。犬や猫より、ずっと下だ。俺を恨んでるか？　憎んでるか？……でも、俺を恨んだり憎んだりするのはお門違《かどちが》いだ。悪いのは俺じゃなく、お前を売った父親と母親だ。恨むなら、父親と母親を恨め。子供を売り飛ばすような父親と母親を憎め……」

少女には日本語は正確にはわからない。けれど、その男の言葉が、自分を侮辱するものだということはわかっていた。自分や自分の家族を蔑み、少女のことを人間ではなく、家畜のように考えているということはわかっていた。

しばらく少女を罵っていたあとで、男は煙草に火を点けた。そして、股間に顔を埋《うず》めた少女を見下ろしながら、それをゆっくりと吸った。

広々とした寝室には、少女の苦しげな呻きと、疑似男性器の立てるモーター音とが響き続けていた。窓から差し込む街の光が、部屋に広がる煙草の煙を明るく染めていった。

煙草が半分ほどの長さになった時、男は、それまではしたことのなかったことを思いついた。そして、それを即座に実行に移した。

真っ赤になっている煙草の先端を、少女の肩に押し付けたのだ。

少女が悲鳴を上げた。瞬間、少女の歯が男性器に触れた。

「気をつけろっ、バカ野郎っ！」

男は日本語で叫ぶように言った。そして、少女の髪を鷲摑みにして顔を上げさせ、涙に濡れたその頬を平手で力まかせに張った。

小さな声を上げて、少女は崩れ落ちた。尻から抜け落ちた疑似男性器の1本が、床に転がって派手な音を立てた。

床にうずくまって少女は身を震わせた。凄まじい痛みと、凄まじい屈辱、凄まじい悲しみ、そして、凄まじい怒りが華奢な少女の全身を満たした。

「立て。続けろ」

男が命じ、少女は泣きながら身を起こした。そして、数秒前までそうしていたように、再び四つん這いの姿勢を取り、再び男の股間に顔を埋めた。

男は床に手を伸ばしてそこに転がっている疑似男性器を拾い上げ、それを再び少女の膣に深々と押し込んだ。

「今度、歯を立てたら殺すぞ」

男が言った。「お前には、ほかにできることはないんだから、それぐらいのことはしっかりとやれ」

少女がその言葉を理解したのかどうかはわからない。だが、その瞬間、少女の中の何かが壊れた。

そう。打ち寄せる大波に耐え続けていた防波堤が、その瞬間、ついに決壊したのだ。

少女は渾身の力を込めて口の中のものを噛み締めた。鋭い歯があっと言う間に男性器の皮膚を突き破り、膨張していた海綿体を噛み千切った。

「ひっ、ひーっ！」

男は少女の頭を振り払うようにして、その口から男性器を引き抜いた。千切れかけたそれは、その根元から凄まじい勢いで血を噴き出していた。

いった。

「ああっ！　あああああーっ！」

男は両手で股間を押さえ、さらに大きな悲鳴を上げた。男の指が、瞬く間に血に染まっていった。

少女はその瞬間を見逃さなかった。

素早く立ち上がると、少女はサイドテーブルにあった重いガラス製の灰皿を手に取った。それを頭上に振り上げ、俯いて叫んでいる男の後頭部に力任せに振り下ろした。

鈍い音がした。同時に、男の口から低い声が漏れた。

俯いて血に染まった股間を押さえていた男は、そのままの姿勢で、まるでお辞儀でもするかのように、前のめりに床に倒れ込んだ。

男は床の上で、ガウンに包まれた体を痙攣させていた。後頭部から流れ出た血液が、床にゆっくりと広がっていった。光の加減か、その血は黒く見えた。

少女は股間に手を伸ばし、膣と肛門で振動を続けていた忌まわしい疑似男性器を引っこ抜いた。そして、それらを床に思い切り叩き付けた。

けれど、少女の怒りはそんなことでは治まらなかった。

絶対君主だった男の頭の脇に跪くと、少女は再びガラス製の灰皿を高々と振り上げた。そして再び、男の後頭部にそれを振り下ろした。

再び鈍い音が部屋に響いた。ほぼ同時に、また男の口から声が漏れた。だが、その声は、さっきより微かになっていた。

少女はもう一度、灰皿を振り上げた。そしてもう一度、男の後頭部にそれを叩き付けた。男の口から、また小さな声が漏れた。

インドネシアの小島から連れて来られた18歳の少女は、その後も何度も灰皿を振り上げ、それを何度も男の後頭部に振り下ろした。何度も、何度も……繰り返し、繰り返し……汗まみれになって、それを続けた。

重い灰皿が、砕けて陥没した男の後頭部に激突するたびに、少女は自分の中から何かが抜け出ていくように感じた。長いあいだ止めていた息を、ようやく吐き出した時のような気分だった。

やがて灰皿は血にまみれ、男の口からは、ほんの微かな声も漏れなくなった。今では床は血の海と化し、少女の足や膝も血にまみれていた。男の後頭部は完全に陥没し、その形が変わっていた。

男の後頭部に10回以上灰皿を叩き付けたあとで、ようやく少女はそれをやめた。ゆっくりと立ち上がり、大きく深呼吸をした。それから、撮影を続けているビデオカメラに顔を向け、その可愛らしい顔を歪めるようにして笑った。

事件の直後に撮影されたマンションの防犯カメラには、殺人犯である外国人少女の姿が映っていた。少女は殺された男のものらしいジーパンを穿き、殺された男のものらしいTシャツと、殺された男のものらしいデニムのジャケットを着ていた。足には殺された男のものらしいスポーツシューズを履いていた。

それらの衣服や靴はどれも少女には大きすぎた。だが、少女が暮らしていた部屋には、彼女の衣類はまったくなかったのだから、それはしかたのないことだった。

防犯カメラに映った少女の顔には、飛び散った血のようなものが付いていた。だがその顔は、清々《すがすが》しくさえ見えた。

エレベーターで1階に下りた少女は、誰にも呼び止められずにエントランスホールを抜けた。そして、ブカブカの服をまとったまま、外の雑踏に紛れ込んだ。

あの少女は今、どこで、どうしているのだろう?

もしかしたら彼女は、次には僕を、あるいは仕入れ担当をした小野さんを、殺害しにやって来るかもしれない。

もちろん、それでかまわない。彼女には、僕や小野さんを殺す権利がある。

4

そこは海岸から程近い閑静な住宅街だった。どの家も木々の生い茂った広い庭を持ち、どの家にも大きな門があり、どの家にも勝手口があり、どの家のガレージにも外国製の高級車が何台も停《と》められているような……そんな古くからの高級住宅街だった。

その男の家も周りの家々と同じように、大きくて立派だった。苔むした石垣に囲まれた敷地の広さは……想像さえつかなかった。洒落た板塀の内側には、巨大な木々が枝を伸ばしていた。そんな枝のずっと向こうに、家の屋根がほんの少し見えた。

「すごい豪邸ですね」

灰色の瓦屋根の載った巨大な門の前に車を止めた大野さんが、目の前の大邸宅を見上げて言った。

「そうですね。すごい家ですね」

頷きながら車を下りると、僕は大きくて仰々しい門の脇、『佐竹藤次郎』と書かれた表札の下にあるインターフォンのボタンを押した。

車の外には真夏の熱気が立ち込め、横浜港のものとは違う潮の香りが漂っている。辺りには蟬たちの声が、耳を覆いたくなるほどの喧しさで響き渡っている。

『はい。どちら様でしょう？』

インターフォンから中年の女の声がした。蟬たちの声がうるさくて、その声が聞き取りづらかった。

「あの……ヨコハマ・スター・トレーディングの高野と申します。佐竹さんとお約束があって参りました」

『ああっ、お待ちしておりました。お車でお見えですか？』

「はい。車です」

僕がそう答えると、女は門を開けて庭に車を乗り入れるように告げた。

『門を入ったら、玄関前まで道なりに、ゆっくりと走って来てください。道が狭いですから、くれぐれもはみ出さないように気をつけてください。玄関まで運転手を迎えに行かせます。あっ、それから……車を入れたら、門は必ず元どおりに閉めておいてください。よろしいですね？』

この家の主の秘書なのだろうか？　それとも家政婦なのだろうか？　女の口調は丁寧ではあったけれど、少し横柄で、僕を見下しているような感じがした。もしかしたら主人から、僕たちについて何か聞かされているのかもしれない。

僕は女に言われた通り、観音開きになった重い木製の門を引き開け、大野さんが運転する車を先に敷地内に入れ、それから元どおりに門を閉じた。その扉は本当に仰々《ぎょうぎょう》しくて、本当に大きくて重たかったから、それだけのことで汗が噴き出した。

門の中に車を乗り入れた大野さんが、驚いたように目を丸くした。

大野さんが驚くのは無理もなかった。それは個人の私邸の庭というよりは、高級な旅館の庭園のようだった。僕はこれまでにも大勢の金持ちの家を訪問して来たが、これほど立派な庭は見たことがなかった。

門からかなり離れたところに、古い家が建っているのが見えた。日本風の庭園によく似合った、大きくて立派な木造の日本家屋だった。その家屋に向かって、白っぽい砂利を敷いた小道が、緩《ゆる》やかなカーブを描いて続いていた。

「いやーっ、びっくりした」

再び車の助手席に乗り込んだ僕に大野さんが言った。「いったい、どんなことをしたら、こんな大豪邸を建てられるんでしょうね？」

僕は曖昧な笑みを浮かべて首を傾げた。

白い小道の脇には大きな池があり、太った錦鯉が何匹も泳いでいた。辺りには樹齢を重ねた木々が生い茂り、庭のあちらこちらに苔むした大きな石が配置されていた。

日本家屋の玄関前にはスーツ姿の中年の男が立っていた。たぶん、この家の専属の運転手なのだろう。男は僕たちを交互に一瞥《いちべつ》し、それから「いらっしゃいませ」と言って、ホテルマンのように大仰に頭を下げた。

その家は、玄関もまた驚くほど広く、驚くほど立派だった。その玄関に小柄な老人が立っていた。この家の主である佐竹藤次郎だった。

立派で仰々しい玄関とは対照的に、老人は小柄で猫背で顔色が悪く、ひどくみすぼらしかった。黒っぽいズボンを穿き、白い開襟シャツを着ていた。

「ご無沙汰しております、佐竹さん。お元気でしたか？」

僕は老人に頭を下げ、隣にいる大野さんを紹介した。

「あんた、デブだなあっ！」

大野さんから名刺を受け取った老人が、叫ぶような大声で言った。「そんなに太ってたら、暑くてしかたないだろう？　いったい何キロあるんだ？」

初めて会って、いきなり『デブ』と言われ、きっと大野さんは気を悪くしたはずだった。それにもかかわらず、大野さんは顔ににこやかな笑みを浮かべ、「今は135キロぐらいだと思います」と穏やかな口調で言った。

「135キロっ！　俺が45キロだから……ええっと……ちょうど3倍じゃないか！　すっごいなあ……世の中にデブは多いけど、あんたみたいなデブはめったにいないだろう？　いったいどうやったら、そんなにデブになれるんだ？」

大野さんを不躾に眺めまわしながら、老人がさらに失礼な言葉を続けた。小さくて離れた老人の目は、真っ赤に充血していた。色の悪い唇からのぞく歯はどれも黄ばんでいて、顔のあちらこちらに薄茶色の老人斑が浮いていた。

「たぶん、太る体質なんですよ。父も母もデブだったし……わたしは、水を飲んでも太るんです」

微笑みを浮かべ、大野さんが穏やかに言った。

「相撲取りにでもなったほうがよかったんじゃないか？」

「はあ。昔は相撲取りになろうと考えたこともあったんですが……」

「ところで、あんたたちのところに中野っていう女がいるだろ？」

何の脈絡もなく老人が話題を変えた。

「はい。おりますが……」

今度は僕が答える。

「あんたたち、あの女を売るつもりはないのかい？」

老人が驚くようなことを言った。

「いえ。あの……中野さんはビジネスパートナーですから……」

「そうか。売らないか。そりゃ残念だ」

老人が本当に残念そうに言った。「あれはいい女だよな。美人だし、頭が良さそうだし、気位が高そうだし……あの女を調教したら、さぞ楽しいだろうなあ」

「はあ。そうですか？」

何と言っていいかわからず、僕は曖昧な返事をした。

「あの女を売る時は言ってくれ。いくらでも買ってやるから」

「はい。わかりました」

「まあ、いいや……こっちだ。ついて来てくれ」

急に話を終わらせると、老人は家の奥に向かって歩き始めた。大野さんと僕は呆気に取られながらも老人のあとに続いた。


家の中も旅館のように……いや、時代劇に登場する代官の屋敷のように広かった。柱も天井も壁も古かったけれど、どこもよく手入れが行き届いていた。廊下に並んだ障子はどれも、ついさっき張り替えたばかりのように真っ白だった。古い板張りの廊下は、スカートの女が歩いたら下着が見えてしまうのではないかと心配になるほど、ピカピカに磨き上げられていた。

小柄な上に猫背で、腰が少し曲がっていたけれど、老人は歩くのが早かった。歩いているあいだ、ただの一度も背後の僕たちを振り返らなかった。歩くのが苦手な大野さんは、それだけで息を切らしていた。

老人が向かったのは、屋根のついた橋で母屋と繋がった、小さなレンガ造りの3階建の建物だった。橋の下には池が広がり、泳いでいる錦鯉が見下ろせた。

そのレンガ造りの建物は、建ててからそれほど年月がたっていないのだろう。植木も庭石も母屋もすべてが古めかしい中で、その建物だけが新しかった。

「このビルは女たちのために、特別に建てさせたんだ」

屋根つきの橋を足早に渡りながら、振り向かずに老人が言った。「今はあんたたちから買った女がいるだけだけど、以前は女を3人も置いておいたこともあったんだ。1階2階3階にひとつずつ部屋があるから、3人までは置いておけるんだ。今度の市でも、気に入った女がいれば2〜3人買うつもりだよ。あんたたちにとっちゃあ、俺みたいな男はすごくいい客だろう?」

「そうですね。いつもありがとうございます」

老人の背後を歩いていた僕は、そう言いながら大野さんのほうを見た。僕のすぐ横を歩いていた大野さんが露骨に顔をしかめてからウインクした。大野さんの顔にはすでに、汗の玉がびっしりと浮いていた。

「しかし、女っていうのは飽きるもんだよな」

相変わらず振り向かずに歩きながら老人が言った。

「そうなんですか？」

デブと連呼されて不愉快な思いをしているに違いない大野さんに代わって、老人の話に僕が合いの手を入れた。

「ああ。どんな女を買ったって、半年か1年もすれば飽きちまう。ロシア人、ブラジル人……中国人、韓国人……インドネシア人、マレーシア人……アメリカ人、フランス人……いろいろと買ったなあ。若いのから、そうでもないのまで、本当にいろいろと買ったよ。でも、すぐに飽きるんだ」

「なるほど……」

何と言っていいかわからず、僕はそう合いの手を入れる。

「女を買って来て本当に楽しいのは、最初の調教をしている1カ月ぐらいだけだ。前にVIPの市で、宝塚の女優だったっていう綺麗な日本人の女を買ったことがあったけど、あの時は3カ月で飽きて下取りに出したよ」

「たった3カ月で、ですか？」

「ああ。若くて綺麗な女だったけど……美人っていうのは、飽きるね。だから、今度は不細工な女を買ってみようかとも思ってるんだ。ブスのほうが、案外、いろいろと楽しめるかもしれないからな。さっ、着いたよ」

池をまたぐ橋の突き当たりに、その建物の入り口と思われるドアがあり、老人はその前で立ち止まった。

ドアは金属製で、黒っぽい塗料で塗られ、『音楽室につき、立入厳禁』というプレートが張り付けられていた。

「音楽室なんですか？」

息を切らせながら、大野さんが老人に訊いた。

「最初はそういうことにしてたんだ」

相変わらず振り向かずに老人が言った。「でも、今ではもう、ここにいる者たちは、みんなここが牢獄だって知ってるから、内緒にしておくこともないんだけどな」

「みんな知ってるんですか？」

僕は少し驚いて訊いた。

「だって隠しておけないだろ？　家政婦に中の掃除もさせているし、女たちの飯も作らせてるし……それに、俺が女たちを調教する時には、ボディガードを連れてるしな」

「えっ、ボディガード？」

僕はかなり驚いた。この老人は驚くようなことばかり言う。

「そりゃあ、そうだよ。だって、アメリカ女やロシア女には、体が大きくて強いやつが多いからな。若くて強い坊やにそばにいてもらわないと」

「そうなんですか……」

「まあ、ボディガードの坊やにも、おいしい思いをさせてやってるから、文句はないはずだよ」

老人は背後に立つ大野さんと僕をちらりと見たあとで、ドアノブの上にあったダイヤルパッドのボタンを4回押した。

「さっ、中に入りな。あんたたちに引き取ってもらう女は1階にいるよ」

ドア口に立った老人が言い、先に僕が、続いて大野さんが建物の中に入った。

建物の中はとても清潔だった。空気は乾いてはいたが、期待していたほどに涼しくはなかった。入るとすぐ正面に、やはり黒っぽい塗料で塗られたドアがあった。そのドアの右側には2階へと向かう急な階段があった。

「あんた、暑いだろ？　デブはみんな暑がりだからな」

大野さんを見上げて老人が笑った。「うちにもデブの家政婦がいるけど、真冬でも汗まみれになってるよ」

「いいえ。あの……わたしは大丈夫です」

顔に浮いた汗をハンカチで拭いながら大野さんが答えた。

「嘘言え。あんた、汗まみれじゃないか？　本当はもっと涼しくしてもいいんだけどな。女たちはいつも裸だから、あんまり温度を下げると風邪をひいちまうんだよ」

「いつも裸なんですか？」

大野さんが訊き返し、老人が「ああ、そうだよ」と、平然とした口調で言った。

「裸にしておけば、服を買う必要も、汚れた服を洗濯する必要もないからな」

正面のドアにもダイヤルパッドがついていた。老人はさっきと同じように、そのボタンを4回押してから、「あんたたちとサリーとは半年ぶりの再会だな」と言いながらドアを開いた。

ドアの隙間から室内に視線をやった瞬間、僕は思わず息を飲んだ。

その理由のひとつは、その部屋の壁や天井が鏡でできていたから。もうひとつの理由は、部屋の中央に置かれたベッドに全裸の女が縛り付けられていたからだった。

5

それは異様な空間だった。

畳に換算すれば、12畳か14畳ほどなのだろう。だが、壁や天井がすべて鏡でできているためにその空間はとてつもなく広く感じられた。まるで部屋が永遠に広がっているかのようだった。部屋のあちらこちらに背の高い真鍮性の笠付き電気スタンドが配置されていたが、どれが本物で、どれが鏡に映ったものなのかわからなかった。

その鏡の部屋の中央に鉄製のベッドが置かれ、その上に、痩せたアジア系の女がこちらに足裏を向けて、全裸で仰向けに拘束されていた。

女は両手両足をいっぱいに広げた格好で、ベッドの四隅の柱に白いロープで縛り付けられていた。その姿が、合わせ鏡になった壁に無限に映っていた。

眠っているのだろうか？　女は目を閉じていた。大きく足を広げている上に、股間には毛がまったくないために、僕たちのところからだと女性器が丸見えだった。いや……周りはすべて鏡なのだから、部屋のどこにいようと、僕たちの目には女の肉体のすべての部分が見えた。

「いい部屋だろ？　あんたたちも作るといいよ。ものすごく興奮するよ」

いくつもの老人斑の浮いた顔に、嫌らしい笑いを浮かべて老人が言った。

「そうですね……」

無言の大野さんに代わって、また僕が相槌《あいづち》を打った。

「1階は鏡の部屋だけど、2階と3階は、また別の造りになってるんだ。よかったら、あとで見学させてあげるよ。そっちも、見たらきっと驚くから」

壁の鏡には、小柄で貧相な老人が何人も映っていた。大野さんも何人も映っていたし、僕も何人も映っていた。あまりにたくさんの老人や大野さんや僕がいるので、自分が本当はどこにいるのか、わからなくなってしまいそうだった。

「あんたたちが品定めしやすいように縛っておいたんだ。表側を見たら、今度は裏側を見たいだろ？　その時は俯せに縛り直してやるよ」

背後のドアを閉じながら老人が言った。そのドアは外は黒塗りだったが、内側は部屋の壁と同じように鏡張りだった。

ドアを閉めると、外の音はまったく聞こえなくなった。あれほど響き渡っていた蟬の声も、まったく聞こえなかった。まるで、外の世界が消滅してしまったかのようだった。

「おい、サリー、懐かしい人たちを連れて来たぞ」

女の足元に歩み寄って老人が声をかけた。

その声に女が目を開いた。そして、窮屈に首をもたげて僕たちのほうを見た。

僕たちを覚えていたのだろうか？　女は唇を少し動かし、何かを言おうとしたように見えた。

けれど、女の口から言葉は出なかった。ただ、その痩せた体をわずかにひねり、いっぱいに広げられた足を少しでも閉じようと力を入れただけだった。

これが僕たちが売った『サリー』なのだろうか？

僕は自分の目を疑った。それほどまでに女が変わっていたからだ。

かつての女は表情が豊かで、とても可愛らしかった。けれど今、女の顔からは表情というものが完全に失われていた。かつて生き生きと輝いていた目は、命を亡くした動物のように淀んでいた。

変わったのは顔付きだけではなかった。半年前に僕たちが売りに出したサリーは、ぽっちゃりしていて、つややかな皮膚をしていて健康的だった。それなのに……今、僕たちの前にあらわな格好で拘束されている女は、病的なまでに痩せ衰えていた。

女の腹部はえぐれるほどに凹《へこ》み、尖った腰骨が突き出していた。かつてはふっくらとしていた腕や脚もすっかり骨張ってしまって、皮下脂肪がほとんどないように見えた。

「どうしたんだい？　痩せたから驚いてるのかい？」

老人がどす黒い顔に笑みを浮かべて訊いた。笑うと黄ばんだ歯と、色の悪い歯茎が剝き出しになった。

「そうですね……あの……別人のように痩せましたね」

僕はそう言って大野さんを見た。大野さんも驚いたように女を見つめていた。

「あれから半年、毎日のように厳しいしつけを繰り返したからな。ほらっ、今はここには、ほかに女はいないだろ？　だから毎日、このサリーだけを徹底的にしつけしたんだ。サリーはよく泣くから楽しかったよ」

そう言うと老人は、無造作に腕を伸ばし、ベッドに仰向けに拘束された女の乳房をこねるように揉んだ。女がわずかに体を反らし、乾いた唇から小さな声を漏らした。

6

しばらく乳房を揉みしだいていたあとで、老人は女の手首を縛り付けたロープを解き、続いて足首に巻き付けられたそれを解いた。しばしばそんなふうに縛られているようで、骨張った女の手首や足首にはアザや傷痕が残っていた。

老人が手足のロープを解いているあいだ、女はじっと横たわったまま、ほとんど瞬きさえせず、鏡の天井をぼんやりと見つめていた。そこには間違いなく、男たちの前にあらわな姿をさらす自分が映っているはずだった。

「さあ、サリー。今度は俯せになるんだ」

老人が日本語で言い、女はその痩せこけた体をねじるようにしてベッドに俯せになった。そして、自分から両手両足をいっぱいに広げた。

肩甲骨が浮き出た女の背中を見た瞬間、僕は思わず目を逸らした。大野さんも同じようにしていた。

女の背や腰や尻や腿に、数え切れないほどたくさんの傷ができていたからだ。

それらの傷のいくつかはカサブタになっていた。けれど、そのいくつかはまだ新しく、血が乾いたばかりのようなものもあった。

それらの傷は、おそらく鞭によるものだろう。そしてきっと、それらの傷が作られた瞬間には、失神するほどの痛みが女を襲ったことだろう。

その時の女のことを思うと、さしもの僕も嫌な気分になった。

「鞭……ですか？」

声を強ばらせて大野さんが訊いた。

「ああ、そうだよ。俺は鞭が大好きなんだ」

老人が笑い、俯せになった女の傷だらけの背中を、掌でゆっくりと撫でた。「四つん這いにさせてさんざん鞭打ったあとで、傷だらけの背中を見ながら後ろからやるんだ。最高だよ。ありがたいことに、今はいろいろと薬があるからな。だから、俺みたいなジジイでもちゃんと立つんだよ」

そう言いながら、老人は俯せになった女の背中を撫で続けた。背中だけでは飽き足らず、胸の下敷きになっている乳房や、両足の付け根の部分に執拗《しつよう》に指を這わせた。

「ああっ、ダメだ。今すぐにやりたくなってきた」

大野さんと僕の顔を交互に見つめて老人が言った。「下取ってもらう前に、最後にもう一度、やり納めをすることにした。だから、あんたたちは応接間で待っていてくれ。終わったら、俺がサリーを応接間まで連れて行くから」

「あの……ボディガードがいなくてもいいんですか？」

少し前の老人の話を思い出して僕は訊いた。

「大丈夫だ。サリーはおとなしいからな。さっ、早く出て行ってくれ……それとも、あんたたち、俺がやってるところを見たいかい？」

ズボンのベルトを緩めながら老人が言い、大野さんと僕は逃げるかのように鏡の部屋を出た。

広々とした応接間で老人の帰りを待っているあいだ、大野さんはほとんど喋らなかった。僕もまた喋らなかった。ただ、ふたりで並んで、壁にかけられた油絵の数々をぼんやりと眺めていただけだった。

大野さんが何を考えていたのかはわからない。だが、きっと、かつて僕がよく考えていたようなことだったのだろう。

下取りに来ると、女たちの惨状を目の当たりにすることが多い。大野さんが下取りに同行するのは初めてだから、きっとショックを受けたのだろう。

けれど、もう僕はショックを受けたりはしない。ハンバーガーを食べている人が、その肉である牛のことを考えはしないように……フライドチキンに舌鼓を打つ人がブロイラーのことを考えはしないように……。

30分ほどが過ぎた頃、あの老人が痩せた外国人の女を連れてやって来た。女は黒いシルクのガウンをまとっていた。ひどく疲れた様子で、足元はおぼつかなかった。

僕はサリーの下取りの代金として、彼女を販売した時の価格の6分の1の金額を考えていた。ここに来るまではもう少し多く払うつもりでいたのだが、今の彼女の状態では、僕たちが出せるのは、そのぐらいが限度だった。

「金はいらないよ」

老人が言った。「もう元は取らせてもらったからな」

僕は驚いて老人の顔を見た。てっきり老人が、もっと払えと言うと思ったのだ。金持ちの多くはケチでもあったから。

「あんたたち、その金でサリーに何かうまいものでも食わせてやってくれ。ここにいる時は、ロクなものは食わせてないから」

それだけ言うと、老人は「それじゃあ、また、市場でな」と言って、大野さんと僕と女を残して部屋を出て行った。

7

横浜への帰り道も、湘南海岸道路はひどく渋滞していた。

帰りは僕が運転席に座り、大野さんには助手席に移動してもらった。下取りしてきた女は後部座席に横にならせて毛布をかけてやった。

大野さんが毛布をかけた時、女は呟くように「ありがとうございます」と言った。綺麗な発音の日本語だった。

相変わらず日差しは強烈だったけれど、太陽は大きく傾いていて、小田原方面に向かう対向車の運転手は、正面から直射日光を受けて眩しそうだった。松の防砂林のあいだから見える海は、熔《と》かした鉄を流し入れた溶鉱炉のように鮮やかな金色に輝いていた。

ふだんはとても快活な人なのだけれど、帰り道の大野さんはほとんど喋らなかった。ただ時折、太った体を窮屈そうにひねって後部座席の女を振り返り、「寒くないかい？」とか「喉は渇いてないか？」とか、声をかけただけだった。

最初に「ありがとうございます」と言ったあとは、女はまったく声を出さなかった。運転している僕には見えなかったが、女はシートに横たわったままの姿勢で、大野さんの問いかけに無言で頷いたり、首を振ったりしているようだった。

「混んでますね」

僕が言った。

「そうですね」

大野さんが頷いた。

そして、また車内を沈黙が支配した。

湘南地区の殺人的な渋滞をようやく抜けて横浜に戻って来た時には、港の上に浮かんだ雲は夕日に染まって朱色になっていた。

車がもう少しでオフィスに着くという時、沈黙を保っていた大野さんが口を開いた。

「あの……高野さん……」

「はい。何ですか？」

カーナビを頼りに、下手くそな運転を続けていた僕は、大野さんのほうに顔を向けずに言った。湘南に比べればいくらかマシだったが、横浜の道もそれなりに混んでいた。

「後ろにいる、この子……サリーなんですけど……少し休養させたら、また競り市に出すことになるんですよね？」

「ええ。そうなると思いますけど……」

僕は答えた。僕たちはいつも、下取りした女たちを少し休ませたあとで、再び競りに出品していたから。

「そうしたらやっぱり……またひどい男に買われて、またひどい目に遭わされることになるんですよね？」

「一概には言えませんけれど……そうなるかもしれませんね」

僕は答えた。だが、売られてからの女たちのことを考えたことは、あまりなかった。僕たちの仕事は仕入れて売ることであり、そのあとのことは関係がなかった。

「あの……高野さん……」

再び大野さんが僕を呼んだ。

「はい。何ですか？」

「サリーなんだけど……うちで働いてもらうわけにはいかないんですか？」

「うちでですか？」

「そう。女たちの世話をしたり、お使いに行ってもらったり……」

「うーん。でも、もうマリアがいるから……」

「そうですよねえ……」

呟くように言うと、大野さんは再び沈黙した。

車が赤信号で停止したので、僕は目を閉じて首をまわした。慣れない運転を続けているせいで、さっきから肩が凝ってしかたなかった。

「あの……高野さん……」

首をまわし続けていた僕を、大野さんがまた呼んだ。

「はい。何ですか？」

「サリーを……あの……わたしが引き取るっていうことは可能でしょうかね？」

言いづらそうに大野さんが言った。

「この子を、大野さんが引き取るんですか？」

「ええ。そういうことは……あの……可能ですかね？」

大野さんが僕のほうに顔を向けた。その表情はとても真剣だった。

「一応、みんなと相談することになると思いますが……たぶん、何も問題はないでしょう。小野さんも中野さんも反対はしないはずだし……でも、あの……大野さん、この子を引き取りたいんですか？」

僕がそう訊いた時、目の前の信号が緑に変わった。それで、僕は視線を前方に戻して車を発進させた。

「いや……ただ……ふと思いついただけです。あの……忘れてください」

大野さんが言った。そして、それっきり、また黙り込んでしまった。


僕が車をオフィスのすぐ前の駐車場に停めると、大野さんが窮屈に体をねじり、後部座席にいるサリーに声をかけた。

「着いたよ、サリー」

車のエンジンを切ってから、僕も大野さんと同じように後部座席を振り向いた。

女は車のシートに横になり、少し体を丸めるようにして眠っていた。女の呼吸に合わせて、毛布が静かに上下していた。

「眠っちゃったみたいですね」

大野さんが言い、僕は大野さんの顔を見つめて頷いた。

「高野さん、先にオフィスに戻っててていいですよ。あの……わたしはしばらくここにいて、この子が目を覚ましたら連れて行きますから」

僕は大野さんの言葉に従うことにして先に車を下りた。

車の外には、空を飛び交うカモメたちの甲高い声が響いていた。辺りにはいつものように、港からの潮の香りが濃く立ち込めていた。そのにおいを胸いっぱいに吸い込んでから、僕は中野さんと小野さんとマリアの待つオフィスに向かった。

ビルの入り口で振り返る。

駐車場に停めた車の中で、大野さんが腕組みして目を閉じているのが見えた。

第7章

1

前夜も、その前の晩も、そのまた前の晩もそうしたように、僕はその晩も盲目の少女の部屋を訪ねた。そして、前夜も、その前の晩も、そのまた前の晩もそうしたように、白いナイトドレスをまとった華奢な少女を6階の自室に連れ帰った。

自分の部屋からエレベーターまでの距離を、この3日間ですでに把握したのかもしれない。少女はもう僕に頼ることなく、廊下を危なげなく歩いた。

僕はそのことに感心した。だが同時に、少女がもう僕の手助けを必要としていないことを、少し残念に感じもした。

いよいよ明日は競り市が開催される日だった。サラという少女の出番は明後日のVIP向けの市のほうだったが、明日は僕たちは忙しいので、もしかしたら、これが彼女と一緒に過ごせる最後の晩になるかもしれなかった。

入浴をさせてもらったばかりなのだろうか？　その晩、少女の髪からは、いつも以上に素敵な香りがした。

その晩も粉雪は、僕がドアを開けた瞬間に尻尾を立てて勢いよく飛び出して来た。そして、タオル地のスリッパをつっかけた少女の足に、嬉しそうにからみついた。

「こんばんは、コナユキ」

少しおかしな発音の日本語でそう言うと、その晩も少女は長身を屈《かが》め、粉雪の体を優しく撫でた。黒いストレートヘアが垂れ下がり、その先端が床に触れた。

前夜も、その前の晩も、そのまた前の晩もそうだったように、白くてふわふわとした粉雪の毛の中で、マニキュアに彩られた少女の指先が鮮やかに光った。

その晩もまた、僕は少女を窓辺のソファに座らせた。そして、その晩もまた、少女の手を取ってテーブルの上の煙草と灰皿とライターの位置を教えた。

最初に少女がやって来た翌日、僕は近くのコンビニエンスストアに行って、彼女のために何箱かの煙草を買った。それは少女がいちばん好きだという、『キャメル』という銘柄の煙草で、箱にはラクダの絵が印刷されていた。

その晩も、少女がソファでおいしそうに煙草を吸っているあいだに、僕はシンクで氷を砕いてウィスキーのオン・ザ・ロックを作った。そして、ふたつのグラスを持って少女の向かいのソファに腰を下ろした。

少女がグラスを手に取り、そっと掲げる。グラスの中の氷が音を立てて転がる。

僕は手にした自分のグラスを、少女のグラスと軽く触れ合わせる。カチンという硬い音がする。

「カンパイ」

日本語で少女が言う。宝石のような大きな目を、僕のほうに真っすぐに向ける。

「乾杯」

そう言って僕は少女の目を見つめる。

手にしたグラスに、少女がそっと顔を寄せる。形のいい鼻をグラスの縁に近づけ、しばらくそのにおいを嗅いでいる。それから、つややかな唇をグラスにつける。

「おいしい……」

覚えたばかりの日本語で言って少女が微笑んだ。

「このウィスキーは何だかわかる？」

試しに僕は訊いてみた。

「そうですね……ええっと……」

眉のあいだに縦皺を寄せて、少女は過去の味覚の記憶を探る。「これはシーバスリーガルの……18年ですね」

最初の晩に僕が飲んでいたジョニーウォーカーのブルーラベルをにおいを嗅いだだけで言い当て、翌日の晩にカティーサークの25年を言い当て、前夜はオールドパーの12年を言い当てたように、今夜もまた、少女は見事にそれを言い当てた。

「その通りだよ。よくわかるね」

「シーバスリーガルの18年を飲むお客さんは多かったから、わたしもよく御馳走になったんです」

「それにしてもすごいよ。僕なんか、ラベルを見なかったら、どれがどのウィスキーだなんて、全然わからないんだから」

「わたしにはラベルは見えませんから……」

優しく微笑みながら、少女が言った。

「あっ、そうだったね。あの……ごめん……」

いつだってそうなのだ。僕は無口なくせに、何か喋ると必ず、言わなくてもいいことを言ってしまうのだ。

「いいんです。目が見えないことは、わたし、本当に気にしていないんですから」

その美しい目を僕のほうに真っすぐに向けて、少女がまた微笑んだ。

少女の味覚が抜群のものだということは、僕にもすでにわかっていた。最初にこの部屋に少女を招いた翌日、僕は仕事の合間に横浜駅に併設されたデパートに行った。そして地下の食料品売り場で、世界各国の何十種類ものナチュラルチーズをどっさりと買い込んだ。少女が「わたし、チーズが好きなんです」と言っていたから。

その晩、再び少女を自室に招いた僕は、サイコロのように小さく切った何十種類ものチーズをテーブルの上に並べ、彼女に食べ比べをさせた。

「これはコクがありますね」「これは塩辛いです」「この臭さは我慢できません」「これはクリーミーですね」「これはさっぱりしてるけど、すごく風味がいいです」「これは少し油っこいです」「これは弾力があって、香りが良いですね」

チーズのかけらを口に入れるたびに、少女はそう言って、その味や香りや舌触りを批評した。そして、それらのチーズの名前をいちいち僕に尋ねた。

僕はそのたびに、「今のはラクレットっていうらしいね」「それはエダムだって」「今のはブルーロックっていうんだって」「これはペコリーノ・ロマーノって書いてあるね」「今のがキャラウェイだって」と、チーズのラベルを見ながら、その名前を教えた。

ナチュラルチーズを食べ慣れていないらしい少女は、あまり癖のないものが好きなようだった。彼女が「今までに食べた中では、これがいちばん好きです」と言ったのは、ローフグラッドというベルギー産のチーズだった。

その翌日、つまり前夜、僕はまた少女にチーズの食べ比べをしてもらった。すると、驚いたことに、少女は、前夜に食べたすべてのチーズの銘柄を正確に言い当てたのだ。

「これはペコリーノ・ロマーノです」「これはマリボーですね」「これは、ええっと……そうだ、ヌーケルだ」

チーズの味や香りを覚えていただけでなく、少女はその銘柄までを、完全に、はっきりと記憶していたのだ。

「すごいね。驚いたよ……君の舌と頭は、いったいどうなってるんだろう？」

「わたしは紙にはメモができません。だから、頭の中にメモをするんです」

ごく普通の口調で少女が言った。

僕には手品を見せられているような気がした。

2

前夜も、その前の晩も、そのまた前の晩もそうだったように、その晩も少女はよく煙草を吸った。それで、部屋の中にはたちまちにして白い煙が充満した。

僕は窓を開けた。開け放した窓からは、潮の香りのする温かく湿った風が吹き込んで来た。遠くからは横浜の街の喧噪《けんそう》も聞こえて来たし、走りまわる車の音もした。港を行き交う船の音も聞こえたし、寝ぼけたカモメが甲高く鳴く声もした。

その晩も僕たちはローテーブルを挟んだソファに向かい合わせに座り、取り留めのないことを話しながら、オン・ザ・ロックにしたウィスキーを何杯も飲んだ。

少女との会話を続けるために、僕は本棚から引っ張り出した古い英和辞書と和英辞書をひっきりなしに開いた。

最初の頃、少女が口にした単語がどうしても見つからず、僕は彼女に単語のスペルを訊いたことがあった。「今、何て言ったの？　スペルを教えてくれるかな？」と。

けれど、耳だけで英語を覚えた彼女は、スペルというものを知らなかった。

その晩、少女は僕がどんな子供だったのかと訊いた。それで僕は和英辞書を駆使して、自分が星ばかり眺めている子供だったことを話した。

「タカノさんは、今も星を見るのが好きなんですか？」

「そうだね。この部屋の上は屋上になっていてね、今もそこでよく星を見るよ」

「空には星がいくつあるんですか？」

不思議そうに少女が訊いた。

「僕もはっきりとしたことは知らないけれど……この地球に住んでいる60億人の全員が、宇宙の星を5つずつ所有したとしても、それでも星は余るって聞いたことがあるよ」

「それは本当ですか？」

宝石のような目を光らせ、少し驚いたような顔で少女が言った。

「うん。でも、宇宙にはもっとたくさんの星があるって言っている人もいるし……たぶん、誰もはっきりしたことは知らないんだよ。星って、それほどたくさんあるんだよ」

「それじゃあ、わたしも5つの星を自分のものにすることができるんですね？」

嬉しそうに少女が言った。

「うん。そういう計算になるね」

「そんなにたくさんの星があるなら、そこに住んでいる人もいるんでしょうか？」

「さあ、どうなんだろう？　でも、宇宙のどこかには、人が住めるような星があるかもしれないね」

「星って、綺麗なんでしょうね？　目が見えなくて嫌だと思ったことはあまりないけど……星を見ることができないのは少し残念だと思います」

まるで星を見るかのように、天井に目を向けて少女が言った。

僕は無言で少女の顔を見つめた。その顔は、見るたびにハッとするほど美しかった。


その晩、僕はチーズやチョコレートだけではなく、ポテトチップとドライソーセージと焼いたスルメとカラスミをテーブルに並べた。

少女はポテトチップとドライソーセージは喜んで口に運んだ。だが、スルメとカラスミは一口食べただけで、その後は決して手を出さなかった。

容姿も、振る舞いも、言葉遣いも、何もかもが、少女は年齢よりずっと大人っぽかった。だが、その様子だけは少し子供っぽくて、何だか僕はおかしくなった。

何が切っ掛けだったのか忘れてしまったが、途中で僕は、何年か前に飛行機の中で見た映画の話をした。その映画の主人公の男は生まれつき嗅覚が抜群で、一度嗅いだにおいは決して忘れず、どんな香水のレシピも一瞬にして見破り、自分でもさまざまな香水を調合した。そして、気に入った女のにおいを集め、それを永遠に保管しておくために、罪悪感をまったく覚えずに次から次へと女を殺していった。

僕は喋るのが苦手だった。だが、少女はとても楽しそうな顔で僕の話を聞いていた。そのことに僕は安心した。

「タカノさん、本当にそんな人がいると思いますか？」

「どうなんだろう？　僕にはわからないな」

「その男の人ほどじゃないと思うけど……わたしもみんなよりは、においに敏感なんです。一度嗅いだにおいは、たいていは覚えているんです。だから、一度会った人とは、次に会った時には声を聞かなくても、においを嗅いだだけで誰がいるのかわかるんです」

「あの……僕のにおいもわかるの？」

「もちろんです」

少女が言った。そして、少し自慢げに微笑んだ。

「君ほどの味覚や嗅覚があれば、香水を作る調香師にだって、ワインのソムリエにだって……何にだってなれるんだろうな」

潤んだように光る少女の目を正面から見つめて僕は言った。「それに君は耳もすごく良さそうだから、外国語の教師や音楽家にだってなれそうだし……」

僕がそう口にした瞬間、楽しげだった少女の顔からふっと微笑みが消えた。

「なれませんよ」

呟くように少女が言った。そして、再び笑みを浮かべた。けれど、それはさっきまでの楽しげな笑みではなく、少し寂しげな笑みだった。

少女の言う通りだった。

いったい僕は、調子に乗って何を喋っているのだろう？

明後日には少女は売られて行くのだ。そしておそらく、どこかの大金持ちの男の性の玩具になるのだ。そんな少女が調香師にも、ソムリエにも、外国語の教師にも音楽家にも、なれるはずがなかった。

3

「タカノさん……どうして優しくしてくれるんですか？」

4杯目か5杯目のウィスキーを飲んでいる時、ほんのりと頬をピンク色に染めた少女が改まった口調になって訊いた。少女の瞳に僕の姿が映っているのが見えた。

僕はしばらく無言で考えた。

どうして？

それは僕にもわからなかった。これまでに僕が、商品の女の誰かと、こんな時間を過ごしたことは一度もなかった。

「あの……コナユキと同じように、わたしの目が見えないから……それで可哀想に思って、優しくしてくれているんですか？」

少女がなおも質問を続け、僕は少女の顔から視線を逸らして「そうかもしれない」と答えた。

時計の針が午前1時をまわった頃に、僕は少女を505号室に送り帰すことにした。

「もしかしたら、明日の晩は僕は忙しくて、君と一緒にウィスキーを飲んだりはできないかもしれないけれど……あの……毎晩、ありがとう。楽しかったよ」

それは僕の本心だった。

「わたしのほうこそ、親切にしてもらって感謝しています」

少女が言った。そして、また微笑んだ。

そう。最初の晩からずっと、少女は微笑んでばかりいた。

「さっ、それじゃあ、君の部屋に送って行くよ」

そう言って僕がソファから腰を浮かせた時、少女が「タカノさん」と僕を呼んだ。

「えっ、何だい？」

「あの……もし、嫌じゃなかったら……顔に触らせてもらえませんか？」

少し遠慮がちに少女が訊いた。

「顔に？」

「ええ。そうすれば、タカノさんの顔を覚えていられるから。ほんの少しだけでいいんです」

「あの……顔を洗ってから随分とたってるから、脂ぎってベタベタしてるよ。それに……僕はハンサムじゃないから、触ったらきっとがっかりするだろうし……」

「でも、触りたいんです。お願いします」

少女が執拗に嘆願した。

「わかった。触っていいよ」

僕は言った。少し心臓が高鳴った。

少女が僕のほうに身を乗り出し、そのほっそりとした腕を伸ばした。長い黒髪の先端が、ガラスのローテーブルの表面を撫でた。

僕は目を閉じた。次の瞬間、痩せて骨張った少女の指が、恐る恐るといった感じで僕の額に触れた。

少女の指はひんやりとしていた。

僕の額に触れていた少女の指が眉に移動する。目の窪みに移動する。頬骨に移動し、頬に移動し、鼻に移動し、口に移動し、顎に移動する。また口に戻り、鼻に戻り、頬に戻り、頬骨に戻り、目の窪みに戻り、眉に戻り、額に戻る。それから、今度は、僕の顔の輪郭全体を確かめるかのように、頭の天辺に触れ、耳に触れ、耳たぶに触れ、首の後ろに触れ、後頭部に触れた。

自分の顔を這う指先を、少しくすぐったく感じながら、僕は少女の手に顔を見られているような気がした。

「タカノさん……優しそう……」

目を閉じた僕の耳に、呟くような少女の声が届いた。「それに……寂しそう……」

「そんなことを言われたことはないよ」

目を閉じたまま、僕は言った。

そう。少女は間違っていた。

僕は優しくもなければ、寂しくもなかった。

「ありがとうございます」

僕の顔から手を離した少女が言い、僕は閉じていた目を開いた。

僕が目を閉じていたのはほんの短い時間だったけれど、目を開けた瞬間には、部屋が随分と明るくなったように感じた。

4

その晩も粉雪は玄関まで少女を見送りに来た。

昨夜まで、少女は部屋に戻る時、粉雪に「See you.」と言った。だが、その晩は日本語で「さようなら」と告げた。そして、足元にいた粉雪を抱き上げ、しばらくのあいだ抱き締めていた。

粉雪は少女の腕の中でじっとしていた。

その晩も僕は少女を505号室のドアのところまで送って行った。

僕がドアを開け、少女が真っ暗な部屋の中に入る。戸口に立ったまま、僕のほうに顔を向ける。夜行性の獣のように、大きな目が光る。

「タカノさん……」

小さな声で少女が僕を呼んだ。

「何だい？」

「あの……本当に、何もしなくていいんですか？」

「えっ？」

「わたし……いろいろとできるんです」

「いろいろとって？」

「だから……男の人たちが喜ぶようなこと……」

どういうわけか、その言葉は僕を苛立たせた。

「いいかい？　よく覚えておくといいよ」

少女を見下ろし、少し強い口調で僕は言った。「すべての男がそういうことを望んでいるわけじゃないんだよ。だから、何度も同じことを言わせないでくれよ」

僕の言葉を聞いた少女が、びっくりしたような顔をした。そして、小声で「ごめんなさい」と言った。

少女の悲しげな顔に、僕はハッとなった。

いったい、僕は何を苛立っているのだろう？

明後日になれば、彼女は売られるのだ。まるで家畜のように売られていくのだ。そして僕は、彼女を売ることで利益を得るのだ。

たとえ何があろうと、僕に怒る資格などなかった。

「いや、僕こそ、ごめん。あの……怒ったりして悪かったよ」

僕は少女の手に触れた。

少女は無言で頷いた。そして、ぎこちなく微笑んだ。

「おやすみなさい、サラ」

「おやすみなさい、タカノさん」

僕はドアを閉め、外側から鍵を掛けた。

第8章

1

その朝、薄井樹里は、女たちが起こしに来る随分と前から目を覚ましていた。

その部屋には時計がなかった。窓のようなものはあったが、カーテンの向こう側には大きな鏡が張り付けられていて、わずかな外光が差し込むこともなかった。

だからその日、自分が何時に目覚めたのか、正確にはわからなかった。

でも……車のエンジン音はほとんど聞こえなかったから、きっと朝のとても早い時刻だったのだろう。いや、もしかしたら、まだ日の出前だったのかもしれない。

もう一度眠ってしまおうと思った。こうして目を覚ましていても、いいことは何もなかったから。

けれど、眠ることはできなかった。

これからどうなってしまうんだろう？　どんな男が、わたしを買うんだろう？

考えるのは、そんなことばかりだった。

きょうはいよいよ、競り市が開催される日だった。その市で樹里は、『教育済み』の女奴隷として競売にかけられることになっていた。

彼女に『教育』を施すためにこの部屋にやって来た男の口から、競り市の模様については聞いていた。

「そうだな……ファッションショーに近いかな？　ただ、ちょっと違うのは、ファッションショーでは女は客に着ている服を見せるために歩きまわるけど、競り市では自分自身を見てもらうために歩きまわるんだ」

かつては柔道でオリンピックを目指していたこともあったという男は、樹里にそう説明した。

ファッションショー？　自分自身を見てもらうために歩きまわる？

それでもなお、彼女にはその様子を想像することは難しかった。

柔らかな枕に後頭部を埋めたまま、樹里は目を見開いていた。やはり、もう眠れそうにはなかった。

狭い部屋には笠付きの電気スタンドの薄明かりが満ちていた。小さな鉄のベッドに仰向けになった彼女の前には、薄汚れた天井があった。

それほど高くない天井の片隅には小さな染みができていて、それは草を食べている牛みたいにも見えた。

きょうの終わりにわたしは、どんな天井を見ながら眠ることになるんだろう？

考えてもしかたのないことが、また頭に浮かんだ。

静かだった。遠くから微かに、若い女の甲高い笑い声が聞こえた。それから、男のものらしい低い笑い声もした。笑い声の主は、ふたりともとても楽しげだった。

きっと、港の近くのバーやクラブで、朝まで飲んだ恋人たちが、始発電車に乗るために駅に向かっているのだろう。しっかりと寄り添い、腕を組んで歩いているのだろう。

羨ましい――。

心の底から薄井樹里は思った。

もし、恋人と歩いているあの女と、このわたしが入れ替わることができたなら……もし、そんなことができたなら……これから先、わたしは何ひとつ望まない。

白いナイトドレスに包まれた体の向きを横に変える。

カチャッ……。

両手首を繋いだ手錠の鎖が、毛布の中で小さな音を立てたのが聞こえた。

そう。この部屋に閉じ込められてから、樹里の手首にはほとんどいつも手錠が嵌められていた。今は外されていたけれど、一昨日までは両足首にも手錠が嵌められていた。

手錠で拘束される──それは彼女に、言いようのない屈辱感をもたらした。

ああっ、このわたしが、どうしてこんな目に遭わなくてはならないのだろう？　いったい、どうしてこんなことになってしまったんだろう？

どうして？

いや……今では樹里にも、その理由はわかっていた。

彼女は夫に売られたのだ。犬や猫の子のように売り飛ばされたのだ。

2

結婚するまで薄井樹里は都内のタレント事務所に所属して、イベントコンパニオンやナレーターコンパニオンなどの仕事をしていた。

本当はそんな仕事をしたかったわけではなかった。彼女がやりたかったのは、女優やモデルやタレントなどの、もっと華やかで『自分にしかできない』仕事だった。

そう。樹里はテレビや映画に出たかったのだ。街を歩けば、みんなが『見て、あの人よ』と囁くような、有名人になりたかったのだ。

幼い頃から、樹里は自分がみんなとは違ったものを持っていて、将来は芸能界で活躍するのだと信じて疑わなかった。小学校でも中学校でも高校でも、樹里は男子生徒たちのアイドル的な存在だった。数え切れないほどのラブレターをもらったし、街を歩けば何人もの男の子たちに声をかけられた。だから、大学生の時に渋谷でタレント事務所のスタッフにスカウトされた時は、いよいよその時が来たのだと思った。

タレント事務所に所属した彼女は、そこで歌や演技やダンスのレッスンを受けた。化粧の勉強もしたし、歩き方のレッスンや話し方のレッスンも受けた。それらはどれも面倒なものだったし、たくさんの費用もかかった。だが、デビューするために必要だと言われればやるしかなかった。

2カ月ほどレッスンを続けたあとで、いよいよオーディションを受けることになった。最初は新発売の清涼飲料水のテレビコマーシャルのオーディションだった。

事務所の社長は「樹里ちゃんが選ばれる可能性は低くないと思うよ」と言っていた。だから彼女も、それなりの期待をしていた。けれど、結局、そのオーディションで選ばれたのは樹里ではなく、たいして可愛くないアイドルの卵だった。

「まあ、最初だからね。次に期待しようよ」

事務所の社長はそう言って笑った。

もちろん、樹里もそのつもりだった。

その後、樹里は数え切れないほどたくさんのオーディションを受けた。けれど、彼女がそれらのオーディションに採用されることはなかった。不採用の知らせを聞くたびに、樹里は人格を否定されたかのようなショックを受けた。

しかたなく樹里は、生活費を得るためにイベントコンパニオンやナレーターコンパニオンをした。それらは素人にもできる仕事で、樹里としては大いに不満だった。

だが、もしかしたら、そういう仕事をしているうちに偶然、誰かの目に——映画監督やプロデューサーや脚本家の目に止まることもあるのではないか。そんな淡い期待を抱きつつ、樹里は5年近くイベントコンパニオンやナレーターコンパニオンを続けた。

けれど、そういう幸運は訪れなかった。ついに訪れなかった。

もしかしたら、わたしは、自分で考えているほど特別ではないのかもしれない。

落胆と失望の中でそんなことを思い始めた時、樹里の前に現れたのが貴之だった。

3歳年上の薄井貴之は大手広告代理店に勤務していて、たまたま樹里がコンパニオンとして派遣された音楽イベントの現場責任者だった。貴之は背が高く、ハンサムで、笑顔が爽やかだった。現場を仕切っている姿も颯爽《さっそう》としていて格好よかった。

素敵な人だな。もし芸能界で活躍することが無理なのだったら、こんな人と結婚してもいいかもしれないな。

ぼんやりと樹里は思った。

ある晩、仕事のあとで、貴之が「よかったら、今夜ふたりで、一緒に飯でも食いに行きませんか？」と樹里を誘った。

びっくりしたけれど、彼女は喜んでその誘いに応じた。

貴之が連れて行ってくれたのは、西麻布にあるこぢんまりとした日本料理店だった。そのカウンターで貴之が「僕と付き合ってくれませんか?」と言った。

もちろん、樹里に異存があるはずはなかった。

そんなふうにして、彼女は貴之と親しく付き合うようになった。そして、交際を始めてから3カ月ほどが過ぎたある晩、貴之が「僕と結婚してくれないか?」と言った。

その言葉に樹里は夢中で頷いた。

結婚式に先立って、貴之はふたりの新居としてマンションを購入した。それは江戸川沿いに聳える真新しい高層マンションで、20階にある彼らの部屋からの眺めは息を飲むほど素晴らしいものだった。

芸能人にはなれなかったけれど、これでよかったのかもしれない。

樹里は思った。幸運の女神が、ついに自分に向かって微笑んだのだと感じた。

結婚式は都内のホテルに100人近い客を招いて盛大に行われた。新婚旅行にはタヒチに行った。それは夢のような日々だった。

きっとこの幸せがずっと続くんだろうな。わたしはこれから、もっともっと幸せになるんだろうな。

樹里はそう信じて疑わなかった。

けれど、そうはなれなかった。

その後、樹里の幸福は一日ごとに色褪《いろあ》せ、一日ごとに擦り切れ、一日ごとにおぼつかないものになっていった。それはまさに、ブレーキの壊れた自転車にまたがって、急な坂道を走り下りて行くかのようだった。

3

今から数日前、夫の貴之が『なあ樹里、たまにはふたりで、外で飯でも食わないか?』と言って誘った時は、少し不思議な気がした。

新婚だった頃には、会社帰りの貴之としばしば外で待ち合わせて食事をしたり、買い物をしたり、映画を見に行ったりした。繁華街で酔っ払ってタクシーを拾い、真っすぐラブホテルに向かったこともあった。

けれど、最近ではそんなことはまったくなくなっていた。

結婚式からたった2年と数カ月で、夫婦の仲がこれほどまでに冷え切ってしまった原因は、主に貴之にあると樹里は思っている。貴之は樹里が考えていたよりずっと気まぐれで、ずっと我がままで、女好きで、外面だけがよく、まったく家庭的ではなかった。

けれど、責任のすべてを貴之ひとりに被せるつもりはなかった。樹里には主婦らしいことがほとんど何もできなかったからだ。

結婚前は一緒に暮らしている母親が食事の支度をしてくれていた。だから、彼女は料理を作る必要はなかったし、作ったこともなかった。同じ理由から、部屋やトイレや浴室の掃除もしたことがなかった。樹里はアイロンの使い方も、炊飯器の使い方も知らなかった。米の研ぎ方さえ知らなかった。

その代わり、樹里は自分の髪を美しくセットするのが得意だったし、その場その場に応じた化粧をするのも得意だった。爪にエナメルを塗ったり、ラインストーンで彩ったりするのも得意だった。人と——特に男性と話をするのも得意だった。水泳も得意だったし、エアロビクスも得意だった。

人にはそれぞれ、得意な分野があるということだ。

それに結婚前の貴之は、こんなことを言っていたのだ。

「いつも自分を綺麗で魅力的にしておくことが樹里の仕事なんだよ。僕はほかには期待していないよ」と。

そうだ。貴之は最初から、樹里が家事をできないということを、わかっていたはずなのだ。それを承知した上で結婚したはずなのだ。

それなのに、タヒチへの新婚旅行から戻り、日常生活が始まると、貴之の態度はがらりと変わった。

料理の本と睨めっこをしながら、樹里が一生懸命に作った料理を、貴之はしばしば『まずい』の一言で片付けた。『部屋が汚い』と文句を言い、『トイレが汚れている』と文句を言い、『アイロンのかけ方がなってない』と文句を言った。そして、貴之が苛立った口調で文句を言うのを聞くたびに、夫への樹里の愛情は急速に冷えていった。

冷えてしまったのは、貴之に対する樹里の愛ばかりではないらしかった。ほぼ時を同じくして、樹里に対する貴之の愛も冷めてしまったらしかった。少し前から、貴之には若い恋人がいるようだった。

きっと、いつか——たぶん、それほど遠くない将来——わたしたちは離婚することになるんだろうな。いがみ合い、憎み合い、罵り合って別れることになるんだろうな。

薄井樹里はそう思っていた。特に最近は、それを確信していた。

本当は離婚なんかしたくなかった。けれど、もしどうしても離婚することになるというのなら、その時には、慰謝料をたっぷりともらい、できることなら今住んでいるマンションの権利も譲り受けるつもりだった。夫に愛人がいるという事実は、離婚の時には樹里に有利に働くはずだった。

近いうちに弁護士に相談をしてみよう。

樹里は本気でそれを検討していた。

夫が『なあ樹里、たまにはふたりで、外で飯でも食わないか?』と彼女を誘ったのは、そんな時だった。

4

その日、薄井樹里は、会社を早退した夫と正午に横浜で落ち合った。貴之が横浜を指定したのは、たまたま午前中に横浜のコンサートホールで音楽イベントの打ち合わせがあったため、ということだった。

すでに夫への愛情は失われてはいたけれど、出かける時はいつもそうしているように、その日も樹里は入浴を済ませ、濃くなりすぎないように気をつけながらもしっかりと化粧をし、染め直したばかりの長いストレートヘアに入念にドライヤーをかけ、買ったばかりの白いミニ丈のスーツを着込み、やはり買ったばかりの踵の高い真っ白なサンダルを履いて駅に向かった。

横浜で電車を下りると、街には潮の香りが満ちていた。選挙が近いせいで、選挙カーが騒音を撒き散らしながら走りまわっていた。

樹里が待ち合わせの場所に着いた時には、貴之はすでにそこにいた。そして、優しく微笑みながら彼女を迎えてくれた。

そんなふうに優しく微笑む夫を見るのはとても久しぶりで、そのことに樹里は少し違和感を覚えもした。

けれどあの時は、まさか、これほどのことになるとは予想さえしていなかった。

異国情緒溢れる横浜の街の様子は、樹里を久しぶりに楽しい気分にさせた。ふたりは港を望むフランス料理店で、ワインを飲みながらランチを食べた。白身魚のムニエルはとてもおいしかったし、辛口のシャブリもおいしかった。デザートのケーキも、食後のコーヒーもおいしかった。

その日の貴之は本当ににこやかで優しかった。樹里は自分たちが恋人だった頃に戻ったみたいな気がした。

もしかしたら、わたしたち、やり直すことができるかもしれない。

今になって思えば腹立たしい限りだが、あの日、フランス料理店の大きな窓から、横浜港や、そこに停泊していた外国籍の豪華客船や、港の上空を飛びまわるカモメたちを眺めながら、樹里はそんなことを思っていた。

食事のあとは恋人だった頃のように、港に面した公園をそぞろ歩いた。日差しが強烈でとても暑かったけれど、ワインの酔いもあって樹里の楽しい気分は続いていた。真夏の太陽に輝く横浜港は本当に素敵だった。辺りでは蟬たちが喧しいほどに鳴いていた。

散歩の途中で貴之が「ちょっと立ち寄りたいところがあるんだけど……いいかい?」と訊いた。

「どこに行くの？」

寄り添うようにして歩きながら、樹里は夫を見上げた。

「いいところだよ」

優しげな笑顔で妻を見下ろして貴之が言った。そして、樹里の手を握って、軽い足取りで歩き続けた。

ヨコハマ・スター・トレーディング——その建物の入り口には、そう書かれた小さな看板が出ていた。

「さっ、ここだよ」

相変わらず優しげな笑顔でそう言うと、貴之は樹里の手を握ったまま建物に入り、入り口のすぐ近くにあったエレベーターのボタンを押した。

「仕事なの？」

ガタガタと横揺れする狭くて薄汚いエレベーターの中で樹里は訊いた。

「行ってみてのお楽しみだよ」

貴之が優しい笑顔で言い、樹里も笑顔で夫を見上げた。夫が何か自分へのサプライズを用意しているのだと思ったのだ。

貴之は5階でエレベーターを下りた。そこには狭くて薄汚れた廊下が伸びていた。

「ねえ、いったい、何なの？」

汗ばんだ夫の手を握り締めて樹里は訊いた。わくわくとした楽しい気分だった。

「行けばわかるよ」

貴之が笑った。その笑顔は、さっきまでに比べるとぎこちないものだったが、期待に胸を膨らませていた樹里はそれに気づかなかった。

いくつか並んだ鉄のドアの前で貴之は足を止めた。ドア脇のインターフォンを押し、「薄井です」と言った。その声は強ばって、わずかに震えていた。

だが、樹里はそのことにも気づかなかった。

『ああ、薄井さん、お待ちしていました』

インターフォンから男の声が聞こえた。

樹里の顔をチラリと見たあとで、貴之がドアを開けた。

ドアの向こうはワンルームマンションの一室のようなひどく狭い部屋になっていて、そこにスーツ姿の3人の男と、洒落たワンピースをまとった中年の女が立っていた。

「これが妻の樹里です。よろしくお願いします」

ひどく真剣な口調で貴之が言った。

すぐに男たちのうちのふたりが——極端に太った大男と、極端に小柄な男が顔に笑みを浮かべながら樹里のほうに歩み寄って来た。

「こんにちは。あの……薄井の妻でございます」

反射的に樹里はふたりに頭を下げた。彼らは夫の大切な取引相手なのかもしれないと思ったのだ。

だが、ふたりは樹里に頭を下げはしなかった。それどころか、近づいて来た太った男が、樹里の腕をいきなり背後にねじりあげたのだ。

「いやっ、痛いっ！」

樹里は悲鳴を上げた。そして、さらに叫ぼうとした。

だが、それ以上は叫ぶことができなかった。樹里の叫び声は、小柄な男が彼女の口に押し当てた布のようなものによって遮られた。

その布はひんやりと湿っていて、強い揮発性のにおいがした。

何が何なのか、まったくわからなかった。抵抗しようとしたが、背後にねじり上げられた腕が痛くてできなかった。

必死に身をよじり、樹里は脇に立ち尽くした貴之を見た。

貴之は悲しげな目で妻を見つめていた。

その瞬間、樹里は理解した。自分は貴之にハメられたのだ。

それは確かにサプライズだった。想像すらしなかったビッグサプライズだった。

5

狭い密室に閉じ込められた樹里の世話をしたのは、中野という痩せた中年の日本人の女と、マリアと呼ばれている若くて小柄なアジア系外国人の女だった。

中野という女によれば、彼らは女の売買を生業《なりわい》としている奴隷商人であり、貴之からの依頼を受けて樹里を買い取り、これから彼女を競り市で転売するということだった。

最初は信じられなかった。だが、女が言っているのは嘘ではないようだった。貴之が彼らと交わした売買契約書のコピーも見せられたし、貴之が書いた領収証も見せられた。領収証に書かれていた金額は悲しくなるほど安かった。

中野という中年女は哀れみを込めた目で樹里を見つめて、「諦めるように」と執拗に繰り返した。

「あんたにできることは、諦めることだけなんだ」

女の口調は優しげで、同情に満ちたものだった。

だが、その言葉は樹里を苛立たせた。

諦めるだなんて、そんなバカなことができるはずがなかった。たった一度の人生を、どこかの変態男の性の奴隷として終わらせるわけにはいかなかった。

手足を拘束されたまま、樹里は激しく抵抗した。中野という女に体当たりをしたり、マリアという女に襲いかかって、腕やふくら脛《はぎ》に噛み付いたりした。樹里は華奢だったが、毎日のようにスポーツクラブで鍛えているお陰で俊敏だったし、スタミナもあった。罠にかかった野生動物のように、樹里は暴れた。暴れて、暴れて、暴れて、暴れまくった。

その対抗措置として中野という女はスタンガンを用意した。そして、樹里が暴れるたびに彼女の皮膚にそれを押し当てた。

スタンガンから発せられる電流は、想像を絶するほど凄まじいもので、そのたびに樹里は強いショックを受けて失神しかけた。何度かは実際に失神した。

それでも、彼女はくじけはしなかった。諦めてしまったら、すべてが終わりだった。

その後も樹里は暴れまくった。

一度は中野という女のスタンガンをかわし、彼女の胸に強烈な頭突きを食らわせた。ふいを突かれたせいで、女は呻きながら床にうずくまった。樹里は小柄なマリアを難なく突き飛ばし、鍵の開いていたドアから廊下に飛び出すことに成功した。

だが、手錠で両足首を拘束されているためにうまく歩けず、もたもたしているあいだに、駆けつけた男に取り押さえられてしまった。それは、あの極端に太った大男だった。

汗まみれになって駆けつけた男は激しく息を切らせながらも、その太い腕で樹里を押さえ付けようとした。

だが、樹里は必死だった。

彼女は死に物狂いの抵抗を続け、男の手や腕に嚙み付いた。けれど、力は男のほうが遥かに強い上に、樹里は手錠で拘束されていた。かなうはずがなかった。

揉み合いの中で、男は樹里の腹部を殴りつけた。

その一撃で樹里は薄汚れた廊下に崩れ落ちた。そして、胃液と涙を流しながら、苦しみにのたうちまわった。


薄井樹里がその部屋に閉じ込められた翌々日──廊下への脱出を試みた翌日──中野という女はマリアではなく、それまでは見たことのない男を伴って部屋にやって来た。男はとても小柄で、高価そうなスーツを着込んでいた。

「今回は誰にも教育をしないつもりだったんだけど……でも、あんたがそんなに暴れるんじゃ、もうあたしたちの手には負えないよ。だから、この桑原さんに、あんたにしつけをしてもらうことにしたんだ」

中野という女が、自分の脇に立った小柄な中年男を示して言った。

桑原と呼ばれたその男は、40代の半ばくらいに見えた。優しげで、温厚そうで、上品で知的な雰囲気を漂わせていた。

この小男がわたしをしつける?
最初は女の言っていることが理解できなかった。だがすぐに、樹里はその言葉の意味を、嫌というほど思い知らされることになった。

6

男が最初にしたのは、樹里を肉体的・精神的に打ちのめし、人間としての彼女の誇りや尊厳をズタズタにすることだった。彼女の人格を崩壊させ、床にひれ伏させ、どれほど抵抗してもどうにもならないのだということを、徹底的に知らしめることだった。

中野という女が部屋を出て行くと、桑原と呼ばれた男は樹里をじっと見つめた。男の目はとても澄んでいて、とても涼しげで、樹里が好きな俳優に少し似ていた。

この男となら話し合うことができるのではないか。

そんなことさえ樹里は思った。男はそれほど真っ当に見えた。

「わたしをどうするつもりなの?」

男の目を見つめ返して樹里は訊いた。

けれど、男は答えなかった。その澄んだ目で樹里を見つめていただけだった。

やがて、男はゆっくりとスーツの上着を脱いだ。それから、ゆっくりとネクタイを外し、腕時計を外した。続いてワイシャツを脱ぎ、靴下を脱ぎ、ズボンを脱いだ。

「何をしているの？　どうして服を脱ぐの？」

再び樹里は訊いた。だが、男はやはり答えなかった。

どす黒い不安が樹里の下腹部に広がっていった。

黒いショーツだけの姿になった男は、驚くほど筋肉質な体つきをしていた。その肉体には、筋肉以外の肉はまったくないのではないかと思えるほどだった。

服を脱ぎ捨てた男は無言で樹里に歩み寄り、手にしていた鍵を使って樹里を拘束していたふたつの手錠を外した。最初に足首の手錠を、それから手首の手錠を。

このチャンスを逃す手はなかった。

手足の拘束が解かれた瞬間、樹里はドアに向かって走った。そうする価値があると判断したのだ。この部屋のドアは外側からしか施錠ができない構造だったが、今は鍵がかかっていないことはわかっていた。

けれど、樹里がドアにたどり着くことはできなかった。

次の瞬間、凄まじい力で頭が後方に引っ張られ、樹里はもんどり打って背後に倒れた。倒れる瞬間、まくれ上がった白いナイトドレスの裾と、前方に投げ出された自分の足と、剝げかけたペディキュアが視線に入った。

物凄い勢いで床に仰向けに倒れ、樹里は苦しみに呻いた。骨が折れたかと思うほどに首が痛んだ。

一瞬、何が起きたのかわからなかった。だが、すぐにそれを理解した。そう。ドアに向かって駆け出した彼女の長い髪を、男が背後から鷲摑みにし、力任せに床に引き倒したのだ。

そんな暴力は生まれて初めてだった。

樹里の髪を右手で摑んだ男は、苦しみに呻く彼女を、左手1本で俯せにさせ、難なく床に押さえ付けた。

「いやっ！　やめてっ！」

樹里は必死で抵抗した。だが、どうすることもできなかった。

男はとても小柄で、体重も軽そうだった。けれど、驚くほど動きが俊敏な上に、信じられないほど力が強かった。

「いやっ！　いやーっ！」

樹里にできたのは、薄汚れたカーペットの上に亀のように腹這いになり、苦しげな悲鳴を上げることだけだった。

男は床に俯せに押さえ付けた樹里のナイトドレスの裾をまくり、彼女の下半身から乱暴に下着を剝ぎ取った。

下着を毟《むし》り取ると、男は背後から彼女に体を重ね合わせた。そして、両膝を器用に使って樹里の足を左右に押し広げた。樹里は必死で足を閉じようとしたが、どうにもならなかった。男の力は、それほど強かったのだ。

樹里の両足を開かせることに成功すると、男はいつの間にか硬直していた男性器を女性器に宛てがった。そして、そのまま、彼女の中にそれを無理やりこじ入れた。

「うっ……痛いっ……あぁっ……いやっ……」

凄まじい痛みが肉体を貫き、樹里は呻いた。

かつて何人かの男たちが、拒絶する彼女に無理に体を重ねて来たこともあった。けれど、彼らは樹里が心を許した男たちだった。こんなふうに見ず知らずの他人に力ずくで犯されるのは、生まれて初めてだった。

「やめてっ……いやっ……いやーっ！」

樹里は絶望的な悲鳴を上げ続けた。知らぬ間に目からは涙が溢れ出ていた。

そんな樹里の髪を背後から鷲摑みにしながら、男は彼女の背の上でゆっくりと動き始めた。機械のような正確な動きだった。

「いやっ……痛いっ……あぁっ……いやっ……あっ……」

時間の経過とともに樹里の声はかすれ、微かで弱々しいものになっていった。最後は疲れ切って、声を出すこともできなくなった。

男はそれほど長時間にわたって、それほど執拗に男性器の挿入を続けたのだ。

暴力的な性交が、どのくらい続けられたのだろう？　樹里が疲れ切り、頭がぼんやりとしてきた頃、男はようやく彼女の中に体液を注ぎ入れた。朦朧とした意識の中で、樹里はそれを感じた。

しばらくそのまま樹里の背に身を重ねていたあとで、男はゆっくりと男性器を引き抜いた。樹里は自分の性器から、生温かい液体が気持ち悪く流れ出るのを感じた。

歯軋りするほどの悔しさと、悶絶したくなるほどの悲しみとが樹里を占領した。

男は身を起こすと、樹里の脇の床にしゃがんだ。そして、低い声で言った。

「諦めなさい……」

諭すような……子供に言い聞かせるかのような口調だった。

強烈な敗北感に打ちのめされながら、樹里はそれを聞いた。

思えば、男の声を聞いたのはそれが初めてだった。

7

その日、さらに数度にわたって男は樹里をレイプした。2度目はベッドに仰向けに押さえ付けて、3度目はまた床に俯せに押さえ付けて……。

そのたびに樹里は必死の抵抗を繰り返したが、どうすることもできなかった。男はそれほどに力強く、それほどに俊敏で、それほどに強靱《きょうじん》だった。まるで、疲れというものを知らないかのようだった。

拷問のような長いレイプが終わると、男は汗ばんだ体を樹里から離し、ぐったりとなった彼女をじっと見つめた。そして、いつも諭《さと》すような口調で「諦めなさい」と言った。

諦める？

いや、諦められなかった。そんなことができるはずがなかった。

3度目のレイプが終わり、男が樹里に背を向けてミネラルウォーターを飲んでいた時、彼女は床に俯せになったまま辺りを見まわした。

その部屋には武器になりそうなものはほとんどなかった。だが、自分のすぐ脇に粗末なパイプ椅子があるのが目に入った。

男は油断しているように見えた。だとしたら、今がチャンスだった。

できるだけ音を立てないように、樹里は裸の体を起こした。部屋は密閉されていたが、昼のあいだは横浜の街の騒音がどこからともなく洩れ入って来て、静かとまでは言えなかった。すぐ近くを選挙カーが走っているようで、レイプされているあいだも、立候補者の名を連呼する女の声が樹里の耳に絶えず入って来た。

ありがたいことに、男はその筋肉質な背を彼女に向けて、いまだに水を飲み続けていた。よほど喉が渇いているのだろう。

樹里は素早く椅子に駆け寄ると、両手でそれを素早く振り上げた。そして、水を飲み続けている男の頭に向かって、力まかせにそれを振り下ろした。

けれど、パイプ椅子が男の頭を捕らえることはできなかった。その瞬間、男はサッと身をかわした。渓流の魚のような素早さだった。

樹里が振り下ろしたパイプ椅子は、そのまま床に叩き付けられた。大きな音が室内に響いた。

樹里は諦めなかった。彼女は再びパイプ椅子を頭上に振り上げた。

けれど、再びそれを振り下ろすことはできなかった。次の瞬間、ワープしたのではないかと思うほどの素早さで、男が彼女の懐に飛び込んで来たのだ。

「あっ」

頭上に椅子を振り上げたまま、樹里は驚きの声を漏らした。そしてその瞬間、男は彼女の腹部に深々と拳《こぶし》を突き入れた。

「ぐふっ……」

背骨にまで達する衝撃に樹里は呻いた。目の前が真っ暗になり、息が止まった。

気が付くと樹里は、床の上で自分の腹部を抱き、体をエビのように丸めて悶絶していた。

熱い胃液が食道を逆流し、黄色い泡となって口からとめどなく溢れ出た。

床の上でどれほどのあいだ苦しみにのたうっていただろう？　最初の巨大な苦しみがいく

らか和らぎ、胃の痙攣がようやく治まった頃、男が静かな口調で言った。

「あんたは大切な商品なんだ。だから、顔や体にあまり傷を残したくないんだよ」

その口調は恋人に愛を囁く男のようでさえあった。「わかるだろう？　どれだけ抵抗したって無駄なんだ。あんたにできることは、諦めて、受け入れることだけなんだよ」

尖った顎を胃液で濡らし、目に涙を浮かべて樹里は男を見上げた。

けれど、納得したわけではなかった。

8

その翌日も、桑原という男は樹里を『教育』するためにやって来た。そして、前日と同じようにスーツを脱ぎ捨てると、抵抗する樹里からナイトドレスと下着を容易《たやす》く剝ぎ取ってレイプした。

男は驚くほど精力が旺盛だった。ほんの少しの休憩を挟んだだけで、繰り返し樹里に身を重ね、硬直した男性器を繰り返し挿入してきた。

レイプのあとでは男はいつも、優しい口調で「諦めなさい」と言った。その口調は本当に優しくて、本当に穏やかで、ついさっきまで自分を凌辱していた人物の口から出た言葉には思えなかった。

その日、男は数度にわたって樹里をレイプしたあとで、疲れ切った彼女を床に跪かせ、自分は全裸のまま彼女の前に仁王立ちになった。そして、両手で真上から樹里の髪を鷲摑みにし、硬直した男性器を彼女の顔の前に突き付けた。

樹里は反射的に顔を背《そむ》けた。けれど、逆らうつもりはなかった。殴られるのは、もう懲り懲りだった。

樹里は観念して目を閉じた。そして、唇に押し付けられた男性器を口に含んだ。強い屈辱感に体が震えた。

男は片方の手で樹里の髪を愛撫するかのように撫でた。それから、再び両手で樹里の髪を鷲摑みにし、それを前後にリズミカルに動かし始めた。

息苦しさに樹里は喘《あえ》いだ。涙を流し続けていることによって鼻が詰まり、呼吸がうまくできなかった。

顔が勢いよく前方に引き寄せられるたびに、硬直した男性器の先端が樹里の喉に打ち付けられた。そしてそのたびに、樹里は込み上げる吐き気に耐えた。

口を犯されるのは、レイプされる以上の屈辱だった。だが、同時にチャンスでもあった。女性器にはない歯が、口にはあったからだ。

嚙み切ってやる。

何度も樹里は思った。実際、そうするつもりだった。

「嚙み千切りたかったら、そうしていいよ。あんたにはそうする権利がある。だが、その時には、俺はあんたを殺す。脅しじゃなく、本当に殺す」

男は樹里の心を見透かしたかのように言った。

単なる脅しだとは思えなかった。たぶん男は本当にそうするつもりでいるのだろう。殺されるよりは、耐えるほうがマシだった。激しい屈辱感に打ちのめされながらも、樹里は男性器を含み続けた。

それは、とてつもなく長い時間に思えた。だが、やがて、男は彼女の顔を前後させるのをやめた。そして、わずかに身を震わせながら、樹里の口の中に熱い体液を放出した。

「飲みなさい」

髪を鷲摑みにされたまま、樹里はその命令を聞いた。

彼女に与えられた選択肢はひとつしかなかった。

9

その翌日もまた、桑原という男はやって来た。そして、前日や前々日と同じように樹里を繰り返しレイプした。

執拗に続けられるレイプの中で、彼女は徐々に投げやりな気分に支配されていった。

もしかしたら――それが、『諦める』ということなのかもしれない。それが、『受け入れる』ということなのかもしれない。

3日目のその日、前日と同じように樹里の髪を鷲摑みにしてその口を犯し、彼女に体液を嚥下させたあとで男が言った。

「あんたにも、希望がまったくないというわけじゃないんだよ」

希望？

その言葉に樹里は敏感に反応した。

男は彼女を見つめ、目を細めて優しげに微笑んだ。

「少し前のことだけど……市場で競りにかけられて、大金持ちの男に買われて、その後、その男の奥さんになった女がいるんだ」

「それは、本当なの？」

男を見つめ返して樹里は訊いた。まだどこかに精液が残っているのだろう。口の中がぬるぬるとしていた。

「ああ。本当だよ」

優しい眼差《まなざ》しで樹里を見つめて男が頷いた。

「その女の人は……どんな人なの？」

「そうだな。確か……あんたぐらいの年の日本人で……あんたみたいに綺麗で、あんたみたいにスタイルのいい女だったと思うよ」

　こんな状況ではあったが、男が自分を褒めてくれたことが樹里には嬉しかった。

「最初はその男も、もてあそぶつもりでその女を買ったのかもしれない。だが、やがて、その女のことを本気で好きになってしまったんだ」

「それで……その人と結婚したの？」

「ああ。そうなんだ。その女は今も、その大金持ちの男と幸せに暮らしているって……そう聞いてるよ」

　そう言うと、男はまた優しく微笑んだ。

　本当なのだろうか？

　心の中で樹里は首を傾げた。けれど……今は男の言葉を信じたかった。それは、真っ暗な洞窟の中に差し込んだ、１本の光の筋のようにも思えた。

　男は樹里が横たわったベッドの端に全裸で腰を下ろしていた。そして、恋人のように優しい眼差しで、彼女を見つめ続けていた。

「あんたは競り市で競売にかけられる。それは確かなことで、あんたにも俺にもどうすることもできないんだが……でも、あんたにだって、まだできることがあるんだ」

優しげな視線を送り続けながら、男は樹里の頭に手を伸ばした。そして、自分が鷲摑みにしていたたために、くちゃくちゃにもつれてしまった髪を、指先でそっと梳《す》くようにして撫でた。

「わたしにできること？」

「ああ。あんたは、最善を尽くすべきなんだよ。そうすれば、もしかしたら道が開けるかもしれないんだ」

「最善を尽くすって……わたしにできることなんて、もう何もないじゃない」

わずかに苛立って樹里は抗議した。

「そんなことはないさ」

指先で樹里の髪を梳き続けながら男が言った。「あんたは、自分はこれから、映画やテレビドラマのオーディションを受けに行くのだって、そう思うといいよ」

「オーディション？」

「そうだ。あんた、オーディションは何回も受けたことがあるだろ？　そういう仕事をしていたんだろ？　あんた、本当に綺麗だし、本当にスタイルがいいもんなあ」

男が同じ褒め言葉を繰り返した。それがまた樹里を喜ばせた。そんな言葉を夫の貴之の口から聞いたことは、長いことなかった。

「ありがとう」

憎いはずの男を見つめて樹里は言った。

「どういたしまして」

男が笑った。「だから、あんた、競り市にはオーディションを受けに行く時みたいな気持ちで臨むといいよ。できるだけ自分が高く売れるように、頑張るんだよ。オーディションの時はそうだっただろ？　自分が選ばれようとして、頑張っただろ？　だから競り市でもそうするんだ。自分を少しでも高く売ろうとするんだ。高く買ったものを、人は粗末にはしないものだからな」

微笑みながら男が言った。

高く買ったものを、人は粗末にしない——。

樹里は納得して頷いた。


その日、男はもう樹里をレイプしなかったし、男性器を口に含ませることもしなかった。ただ、ベッドの縁に腰かけて、彼女に競り市の様子を語って聞かせただけだった。

時計がないのでどれくらいの時間がたったのかは定かではなかったが、やがて男は「これで終わりです」と言って立ち上がった。

「終わりなの？」

ベッドから裸の体を起こして樹里は訊いた。

「そう。終わりです。薄井さん、これであなたは教育済みです」

ここに来て初めて、男は樹里に敬語を使い、彼女を『薄井さん』と呼んだ。

「教育済みの女は、そうじゃない女より高く売れると聞いています。薄井さんは美人だし、スタイルもいいから、きっと高く売れます。そして、薄井さんを高く買った人は、きっとあなたを大切に扱ってくれるはずです」

樹里は男の言葉を嚙み締めるかのように聞いていた。

話を終えると、男は無言で服を着た。そして、無言のままドアに向かった。ドアのところで立ち止まり、その澄んだ目で樹里を真っすぐに見つめた。

「薄井さん……幸運を祈ります」

男が言い、樹里は男を見つめて頷いた。


その朝、天井にできた牛の形の染みを見つめながら、薄井樹里は自分を凌辱し尽くした桑原という男のことを思い出した。憎くてしかたのないはずの男に、なぜだか、また会いたいと思った。

『薄井さんは美人だし、スタイルもいいから、きっと高く売れます。そして、薄井さんを高く買った人は、きっとあなたを大切に扱ってくれるはずです』

聖書に書かれた約束の言葉のように、樹里は男の言葉を思い出した。

そうしているうちに、部屋の外から鳥たちの声が聞こえ始めた。目を覚ました時にはほとんどしなかった車のエンジンの音も、少しずつ多くなっていった。

やがて、廊下から微かな足音が聞こえて来た。足音は少しずつ大きくなり、樹里のいる部屋のドアの前で止まった。

外側からドアの鍵が開けられる音がした。続いてノックの音がし、樹里がそれに応える前にドアが開けられた。

「おはよう。朝だよ」

ドアから入って来た中野という女が明るく言った。「よく眠れたかい?」

女の脇にはマリアというアジア系の女がいた。

「おはようございます。よく眠れました」

戸口に立った中野という女を見つめて薄井樹里は答えた。

いよいよきょうは競り市の開催日だった。

第9章

1

その日の夕方、競り市の主催者が迎えの車を寄越した。大野さんと僕はその車に乗って、競り市が行われる埠頭の倉庫に向かった。

競りの開始は午後7時の予定だった。だが、小野さんと中野さんとマリアはもう何時間も前に、商品の女たちと一緒に会場入りしていた。たぶん今頃は控室で、女たちの着替えを手伝ったり、化粧を整えたり、細かな指示を与えたりで、てんてこ舞いをしているのだろう。

今夜の競り市には、僕たちを含めて4つのブローカーが参加し、合計で12人の女たちが競りにかけられることになっていた。実際に競りに招かれている客は40人弱で、彼らの連れを含めると80人前後が会場に訪れることになるのだろう。その数はだいたい前回の競り市と同じだった。今夜、僕たちが出品するのは、19歳と29歳の日本人の女、それに22歳の東欧出身の女の3人だった。あの盲目の少女は、明日の晩のＶＩＰ向けの市に出品することになっていた。

「今回もうまくいくといいですね」

車の後部座席奥、僕の右側に窮屈そうに座った大野さんが呟くように言った。

「そうですね」

歩道を歩く人々を車の窓から眺めながら僕は頷いた。太陽は随分と西に傾いたとはいえ、道行く人々はみんな暑そうだった。道路は相変わらずひどく渋滞していて、僕たちを乗せた車はのろのろとしか進まなかった。

「ところで、大野さん、あのフィリピンの子……サリーっていいましたっけ？……あの子は元気にしてますか？」

玉のような汗の浮かんだ大野さんの横顔に僕は訊いた。車内にはエアコンが効いているにもかかわらず、大野さんは暑そうだった。

「最初の頃に比べると、いくらかは元気を回復したみたいですね」

汗まみれの顔に照れたような笑みを浮かべて大野さんが答え、僕はあの日の女の虚《うつ》ろな目や、無数の傷ができた裸体を思い浮かべた。

先日、湘南に大邸宅を構える老人の家から下取りして来た女は、あの日のうちに大野さんが自宅に連れ帰った。あの日、事務所に戻ってすぐに、大野さんがみんなに「できればサリーは、わたしが引き取りたいんですが……」と、怖《お》ず怖《お》ずと切り出したのだ。

僕は女の下取りに、大野さんに同行してもらったことを後悔した。憔悴《しょうすい》しきった女を目の当たりにして、大野さんはすっかり同情してしまったのだ。

「あんな子を引き取って、どうするつもりなんです？」

あの日、大野さんの発言を聞いた小野さんが言った。「もし、女の子がほしいって言うなら、もっと元気な別の子にしたほうがいいですよ」

「そうですよ、小野さんの言う通りですよ」

小野さんの言葉に、中野さんも同意した。「大野さんの気持ちは、わからなくはないですけど……女の子たちにいちいち同情してたら限りがありませんからね」

ふたりが言うのはもっともだった。商品である女たちのひとりひとりに感情移入していたら、僕たちのような仕事を続けていくのは不可能だった。

けれど、大野さんは譲らなかった。

「あの子は今まで、本当にひどい目に合わされて来たんです。あの子の所有者だったジジイは、本当に、信じられないほどの変態のサディストなんですよ」

僕たち3人を順番に見つめて、大野さんが力を込めて言った。「あの子はその変態のサディストジジイに、本当にひどい目に遭わされていたんです。あの子の背中、高野さんも見たでしょう？　だから……もう売るのはやめましょうよ。もう充分ですよ。いったいどうして、あの子だけが、そんな不幸な目に遭わなければならないんですか？」

　気のせいか、大野さんの目は少し潤んでいるようにも見えた。

　いずれにせよ、大野さんがそこまで言うなら、反対する理由はなかった。僕たち3人は、大野さんが彼女を引き取ることに同意した。大野さんは会社に女の代金を支払うと主張したが、僕たちは受け取らないことにした。

「大野さん、あの子をどうするつもりなんですか？」

　のろのろと進む車の中で僕は訊いた。別に興味があったわけではない。ただ、何となく訊いてみただけだ。

「わたしにも、はっきりとした考えがあるわけじゃないんですよ。まあ、しばらくはわたしの家でおいしいものでも食べさせて、ゆっくりと体力を回復させて、それから故郷に帰してやろうかなとも思っているんですけどね」

「故郷って……フィリピンにですか？」

「ええ。そうです」

　大野さんの言葉は僕を少し驚かせた。

　これまでに僕は何人もの女たちの下取りに行った。けれど、僕が大野さんのように考えたことはなかった。

　車を運転している男は、いつも競り市の開催日に僕たちを迎えに来てくれる無口で礼儀正しい中国人の若者だった。時折、ルームミラーの中で僕と目が合った。奴隷商人たちは普通は自家用車で会場に行くのだが、僕たちだけはいつもこうして主催者が迎えを寄越してくれる。それは、運転ができない僕の母が代表をしていた頃の名残《なごり》だった。

「高野さん……中野さんがマリアを売るのを嫌がった理由を知ってますか？」

大野さんが急にそう切り出し、僕は汗の浮かんだ大野さんの顔を見つめた。

「いいえ。知りません。あの……大野さんはご存じなんですか？」

そう。僕はその理由を知らなかった。中野さんに何度か訊こうとしたこともあったのだが、結局、訊けなかったのだ。

「昨夜、事務所で中野さんから聞きました」

「どんな理由があったんです？」

僕は訊いた。本当に興味があったのだ。

「マリアの右の頬にホクロが5つ並んでいるのを知ってるでしょう？」

「ええ……あの……知ってます」

僕は答えたが、それは嘘だった。僕はいつだって、何も見ていないのだ。

「あのホクロの位置や大きさや並び方が、若くして死んだ中野さんの娘の右頬にあったホクロとそっくりなんだそうです」

「えっ、中野さんに娘がいたんですか？」

驚いて僕は言った。中野さんの私生活については、僕はほとんど何も知らなかった。

「ええ。わたしも初耳でした」

大野さんが僕を見つめて微笑んだ。「小学生の頃に病気で亡くなったらしいんですが……最初にマリアのホクロを見た瞬間に、マリアは娘の生まれ変わりなんじゃないかって、中野さんは思ったそうです。もちろん、中野さんだって、生まれ変わりなんて信じてるわけじゃないみたいですけどね」

「そうだったんですか……」

「あの……この話、わたしから聞いたって中野さんには言わないでくださいね」

大野さんが言い、僕は「はい。わかりました」と言って頷いた。

2

夏の夕日に照らされた道を車はのろのろと進み続けた。いつの間にか、僕たちの車のすぐ後ろに選挙カーが割り込んで来て、候補者の名前を連呼する女の声が喧しかった。

すでに時刻は6時に近かったが、夏の空はまだ充分すぎるほどに明るくて、夕暮れの気配はほんの少ししか感じられなかった。それでも、晴れた空の端のほう——林立した高層ビルのすぐ上のところに、少し欠けた白っぽい月が、まるで聖書の方舟《はこぶね》のように浮かんでいるのが見えた。

僕たちの車は選挙カーを引き連れてのろのろと進み続け、やがて、港に浮かんだ巨大な埠頭の入り口に到着した。今回の競り市は、その埠頭に建てられた古いレンガ造りの建物で行われるのだ。

横浜港に突き出すように浮かんだその埠頭は、ジェット旅客機が離着陸できるのではないかと思えるほどに広かった。かつてはそこで毎日のように、外国からやって来た巨大な貨物船がコンテナの積み降ろしをしていたと聞いている。

理由は知らないが、もうずうっと前から、その埠頭には貨物船は停泊していない。ふだんは人の姿もほとんどない。ただ、ひび割れたコンクリートの隙間から、背の高い雑草が無数に伸び出し、海からの風に揺れているだけだ。

広々とした埠頭には、今もそのいたるところに、貨物船が停泊していた頃の名残の錆びたコンテナが積み上げられている。荷物を運ぶ貨車のためのレールも残っている。かつては銀色に輝いていたはずのレールは、コンテナと同じように錆び付いて、今ではチョコレート色に変わっている。

まだ高校に通っていた頃、僕はしばしばその埠頭に行った。そして、意味もなく、その荒涼とした場所をさまよい歩いた。

荒涼——。

それは、その埠頭を言い表すのにぴったりの言葉だった。

横浜港にはいつもたくさんの船舶が行き交っていた。港の周りにはハイウェイが走り、雲に届くほど高いビルが林立していた。港のそばに作られた公園やショッピングモールや遊園地は、いつも人々で賑《にぎ》わっていた。そんな華やかな港に突き出した、だだっ広くて人気のない埠頭は、周りの風景とあまりにミスマッチに感じられた。

海風に揺れる雑草のあいだをさまよい歩いていると――あるいは草の根元にしゃがんで、頭上で囀《さえず》るヒバリを見上げていると――僕はいつも、自分がその埠頭と一緒に、別の世界からタイムスリップして来たかのような不思議な気分になった。

荒涼とした巨大な埠頭の奥、その先端付近には、今も古いレンガ造りの建物が残っている。かつては通関事務所として使われていたというその建物で、きょうは奴隷市が開催されるのだ。

「いやあ、外は暑そうだなあ」

窓の外に目をやった大野さんが露骨に顔をしかめて言い、運転していた中国人の若者が「ええ。大野さんは特に暑がりですからね」と言って笑った。

埠頭の入り口にはスーツ姿の数人の男がいて、埠頭に入ろうとする人や車のチェックを行っていたが、確かにみんなとても暑そうにしていた。

僕たちの車の前には、埠頭に乗り入れようとしている外国製の高級乗用車がいた。スーツの男たちは汗だくになりながら、車に乗った人が示す身分証明書と、自分が手にした名簿とを照らし合わせていた。

「前から気になっていたんですが……あの……お聞きしてもよろしいですか？」

運転手の若者が怖ず怖ずと切り出した。

「何ですか？」

僕はルームミラーに映った若者の顔を見つめて訊いた。

「いえ……たいしたことじゃないんですが……あの……大野さんって、いったい何キロあるのかなと思って……」

運転手が言い、僕は思わず噴き出した。

「ここに入場するのに、体重制限でもあるの？　わたしが乗ったら埠頭が沈むの？」

大野さんが怒った口調で言った。だが、顔は笑っている。

「いいじゃないですか、大野さん。教えてあげてくださいよ。みんな知りたくてたまらないんですから」

笑いながら僕が言い、大野さんは頬を膨らませて、「ダメだよ。誰にも教えない」と強く宣言した。

外にはあれほど暴力的な熱気が溢れていたのに、建物の中にはひんやりとした、乾いた空気が満ちていた。

3

建物の中はそれほど広くはなかったが、天井がとても高かった。中央のフロアには赤いカーペットが敷き詰められ、そこに安っぽいパイプ椅子がぎっしりと並べられていた。椅子には客として招かれた30人ほどの男女がすでに着席し、配布されたばかりのパンフレットを手に談笑していた。客席のあいだをトレイを抱えた何人かのバニーガールが歩きまわり、客たちにワインやビールを配っていた。

明日のＶＩＰの市とは違って、きょうはネクタイや上着の着用は義務づけられていなかったから、客のほとんどがラフなファッションだった。半分ほどの客たちが、その手にオペラグラスを持っていた。

客席の前方には、１メートルほどの高さの横長のステージが組まれていた。小中学校の学芸会の舞台みたいな安っぽいステージだった。

あと1時間足らずで会場の照明は落とされる。そして、その時、その安っぽいステージが奴隷売買の舞台となるのだ。

そうしているうちにも会場には客たちが次々と入って来た。網タイツにハイヒールを履いたバニーガールたちが、客たちの名前をひとりひとり確認してから、指定の客席に案内していた。

この競り市は非合法なものだから、運営スタッフを大々的に募集することは不可能だった。だから会場にいるスタッフはほとんどが、主催者である中国人の大富豪の家族や親戚や友人だった。そのせいだろう。5〜6人いるバニーガールは、そのほとんどが若くはなく、背も低くて、ずんぐりとしていた。

客の中に、テレビや映画で顔を見かける芸能人の初老の男がいた。男は孫だと言ってもおかしくないような若い女を連れていた。

「さっ、控室に行きましょうか？」

大野さんが言い、僕たちは会場を出ると、自分たちに割り当てられた控室に向かった。前回の競り市もここで開催されていたから、もう勝手はわかっていた。

『ヨコハマ・スター・トレーディング控室』

そんな紙が貼り付けられたドアを、大野さんが引き開ける。「お疲れさま」と大声で言いながら、部屋の中に太った体を入れる。

僕も大野さんの後について、部屋に入る。室内に充満した化粧や香水のにおいが鼻をくすぐる。

蛍光灯に照らされた控室には、これから競りにかけられる3人の女たちと、小野さん、中野さん、それにマリアの6人がいた。

「ああ、大野さん、高野さん。お疲れさま」

これから売られる19歳の女の顔に化粧を施していた中野さんが顔を上げる。

「遅かったんですね。道が混んでたんですか？」

やはりこれから売られる東欧出身の女と話をしていた小野さんが、大野さんと僕に笑顔を向ける。

「まあ、ラッシュアワーですからね。遅くなってすみません」

太い首をねじるようにして室内を見まわしながら大野さんが言う。「ところで、何か問題はないですか？」

「いや、何もありませんよ。ねえ、中野さん。すべて順調です。あとはこの子たちに高い値が付いてくれるのを祈るだけですよ」

小野さんが女たちのほうを見ながら笑顔で答えた。

競り市の当日はいつも、中野さんはマリアに助手をさせながら、すべての女たちに化粧をし、その髪をセットする。小野さんは外国人の通訳をしながら、中野さんの手伝いをする。

いつものことだが、市の当日には中野さんと小野さんは大忙しなのだ。けれど、ふたりとは対照的に、大野さんと僕にはやることが何もなかった。それで僕たちはドアの脇の壁に寄りかかり、何をするでもなくぼんやりとしていた。

薄着の女たちが寒がらないように、エアコンの設定温度が上げてあるのだろう。大野さんの額には、早くも大粒の汗が浮かび始めていた。

僕はマリアを見た。忙しそうに動きまわるマリアの右の頬には、確かに5つのホクロが集まっていた。

もしあのホクロがなければ、マリアは今頃、どこで何をしていたんだろう?

ぼんやりと僕はそんなことを思った。

マリアが顔を上げ、僕と目が合った。マリアが微笑み、僕はマリアに微笑み返した。それから今度は、売られる女たちをひとりずつ順番に眺めた。

女たちはいずれも上質なシルクのガウンをまとって、パイプ椅子に姿勢よく腰かけていた。3人とも素足に踵の高いサンダルを履いていた。

僕からいちばん近いところに座っている22歳の東欧出身の女は大柄だった。鼻が高く、目が大きく、整った顔をしていて、金色の長いストレートヘアを額の真ん中で分けていた。青い瞳がとても綺麗で、それは人工的に作られたかのようにさえ見えた。

ナターシャというその女がどういう経緯で売りに出され、小野さんがどういう経緯で買い取ったのか、詳しくは知らない。だが、小野さんによれば、彼女は家族のために自分が売られるということに同意しているらしかった。

その隣には、つい先日、夫から売られた薄井樹里という29歳の女が座っていた。彼女の背後ではマリアが、長くてさらさらとした女の髪にブラシを入れていた。薄井樹里は自分でも手鏡を持って、目の周りの化粧を直していた。その様子は、出番を待つ映画女優のようにさえ見えた。

503号室に閉じ込められたばかりの頃、薄井樹里はひどく暴れた。彼女があまり暴れるので、僕たちは最初の計画を変更して、専門家に彼女の教育を依頼した。

あの小柄な男が、いったいどんな方法で教育をしたのかは知らない。だが、たったの3日で、薄井樹里は驚くほど素直で柔順になった。

これから売りに出され、どこの誰とも知れない男に買われることになるのだから、彼女たちが浮き浮きとした気分でいられるはずはなかった。おそらく心の中は、不安と恐怖に打ち震えているに違いない。それでも、29歳の人妻と22歳の東欧出身の女は落ち着いていて、ある程度の心の整理ができているように見えた。

29歳の女の隣には、大学生だった19歳の少女が座っていた。そこで中野さんに髪にドライヤーをかけてもらっていた。

その少女の名は、川上春菜といったと思う。彼女はいまだに心の整理がついていないようだった。中野さんによれば、拉致されてから満足に食事も口にせず、ほとんど何も喋らず、泣いてばかりいたのだという。

少女が悲嘆に暮れるのは当然のことだろう。これからが人生のいちばん楽しい時だというのに、そのすべてを奪われてしまったのだから……。

父親に言い付かった書類を届けるという口実で僕たちの事務所にやって来た時、少女は生き生きとしていて、とても溌剌としていた。まるで幸せだけしか知らずに生きて来たかのようだった。

けれど今、椅子に腰かけている女は、元気がなく、沈鬱で、絶望に打ちひしがれているように見えた。最初に事務所にやって来た時の少女と同一人物には思えなかった。

少女は整った顔立ちをしていたが、目の周りや瞼が腫れぼったかった。きっと泣いてばかりいたせいなのだろう。こうしている今も、少女の目は少し充血して潤んでいる。顔色も良くないようだ。

僕がぼんやりとした視線を送っていると、急に少女が顔を上げた。そして、涙で潤んだ目で僕を見つめた。

1秒……2秒……3秒……少女はじっと僕を見つめていた。その大きな目に徐々に怒りの色が浮かんで来るのを僕は見た。

やがて少女が無言で立ち上がった。部屋の中にいたすべての人が、驚いたかのように少女を見た。

安っぽいパイプ椅子から立ち上がった少女は、ハイヒールの硬い音を響かせて、僕に向かって真っすぐに歩いてきた。ガウンの裾が割れて、そのあいだから腿が見えた。白くて、とても柔らかそうな腿だった。

大股に歩いて来た少女は、僕のすぐ前で立ち止まった。そして、ルージュの光る唇を嚙み締め、怒りに震えながら僕を見上げた。

「何か……わたしに言うことはないんですか？」

僕を見つめて少女が言った。挑みかかるような口調だった。

僕はそっと唇をなめた。そして、無言で少女を見つめ返した。

少女がその右手をゆっくりと振り上げた。そして、僕の左頰にむかって力任せに振り下ろした。

ビシッ。

視界が大きくぶれ、顔が真横を向いた。耳がキーンと鳴り、直後に口の中に血の味が広がった。

次の瞬間、少女が僕に摑みかかった。

「どうしてわたしが、こんな目に遭わされなきゃならないのっ！　どうしてなのっ！　どうしてなのよっ！」

少女はヒステリックに叫びながら、その骨張った手で僕のネクタイを鷲摑みにし、それを締め上げて前後に強く揺さぶった。

すぐに大野さんが少女を背後から羽交い締めにして僕から引き離した。けれど、少女は叫ぶのをやめなかった。

「どうしてわたしなの！　ねえ、どうしてなのっ！」

大声で叫びながら、少女は大野さんの腕の中でもがき続けた。

無言で壁にもたれたまま、僕はそんな少女を見つめていた。


どうしてわたしなの——。

売られていく少女は、僕に訊いた。

けれど、僕は答えなかった。

そんな質問に答える筋合いはないと思っていたわけではないし、突然のことに戸惑っていたというわけでもない。

答えなかった理由は、ただひとつ——僕にはわからなかったのだ。

そうだ。わからなかった。33年も生きて来たというのに……僕にはこの世界のシステムがわからなかった。

どんなふうにすれば人は幸せになれるのか……逆に、どんなことをした人が不幸にならなくてはいけないのか……なぜ、彼女たちは売られなくてはならないのか……なぜ、こんなにも無能な僕が、彼女たちを売っているのか……彼女たちを買う男たちは、なぜ、それほどの巨富を手にしているのか……僕にはそのすべてが、わからなかった。

4

大野さんと僕が会場となっている中央フロアに戻ると、赤いカーペットの上に並べられたパイプ椅子は客たちでほぼ埋まっていた。

まるで居酒屋のように、会場にはアルコールのにおいが充満していた。ほとんどの人がワインやビールのグラスを手にしていて、何人かはすでにかなり酔っ払っているようだった。会場内に喫煙所があるために、空気が何となく白っぽくなっていた。

そんな会場を不格好なバニーガールたちが、忙しそうに歩きまわっていた。それほど広くないフロアにぎっしりと椅子が並べられているために、バニーガールたちはみんな歩きにくそうだった。

「高野さん、あそこ見てください」

指定された座席に向かって狭い通路を歩いている途中で、大野さんが急に振り向いて背後にいる僕に目で合図をした。

「誰か知り合いでもいたんですか？」

客の多くは競り市の常連だったから、知り合いがいたとしても不思議ではなかった。

「ほらっ、あのサディストのジジイです」

大野さんの視線の先にいたのは、湘南に大邸宅を構えるあの小柄な老人だった。老人は秘書のような若い男を従え、皺だらけの手に赤ワインのグラスを持っていた。

「あのジジイ、また女を仕入れに来たんですね」

「そうみたいですね」

大野さんの巨大な背中を見つめて僕は頷いた。切れた唇が腫れ始めていて、少し喋りにくかった。

「できることなら、うちから売りに出す子たちが、あのジジイに買われなければいいんですけど……」

「そうですね」

大野さんの背中を見つめて僕は再び頷いた。

「ところで高野さん、その口、大丈夫ですか？」

「ええ。大丈夫です」

「どうしてあんなにおとなしく殴られてたんですか？」

「あの……何だかぼうっとしちゃって……」

僕は笑った。すでに出血は止まっていたが、口の中にはまだ血の味が残っていた。

「あの子もあの子ですよ……ヒステリーなんか起こしても、どうにもならないとわかっているだろうに……」

大野さんが言い、僕は腫れ始めた唇を歪めるようにして再び笑った。

会場の最後方に作られた業者席に僕たちが腰を下ろすと、すぐに照明が落とされた。

いよいよ競り市の始まりだった。

5

ステージ上に最初に登場したのは、黒髪を長く伸ばした少女で、中国人らしかった。闇を貫くスポットライトに照らし出された中国人少女は、錦糸で龍が刺繡された赤いチャイナドレスをまとい、踵の高い赤いパンプスを履き、赤い首輪を嵌めていた。取り立てて美人というわけではなかったが、目が大きくてエキゾチックな顔をしていた。華奢な体に張り付くようなチャイナドレスがよく似合っていた。

少女の背後にはがっちりとした体つきの若い男がいて、少女の首輪に繫がれた鎖の端を握り締めていた。

少女の登場に会場がざわめいた。誰かが短く口笛を吹いたのが聞こえた。

ステージ左そでの黒いカーテンのあいだから姿を現した少女は、鎖に繋がれたままステージ上をゆっくりと歩いた。きっとハイヒールに慣れていないのだろう。少女はかなり歩きにくそうだった。鎖を握った男が、少女の向こう側を、少女と歩調を合わせるようにして歩いた。

少女が足を踏み出すたびにチャイナドレスの大きな切れ込みから、ほっそりとした腿がのぞいた。上下する体の動きに合わせるかのように、黒くて真っすぐな豊かな黒髪が舞い、耳たぶでは龍の形をした金色のイヤリングが揺れた。

少女は口元から白い歯をのぞかせて笑っていた。けれど、その笑みはぎこちなくて、泣き出す寸前の顔のようにも見えた。

ステージ右そでに立った司会の男が手にしたマイクを通して、18歳という少女の年とファンファンという名前、そして彼女の最低落札価格を告げた。

「意外と安いんですね」

隣に座っている大野さんが、僕に小声で言った。

確かに、18歳という年齢を考えれば、その中国人少女の初値は少し安いようにも思えた。

だが、彼女を買いたいという客が複数いれば、価格はどんどん上がるのだから、初値にはあまり意味はなかった。

「早く服を脱げっ！」

　酔っ払っているらしい誰かが叫び、その周りの人々が少し笑った。

チャイナドレスをまとった中国人少女は、ハイヒールをぐらつかせながらステージの右端まで行くと、そこでクルリと踵《きびす》を返した。そして今度は、ステージの左そでに向かって歩いた。鎖を手にした男は、少女の姿を隠してしまわないように、今度も彼女の向こう側を歩いていた。

ステージ左そでに戻ると、少女はいったんカーテンの向こうに姿を消した。だが、数秒後には男と一緒に再びステージ上に姿を現した。

カーテンのあいだから少女が現れた瞬間、再び客席がざわめいた。たぶんさっきと同じ客が、また短く口笛を吹いた。僕のすぐ隣では、オペラグラスを目に当てた大野さんが音を立てて唾を飲んでいた。

再びステージ上に登場した少女はチャイナドレスを脱ぎ捨て、深紅のブラジャーと深紅のショーツという姿になっていた。下着にはどちらも金の龍が躍っていた。

「綺麗な体ですね」

大野さんが言い、僕はステージ上の少女を見つめて無言で頷いた。

少女の乳房は大きくはなかったけれど形がよかった。体つきはほっそりとしていたが、ただ痩せているだけではなく、健康的に引き締まっていた。肩には鎖骨が浮き上がり、ウェストは細くくびれ、腹部にはうっすらと筋肉が浮き出ていた。小柄だったけれど、腕も脚もすらりと長かった。

少女の肉体を美しいと思ったのは僕たちだけではないようだった。周りにいる人々が口々に、「いい体をしてるな」「色っぽいな」と呟いているのが聞こえた。

「さあ、どなたか購入をご希望のかたはいらっしゃいませんか？」

ステージの右端に立った司会者が、マイクを使って会場に呼びかけた。「ファンファンは日本語は話せませんが、英語は堪能です。その上、まだたったの18歳。さらにヴァージンです！　これを買わないという手はありません！」

直後に男の声が金額を叫んだ。しわがれた大きな声だった。

「誰だろう？」

大野さんが声のしたほうに視線を向けた。けれど、会場が暗いので声の主ははっきりとはわからないようだった。

「たった今、そちらのかたがファンファンに値をつけられました。さあ、それ以上の価格をつけられるかたはございませんか？」

司会者がそう言って、もっと高い価格での購入希望者を募った。

すぐに別の男が競りかけた。それに対して、最初の男が応じ、直後にまた別の男が大声で少女に値を付けた。だが、最初の男は負けなかった。彼はまたもや新しい金額を叫んでいた。

中国人少女の価格はたちまち上昇し、会場は一気に盛り上がっていった。

「最初から競り合いになりましたね」

オペラグラスを目に当てた大野さんが言い、僕は「そうですね」と相槌を打った。

そうしているあいだも、鎖に繋がれた中国人少女は、下着姿でステージ上を歩き続けていた。いつの間にか笑みは消え、今では顔が強ばっていた。少女はステージを2往復したところで、再び左そでのカーテンの向こうに姿を消した。

カーテンの向こうで少女が何をしているのかは誰もが知っていた。

次にステージに姿を現した少女はブラジャーを外して上半身裸になっていた。客たちがさらにどよめき、数人が口笛を吹いた。

少女は本当に形のいい乳房をしていた。乳輪は鮮やかなピンク色で、乳首もピンク色だった。乳房の周りには、ブラジャーのワイヤーの跡がうっすらと赤く残っていた。

「いい胸だなあ」

すぐ近くで誰かが言うのが聞こえた。

乳房を剝き出しにした少女は、必死で笑顔を作ろうとしていた。だが、その努力は報われていなかった。肉眼ではよく見えなかったが、オペラグラスで見たら、きっと少女の目には涙が浮かび、滑らかな皮膚は無数の鳥肌で覆われているに違いなかった。

「素晴らしいスタイルです！」

男の声が会場に響き渡った。「さあ、それ以上の価格で購入をご希望のかたはございませんか？」

司会者は叫ぶようにして客たちの購買意欲を煽《あお》りたてた。

「18歳の処女です。これからみなさんのしつけ次第でどのようにでもなる、将来性豊かな美少女です！」

すぐに別の男の声がさらに高い金額を告げた。最初に値を付けた男が、またそれに応じた。小柄な中国人少女の価格はうなぎ登りに吊り上がっていった。

その時だった。

その時、今まで沈黙していた男が急に金額を言った。それはたった今、少女につけられた価格を大幅に上回る金額だった。

「あの男ですね」

オペラグラスを目に押し当てた大野さんが言い、僕は「そうですね」と頷いた。

その声の主がいる場所は僕たちからそれほど遠いところではなかったから、僕にも誰がそんな高値を付けたのかわかった。それは投資顧問グループの代表をしている競り市の常連客のひとりで、明日のＶＩＰ向けの市にも招かれている成り金の男だった。

司会者が、投資顧問グループの代表が付けた価格をアナウンスした。直後に、会場全体が大きくどよめいた。

「一気に上げて来ましたね。どういうつもりなんでしょう?」

大野さんが言った。

競りでは価格は徐々に吊り上げられていくのが常だった。誰もが競り勝ちたいと思う反面、誰もができるだけ安く買いたいと考えるからだ。

だが、投資顧問グループの代表の男はそうせず、少女の価格を一気に吊り上げた。どういうわけだか、その男はいつもそういう値の付け方をするのだ。たぶん、しつこく競り合ったりするのが好きではないのだろう。

「さあ、それ以上の価格での購入希望者はいらっしゃいませんか?」

司会の男がさらに大声を張り上げた。

けれど、その後は新たな金額を申し出る者はいなかった。「パンツも脱げ!」と怒鳴った男はいたが、それだけだった。投資顧問グループの代表の男が提示した価格は、それほど高いものだった。

結局、その18歳の中国人少女は40代半ばの投資顧問グループの代表の男が購入した。

2番目にステージに登場したのは日本人で、背が低くて、ずんぐりとした体つきの女だった。25歳ということだったが、化粧のせいか、10代の小娘のようにも見えた。

その女には見覚えがあった。彼女は前回の競り市にも出品されたが、ステージ上でパニックに陥り、結局、買い手が現れずに売り主が引き取ったという経緯を持っていた。

女は前回よりも落ち着いているように見えた。前回の市のあとで売り主が施したという教育が効を奏したのかもしれない。

けれど、僕には今回もあまり高く売れるようには思えなかった。大野さんも「あの子、また売れないんじゃないかなあ？」と首を傾げていた。

だが、意外なことに、その25歳の日本人の女は激しい競り合いになった。そして、大手通信販売会社の社長である50代の男によって、かなりの高値で落札された。

3番目に競りにかけられたのは中米出身の背の高い女で、浅黒くて引き締まった美しい体つきをしていた。20歳ということだったが、それよりもかなり年上に見えた。

女は最初からガウンをまとわず、白くてセクシーな下着姿でステージに登場した。スポットライトに照らされた女は見映えがした。腕と脚がとても長く、浅黒い肌と白い下着のコントラストが美しかった。

けれど、あまり大柄な外国人は競り市では人気がないのが普通だったから、その女も高く売れることはないだろうと、僕は予想した。

だが、僕の予想はまたしても外れた。その女に対しても、激しい争奪戦が繰り広げられたのだ。6人ほどの購入希望者による競り合いの末に女は高値で落札された。彼女を落札したのは老舗の呉服屋の御曹司で、まだ30代前半の男だった。

続けざまに競り合いが繰り広げられたことによって、会場は早くも熱気に包まれていた。みんな喉が渇くのか、しきりにバニーガールを呼び付けて飲み物を運ばせていた。

「きょうは盛況ですね」

大野さんが嬉しそうに言った。「これなら、うちの子たちも期待できそうですね」

大野さんの言う通り、たいていの場合、後半になるにしたがって競りはますます白熱する。だから、僕たちが売りに出す3人も期待ができそうだった。

きょう僕たちが出品する3人のうち、29歳の主婦は次の4番目に、東欧出身の22歳の女は7番目に、そして19歳の少女は11番目にステージに上がることになっていた。

6

夫から売られた29歳の主婦、薄井樹里がステージに姿を現した瞬間、会場が大きくどよめいた。それは、きょういちばんの大きなどよめきだった。

それまでの女たちはいずれも鎖に繋がれて男と一緒に登場した。けれど薄井樹里はそうではなかった。

彼女はひとりだったし、首輪も手錠も嵌められていなかった。拘束された女たちを見続けた客の目には、それが新鮮に感じられたに違いなかった。

かつては芸能界での活躍を夢見ていたことがあったぐらいだから、見られることに慣れているのかもしれない。黒いシルクのガウンをまとった薄井樹里は堂々としていた。まるで見られることを楽しんでいるかのようだった。

「こんなに綺麗な人でしたっけ？」

オペラグラスでステージを見ていた大野さんが言った。「さっき控室にいた時とは別人みたいに見えますね」

大野さんの言う通りだった。それまでにステージに上がった女たちとは違って、薄井樹里は正真正銘のファッションモデルのようにさえ見えた。

あでやかな化粧が施された女の顔には、自然な笑みが広がっていた。サンダルの踵は恐ろしく高いのに、少しもぐらついたり、ふらついたりすることはなかった。大きく足を踏み出すたびに、明るく染めた長い髪が美しくなびいた。

司会の男が薄井樹里の簡単なプロフィールを紹介したあとで、「彼女は教育済みです」と人々に告げた。

すぐに会場から値を付ける声が飛んだ。司会者がそれをアナウンスした直後には、別の男がさらに高い値を付け、最初の男がそれに応じてさらに高い金額を言った。

29歳という女の年齢の高さを危惧していた僕は、そのことに胸を撫で下ろした。

ステージを2往復したあとで、女はまとっていたガウンを脱ぎ捨てた。カーテンの向こうに姿を消すことなしに、ステージを歩きながらガウンの紐を解き、ステージを歩きながらそれを脱ぎ捨てたのだ。

ガウンを脱いだ薄井樹里の姿を見た会場が再び大きくどよめいた。

それまでの女たちは全員が下着姿だった。だが、薄井樹里は下着ではなく、金色に輝くビキニの水着を身に付けていた。腰にはミニスカートのようにも見える金色の布を巻いていた。金色の水着をまとった女は健康的で、生命力に満ちていて、自ら発光しているかのように見えた。

たくさんの声が次々と薄井樹里に値を付けた。それらの声の中には、湘南に大邸宅を構えるあの老人の声もあった。

「あのサディストのジジイですよ」

大野さんがオペラグラスを目から離して僕のほうに顔を向けた。

「そのようですね」

「あんなジジイに買われたら大変だ」

大野さんが露骨に顔をしかめた。

金色のビキニ姿で狭いステージを2往復したあとで、女は腰に巻かれていた布を取った。そして、金色に輝くそれを頭上で何度か大きく振り、そのまま会場に投げ込んだ。それはスタンドにホームランボールを投げ込むヒーローのように誇りに満ちた態度だった。

　客席では何人かの男たちが、投げ込まれた金色の布の争奪戦をしていた。女が穿いていたのは、セクシーな形をした金色に輝くショーツだった。水着であるにもかかわらず、それは下着よりも色っぽくさえ見えた。

　さらに激しい競りが続き、薄井樹里の値はどんどん上昇した。湘南に大邸宅を構える老人も、負けずに叫び続けていた。

「畜生、あのジジイ、諦めればいいのに」

　大野さんが腹立たしげに言った。

　足首に巻かれたアンクレットを光らせながら、さらにステージを2往復したあとで、薄井樹里は筋肉の浮き上がった細い腕を背中にまわした。慣れた手つきで水着のブラジャーを外し、さっきのようにそれを頭上で何度か振った。そして、金色に輝くブラジャーを、さっきと同じように客席に投げ入れた。

　乳房を剝き出しにした女に対して、激しい競り合いがなおも続いた。けれど、湘南に大邸宅を構える老人が新たな金額を言ったあと、急に競りかける者がいなくなった。

「何てことだ……このままじゃあ、あのジジイに落札されちゃうじゃないですか？」

　隣で大野さんが呻くように言った。「誰か……誰でもいいから競りかけろ……頼む……誰か、競りかけてくれ」

僕も大野さんと同じ気持ちだった。自分を高く売るためにこんなに頑張っている女が、サリーという女と同じような目に遭わされると思うと胸が痛んだ。

けれど、僕たちの願いは通じなかった。

その後、司会の男が懸命に客たちの購買心を煽ったが、それ以上の高値で薄井樹里を買おうとする者はいなかった。

競り勝って喜ぶ老人の姿を会場の片隅に見ながら、僕は湘南の大邸宅内に作られた鏡張りの部屋や、サリーという女の体にできていた無数の傷を思い浮かべた。そして、いつかまた、あの屋敷に、今度は薄井樹里を下取りに行く時が来るのだろうか、と思った。

7

競り市での平均的な落札率は65パーセントだった。つまり競りにかけられた3人のうちひとりは買い手がつかず、売り主が再び引き取るという計算だった。

これまで、僕たちが出品した女たちもしばしば売れ残った。そんな時は次の競り市を待ち、そこで前回より少し安い値で再び売りに出した。次の競り市までのあいだ、女の肉体的・精神的状態を健康的に維持しておくのは大変なことで、それは僕たちにとっては大きな負担だった。

その日は、薄井樹里まで、ステージに上がった4人の女全員が落札されていた。競りの始まりから4人続けて落札されるというのは、最近ではかなり珍しいことだった。

もしかしたら今回は、これまでの市で最高の落札率になるのではないか――出品された12人全員が落札されるのではないか――僕はそんなことさえ思っていた。それほどまで会場は白熱した雰囲気に包まれていたのだ。

だが、その期待は呆気なく裏切られた。

薄井樹里の次にステージに上がったタイ人の女と、その次に競りにかけられた台湾人の女には、誰ひとりとして値を付けなかったのだ。ふたりともまだ20歳そこそこの若さで、ふたりともそれなりに美しかったから、それは少し不思議な気がした。

「薄井さんのインパクトが強すぎたんですかね？」

薄井樹里の仕入れを担当した大野さんは、少し得意げだった。

大野さんの言う通りかもしれなかった。ステージを奔放に飛びまわっていた薄井樹里を見たあとでは、ほかの女たちひどく陰気で、とても病的に感じられた。

ほかの奴隷商人グループが出品した女たちが、売れようと売れ残ろうと、そんなことは僕たちには関係のないことだった。けれど、薄井樹里の影響がさらに続くとなると、それは困ったことだった。

6番目にステージに上がった台湾人の女の次は、僕たちが出品する東欧出身の女の番だった。

たからだ。

東欧の貧しい村からやって来た22歳の女はすでに、自分に与えられた境遇を受け入れているようにも見えた。けれど、彼女は未教育なので、ステージではパニックに陥ることも考えられた。体も大きくて力もありそうだったから、もし暴れたり、逃げ出そうとしたら一大事だった。

それで僕たちは念のために彼女に首輪を嵌め、後ろ手に手錠をかけた。そして、首輪に繋いだ鎖を握った小野さんに一緒にステージに上がってもらうことにしていた。

やがて女がステージ上に姿を現した。会場が小さくざわめいた。

小野さんとふたりでステージに上がった女を、スポットライトの光が照らし出した。その瞬間、女は青い目を眩しげに細めた。背中に流れる金色の髪が、金属でできているかのように美しく輝いた。

僕たちの周りで何人かが、「綺麗だな」と呟いているのが聞こえた。

そう。女は綺麗だった。背が高く、手足が長く、とても美しかった。3番目にステージに上がった中米出身の女より、遥かに優雅で、遥かに気品に溢れていた。

小野さんと並んでゆっくりとステージを2往復したあとで、女はガウンを脱ぎ捨てた。その瞬間、また周りにいた何人かが感嘆の声を漏らした。ガウンの下に彼女はシンプルでセクシーなデザインの黒い下着をまとっていた。

女は本当に美しかった。中米出身の女に比べるとふっくらとした体つきをしていたが、決して太っているわけではなかった。乳房はとても大きく、ウェストは細くくびれ、女らしい色気を漂わせていた。

下着姿になった女は、後ろ手に手錠をかけられ、首に鎖を繫がれたままの姿でステージを2往復した。そのあいだ、司会の男が大声で客たちの購買意欲を煽り続けていた。

「どなたか、この美しいナターシャを買いたいというかたはいらっしゃいませんか？　たった一声かけていただければ、今夜から彼女はあなたのものです」

僕たちが女に設定した初値は安いものではなかったが、特別に高いということはないはずだった。それにもかかわらず、どういうわけか客席からはまったく声がかからなかった。人々はただ、下着姿で歩く女を見つめていただけだった。

「どうして誰も買いたがらないんだろう？」

オペラグラスでステージを見つめたまま、大野さんが不安げに言った。

「どうしてなんでしょうね？」

僕もそう言って、意味もなく頷いた。

けれど、それはまったく予測できなかったことではなかった。ロシアや旧ソビエト連邦に属していた国々、それに東欧出身の女は競り市にかなりの人数が出品される。それに対して、彼女たちを買いたがる客は限られている。つまり、供給過剰になっているのだ。

かつて彼女たちは、かなりの高値で売買された。それで僕たちのような奴隷商人は、こぞって旧ソビエト連邦や東欧に出かけて行って、若くて美しい女たちの仕入れをした。その結果、価格が暴落してしまったのだ。

「あの子、あんなに綺麗なのになあ」

大野さんが残念そうに言った。

その後、女はブラジャーを外し、乳房を人々の目にさらしながらさらにステージを2往復した。客席の人々はまた感嘆の溜め息を漏らしながら、その美しい裸体に見入った。だが、それだけだった。

制限時間の10分が過ぎても、ついに彼女を買おうとする者は現れなかった。

第10章

1

川上春菜がいる部屋はとても狭かった。天井が低く、壁は薄汚れていた。

どこからか、人々の叫び声が聞こえた。マイクを通したらしい男の声もした。

今では春菜にも、それが何をしている声なのかはわかっていた。

きょうの午後早く、春菜はあの忌まわしい部屋から1週間ぶりに出た。そして、ワゴン車に乗せられて、横浜の埠頭に建つこの建物に連れて来られた。

あのビルの出入り口でワゴン車に乗せられる時、春菜は1週間ぶりに外の空気に触れた。

彼女が拉致された日と同じように、横浜の街は真夏の太陽に光り輝き、潮のにおいのする熱気が立ち込めていた。そして……そこには大勢の人々が行き交っていた。

彼らはみんな自由だった。春菜とは違い、行き交う人々は誰も、自分の好きな時に、自分の好きなことをする自由を有していた。

助けを求めて叫びたかった。人々の雑踏の中に走り込みたかった。けれど、春菜には叫ぶことも、逃げ出すこともできなかった。口には丸めた布を詰め込まれた上、猿轡《さるぐつわ》までされ、さらにその上に大きなマスクを嵌められていたから、声を出すことはできなかった。おまけに、春菜の背後には大野と呼ばれている大柄な男がいたし、手錠のようなもので後ろ手に縛られた上に、両足首にも手錠が嵌められていたから、どうすることもできなかったのだ。

車に乗せられる前に春菜はわずかな抵抗を試みた。けれど、それは何の意味もなかった。春菜はそのまま、大野という大男に抱きかかえられるようにして、ワゴン車の後部座席に押し込まれてしまった。

ワゴン車の後部座席で春菜は、自分と一緒に売られるらしいふたりの女を見た。ひとりは金色の髪と青い目をした若い白人で、もうひとりは30歳前後の東洋人だった。東洋人の女は綺麗な発音の日本語を話していた。だから、日本人だったのだろう。春菜とは違って、ふたりは猿轡をされていなかった。手錠も嵌められてはいないようだった。

車に乗せられた春菜は、後部座席の片隅で溢れ続ける涙に頬を濡らしていた。涙を拭いたかったけれど、後ろ手に縛られていたので、どうすることもできなかったのだ。

この狭い部屋に来てから春菜の猿轡は取り除かれ、足首の拘束も外されていた。だが、ガウンの中の両手は相変わらず後ろ手に手錠をされたままだった。ガウンの下には、恥ずかしくなるほどセクシーなデザインの、ブラジャーとショーツを着けさせられていた。首には革製の首輪が巻かれ、そこに太い鎖が取り付けられていた。

今、この狭い部屋にいるのは、春菜のほかには、煙草ばかりふかしている中野という中年女と、マリアという外国人の女、小野という小柄な日本人の男、それにみんなからナターシャと呼ばれている若い白人の女だけだった。

少し前にナターシャは競売にかけられるために、小野という男と一緒に部屋を出て行った。その前に出て行った薄井という日本人が戻って来なかったように、ナターシャももう戻って来ないのかと思った。

聞くともなく聞こえた話によると、薄井という女は、彼らが想像していた以上の高値で売れたようだった。

けれど、ついさっき、ナターシャは小野という男とふたりで再び部屋に戻って来た。どうやら、彼女には買い手がつかなかったらしい。

売れないと、またここに戻って来られるのか……。

川上春菜はぼんやりとそう思った。

けれど、ここに再び戻って来ることが、自分にとっていいことなのか、それとも悪いことなのかはわからなかった。

「さあ、あんたの出番だよ」

春菜の背後で中野という中年の女が言った。

ガタガタする椅子に腰かけて、春菜はその声を聞いた。瞬間、背筋が冷たくなった。

そう。いよいよだった。いよいよこれから、春菜は売られるのだ。

春菜は立ち上がらなかった。返事さえしなかった。

「何してるんだい？」

春菜の背後で中年の女が再び言った。「さっ、立つんだ。あんたの番が来たんだよ」

けれど、やはり春菜は立ち上がらなかった。

少し前にその女から聞かされた話によれば、これから春菜は小野という男と一緒に競り市が行われている会場に行き、そこに設置されたステージ上をガウン姿で2往復することになっていた。ステージを2往復したあとではガウンを脱いで下着姿になり、またステージを2往復し、さらにその後はブラジャーを外し、人々の視線に乳房をさらしながら、制限時間いっぱいまでステージ上の往復を続けることになっていた。

考えるだけで、おぞましかった。春菜にそんなことが、できるはずがなかった。

「いったい、どうしたっていうんだい？　諦めの悪い子だね。さあ、立ちなさい」

わずかに苛立った口調で女が命じた。

けれど、春菜はやはり立ち上がらなかったし、返事もしなかった。

「頼むから言う通りにしてくれよ。さあ、立つんだ」

今度は小野という男が命じた。男は春菜の背後に立っていた。

だが、やはり春菜は動かなかった。ただ、安っぽいパイプ椅子の上で、石のように体を堅くしていただけだった。

「さあ、立つんだ」

男が声を荒らげた。そして、背後から春菜の首輪を摑み、力任せに引き上げた。

瞬間、革の首輪が首に食い込み、腰が椅子から浮き上がった。

あまりの息苦しさに春菜は激しく咳き込んだ。背後に立った男がなおも首輪を引き上げた。

小柄だったけれど、男は力が強かった。

「いやっ！　やめてっ！」

苦しみに喘ぎながらも春菜は叫んだ。また目から涙が溢れ出た。

けれど、男は手の力を緩めなかった。

息苦しさに耐えられず、ついに春菜は自分の脚で立ち上がった。サンダルの踵があまりに高いため、ただそれだけのことで、ふくら脛の筋肉が震えた。

「いやっ……ううっ……いやっ……」

首を絞められたまま、春菜は抵抗して暴れた。

「暴れるんじゃないっ！」

背後から春菜の首を絞め続けながら男が大声を出した。「暴れたってどうにもならないってことがわからないのか？」

確かに男の言う通りなのかもしれない。ここでどれほど抵抗しても、もうどうにもならないのかもしれない。けれど、暴れずにはいられなかった。

春菜はさらに激しく暴れた。背後から首を絞める男に何度も体当たりを見舞い、前方から近づいて来た女の足をハイヒールの踵で思い切り蹴飛ばした。

「いい加減にしなさいっ！」

中野という女が怒鳴った。そして、春菜の腹部の中央に向かって拳を突き出した。華奢な見た目からは想像できないほど、女のパンチは早くて強かった。

瞬間、痛みと苦しみが春菜の腹部を貫いた。直後に、逆流した胃液が、口から溢れ出た。脚から力が抜け、春菜は低く呻きながら崩れ落ちた。

「ううっ……ううう……」

呻き続けながら、春菜は絶望的な気分で薄汚れた床を見た。そこに何本もの髪が落ちているのを見た。

2

春菜のように諦め悪く抵抗を続ける女は珍しくはないらしかった。つまり、こういう出来事は彼らにとっては想定内のことのようだった。

春菜が床にうずくまって苦しみに呻いているあいだに、中野という女がどこかに電話をした。するとすぐに、5〜6人の男たちがやって来た。

男たちは狭いドアのあいだから、奇妙なものを室内に運び入れた。それは、太い丸太をXの形に組んで立てたものだった。組まれた丸太の上部と下部には、それぞれ黒い革製のベルトが取り付けられていた。丸太の下の部分には板が敷かれ、その板の裏側にはキャスターみたいな車輪が取り付けられていた。

床にうずくまり、胃液を吐きつづけながら、春菜はそれを見た。

それが何のための道具なのか、はっきりとはわからなかった。それでも、おおよその予想はついた。あまりの恐怖に、頭の中が真っ白になった。

男たちは床で悶え続ける春菜を力ずくで立ち上がらせた。中野という女が素早く春菜のガウンをまくり上げ、後ろ手にかけられていた手錠を外した。直後に男のひとりが、彼女から乱暴にガウンを毟り取った。

そう。彼らは春菜が予想した通りのことを、彼女にしようとしていた。

「いやっ！……やめてっ！……いやっ！」

男たちは春菜の悲鳴を無視し、4人がかりで彼女の手足を大きく広げさせた。そして、丸太に取り付けられた革のベルトを使って、春菜の手首と足首をそこに固定した。ウェストにも黒い革製のベルトが巻かれ、2本の丸太が交差した部分にくくりつけた。

あっと言う間のことだった。気が付いた時には、春菜はブラジャーとショーツだけの姿で、Xの形に組まれた丸太に磔《はりつけ》にされていた。両足を30度の角度に開き、バンザイするかのように両腕を頭上に掲げた格好だった。手首と足首、それにウェストが固定されているために、しゃがみ込むことも、体をねじることもできなかった。

さらに男のひとりがどこからか、赤い玉を取り出した。それは、最初に拉致された時に口に押し込まれていたのと同じ、中が空洞になったゴルフボールのような玉だった。

赤い玉を手にした男は無造作に春菜の髪を鷲摑みにした。そして、玉を手にしたほうの手で春菜の顎をがっちりと摑んだ。

「口を開いて」

春菜の耳元で男が言った。まだ若い男だった。「そうしないと、痛くするよ」

けれど、春菜は口を開かなかった。それどころか、ぎゅっと奥歯を嚙み締めて、決して口を開くまいとした。

春菜が協力しないと知ると、男は彼女の顎を摑んだ指先に力を入れた。そして、頰の上から口を力ずくでこじ開けようとした。

頰の内側が強く奥歯に押し付けられ……食いしばった歯と歯のあいだに無理やり押し込まれ……口の中が切れて血が出始め……あまりの痛みに耐えられず、ついに春菜はあんぐりと口を開けた。

次の瞬間、男は難なく彼女の口の中に赤い玉を押し込んだ。そして、玉に取り付けられた黒いゴムの紐を春菜の後頭部にまわし、そこでがっちりと固定した。

「むむうっ……むうっ……うむうっ……」

もはや春菜にできるのは、くぐもった呻きを漏らしながら、玉に空いた穴から必死で呼吸をすることだけだった。

仕事が済むと、男たちはさっと部屋を出て行った。

「あんまり手間をかけさせないでくれよ」

春菜の脇に立った小野という男が苦笑いをしながら言った。

もちろん、口を塞がれた春菜には、何も言うことはできなかった。

「あんまり泣くからせっかくの化粧が台なしじゃないか」

下着姿で磔にされた春菜の脇に立ち、ティッシュペーパーで春菜の涙や鼻水や、口から溢れた唾液を拭いながら、中野という女が言った。さっきまでとは違って、とても優しい口調だった。

女は細い体を屈めると、床に転がっていた紫色のサンダルを拾い上げ、それを春菜の左右の足に履かせた。それから立ち上がって春菜の目を見つめ、少し微笑んだ。

「さっ、頑張っておいで。いい人に買われるといいね。祈ってるよ」

屈辱的な姿で磔にされ、口まで塞がれた春菜は、絶望に打ちのめされて女を見た。

悔しかったし、悲しかった。恥ずかしかったし、惨めだった。

拭ってもらったばかりの目から、また涙が溢れ出た。

「それじゃあ、川上さん、行こうか」

小野という男が春菜に言った。男の口調も優しげだった。それから、磔にされた春菜を背後から押して部屋を出た。

3

ドアの外には蛍光灯に照らされた廊下が真っすぐに伸びていた。狭くて、薄汚れた廊下だった。

「わたしたちも、こんなひどいことはしたくなかったんだよ」

磔にされた春菜を押しながら、小野という男が背後で言った。

けれど、春菜には振り向いて男の顔を見ることはできなかった。手首と足首にはベルトが食い込み、痛くてしかたなかったが、その痛みを訴えることもできなかった。

春菜を押して、男は狭い廊下を歩き続けた。彼女が立たされている板の下で、キャスターの車輪がまわる音がした。

途中で何人かに擦れ違った。そのたびに春菜は、叫び出したくなるほどの恥ずかしさを感じた。

春菜が着けている紫色の下着は、薄っぺらなナイロン製のものだった。それは、機能性を無視し、異性の欲望をかき立てるためだけの目的でデザインされた下着だった。

廊下を歩く人々はみんな、そんな春菜の全身にちらりと視線を送った。何人かの女たちの目には同情の色が浮かんでいるようにも見えた。

廊下を進み続けるにしたがって、大勢の人々の声が近づいて来た。もうマイクを通した男の声もはっきりと聞き取れた。きっと競り市の司会者なのだろう。マイクの男は叫ぶような口調で、もっと高い値を付ける人はいないかと繰り返していた。

やがて、春菜を磔にした台車が止まった。

「着いたよ。川上さん」

春菜の背後で男が言った。

そこは狭くて、薄暗くて、天井の低い空間だった。その狭い空間で、何人かの男女が忙しそうに動きまわっていた。人々はみんなチラリと春菜に視線を向けたが、ジロジロと見る者はいなかった。

春菜のすぐそばには黒いカーテンがかけられていて、その脇に大きな縦長の鏡が立てかけられていた。その鏡に今、磔にされた女の全身が映っていた。

鏡の中の女は、淫らなデザインの紫色の下着を身に付け、ハイヒールを履いた両脚を約30度の角度で開き、両腕を同じ角度で頭上に高く掲げ、半開きになった口に赤い玉を押し込まれていた。

それが自分だということはわかっていた。だが、そこにいる女は、絶対に自分には見えなかった。

鏡の中の女の顔にはどぎつく化粧がされていたけれど、今ではそれはぐちゃぐちゃに崩れていた。唇の周りにはルージュが滲み、目の下は流れ落ちたアイラインとマスカラで真っ黒だった。顎の先には唾液が溜まり、透明な糸となって滴り落ちていた。

その女は惨めで、哀れで……そして、グロテスクだった。

けれど、その屈辱的な姿は、ある種の男たちの下劣な欲望をそそるに違いなかった。春菜が身に付けた下着はあまりに薄いために、ブラジャーのカップの向こうに乳首や乳輪が透けて見えたし、ショーツの股間の部分には押し潰された性毛がくっきりと見えた。

春菜は鏡の女から目を逸らした。

ああっ、どうして……。

羞恥と絶望に体が震えた。強い尿意が膀胱を痺《しび》れさせるのがわかった。目を閉じると涙が溢れ、頬を流れ落ちた。

春菜は両親を憎んだ。今はどうしても、憎まずにはいられなかった。

マイクを通した司会者の声が、すぐそこから響き続けていた。ほかの大勢の人々の声も、今ははっきりと耳に届いた。

「もう泣くのはやめなよ」

目を開くと、背後にいたはずの男が、いつの間にか春菜の前方にまわって来ていた。

男はやはり、とても小柄だった。春菜がキャスター付きの板に立っている上に、恐ろしく踵の高いサンダルを履いているため、男の目はかなり低いところ——紫色の薄い布に覆われた春菜の乳房のところにあった。

男の目には、ブラジャーから透けた春菜の乳首がはっきりと見えているはずだった。それを思うと、息苦しいほどの羞恥心に襲われた。

お願い……助けて……こんなことは、もうやめて……。

春菜は必死目でそう訴えた。

けれど、男は無言で首を左右に振っただけだった。

男はすぐ脇のカーテンに歩み寄り、その隙間から向こう側をのぞいた。春菜たちがいる薄暗い空間に強い光が、細長い筋となって差し込んだ。

カーテンのところから戻ると、男はポケットから真っ白なハンカチを取り出し、さっき女がそうしたように、それで春菜の涙と鼻水を優しく拭った。

お願い、助けて……お願い……お願い……。

春菜はまた目で男に訴えた。口の端から唾液が溢れ、顎の先に溜まって滴り落ちた。

やがて司会者が大きな声で「それでは、これにてご成約となりました。ありがとうございました」と言った。直後にカーテンが割れ、そこから背の高い若い女が春菜のいる空間に入って来た。長い髪の東洋人で、上半身は裸だった。きっと、たった今、落札されたのだろう。女は悲しげな目をしていた。

スタッフらしい若い女が駆け寄って来て、小野という小柄な男に何かを耳打ちした。男が無言で頷いた。直後に、若い女がカーテンを開けた。

「じゃあ、行こうか」

男が言った。そして、磔にされた春菜を押してカーテンから出た。

4

瞬間、強烈な光が全身を包み込み、春菜は思わず目を細めた。剝き出しの皮膚が、日光を浴びたかのように光の温かさを感じた。

人々のざわめきが春菜の耳に届いた。最初はほとんど何も見えなかった。けれど、目が慣れて来るにしたがって、少しずつ、いろいろなものが見えるようになった。

春菜の目の前には大勢の人がいた。まるで映画館の座席でスクリーンでも見ているかのように、そこにいるすべての人々の目が春菜を——あらわな姿で磔にされた春菜の全身を見つめていた。

そう。今、目の前にいるすべての男と、すべての女が、春菜を見ていた。

紫色の薄い布に覆われた春菜の乳房を……やはり紫色の薄い布に包まれた股間を……赤い玉を嚙まされた口元を……肋骨が浮き上がった脇腹を……細い黒革のベルトが食い込んだウエストのくびれを……筋肉が浮き出た太腿と腕を……涙と鼻水と唾液とでぐちゃぐちゃになった春菜の顔を……そこにいるすべての人の目が、じっと食い入るように見つめていた。皮膚のいたるところに突き刺さるかのような視線を、春菜は鋭い痛みとともにはっきりと感じた。

見ないでっ！　見ないでっ！

春菜はパニックに陥った。

けれど、体をねじることも身を屈めることもできなかった。黒革のベルトが手首と足首とウェストに、強く食い込んだだけだった。

凄まじいパニックの中で春菜は絶叫した。

「うぶっ！　うぶぶうっ！」

くぐもった大きな呻き声が辺りに響いた。それは、罠にかかって悶える猛獣の声のようにも聞こえた。

「いやあ、色っぽい。そそりますねえ」

マイクを手にしたタキシード姿の男がそう言って笑った。男の目には、あからさまな欲情の色が浮かんでいた。男は手にしたメモを見ながら、春菜の名前と年齢と簡単な経歴を会場の人々に告げ始めた。

「彼女は川上春菜といいます。都内にある私立大学の英文科に在籍中の女子大生です。見ての通り、スタイル抜群です。英語が堪能《たんのう》で、将来は国際線のキャビンアテンダントになるのが夢でしたが、父親が経営していたデザイン事務所が立ち行かなくなり、家族のために売れることになりました」

司会の男は軽快に喋り続けていた。けれど、恐怖と羞恥に悶える春菜には、男の言葉はほとんど理解できなかった。

「処女ではないようですが、男性経験は多くありません。ぜひ、みなさまの手で、この19歳の女子大生に厳しいしつけを施してやってください」

司会の男はそう言ったあとで、彼女の初値を告知した。その額はかなりの大金ではあったが、都心の一等地にマンションの部屋を買えるほどではなかった。

X型に組まれた丸太にくくり付けられたまま、春菜は真横方向に移動を始めた。きっと背後にいる小野という男が動かしているのだろう。春菜は客席に体の正面を向けたまま、ステージをゆっくりと横方向に動いた。春菜の移動と一緒に、人々の視線もまた同じ速さで横に移動していった。

春菜の移動にともなって、スポットライトも一緒に動いたから、彼女はいつも強い光の中にいることになった。その光は本当に太陽光のように強烈で、春菜は肌が焼けるのを感じたほどだった。

「さあ、どなたか、このスタイル抜群の19歳の女子大生を、ご自分のものにしたいというかたはいらっしゃいませんか?」

相変わらず軽快な口調で司会者が言い、直後に客席から男の声が金額を叫んだ。

そう。その男は春菜を買おうとしているのだ。金銭で春菜を自分の所有物にし、そして、おそらく……性の奴隷にしようとしているのだ。

涙と鼻水を流し続け、口からは大量の唾液を溢れさせながら、春菜はその男を見た。春菜を性の奴隷にしようとしているのは、醜い顔をした色白の中年男で、その小さな目は欲望のためにギラギラしているように見えた。

凄まじい嫌悪に、また体が震えた。頭がどうにかなってしまいそうだった。

醜い色白の中年男が春菜に付けた金額を、タキシード姿の司会者が会場の人々に告げた。その直後に、また別の男の声が金額を叫んだ。

春菜はまた、その男のほうに視線を漂わせた。遠かったのではっきりとは見えなかったが、それはまだ若い男のようにも見えた。

新しく春菜に付けられた金額を、また司会者がマイクを使って会場に知らせた。その直後に、また別の男の声が新たな金額を叫んだ。

「すごいよ、川上さん。すごく高く売れそうだよ」

背後にいる小野という男が言うのが聞こえた。

いったい何がすごいというのだろう?

競りで売られる牛や馬にとって、自らの落札価格に意味はないように……春菜にとっても、自分がいくらで売れることになろうが、そんなことは関係のないことだった。

Xの形に組まれた丸太に磔にされたまま、春菜はステージを横に移動し続けた。今、すぐ前には着飾った若い女がいて、ステージ上の春菜をじっと見上げていた。

その女は春菜と同じくらいの年だろう。肩を剝き出しにしたワンピースをまとい、長い髪をふわふわに波打たせ、耳元で大きなピアスを光らせていた。綺麗だったけれど、生意気で意地悪そうな女だった。少し吊り上がった大きな目には、春菜に対する優越感、そして嫌悪と蔑みが浮かんでいた。

ああっ、どうしてわたしなんだろう？　どうして、あの子じゃないんだろう？

怒りを込めて、春菜は女を睨みつけた。けれど、女は視線を逸らさなかった。春菜を見つめ、バカにしたように笑っただけだった。

そうしているあいだも、激しい競り合いが続いていた。今では何人もの男たちが春菜を自分の所有物にしようとしていた。大勢の男たちが口々に新たな金額を叫んでいた。春菜に最初に値を付けたあの醜い色白の中年男も、いまだに競り合いに参加していた。

もし、どうしても誰かに買われるしかないのだとしたら……もし、それは避けられないのなら……できれば優しくて素敵な男の人のものになりたい……。

頭の片隅で春菜は、そんなことを思った。けれど、金にまかせて女を自由にしようとする男に、素敵な人間なんていないということも春菜にはわかっていた。

磔にされた春菜がステージを2往復したところで、足元のキャスターが止まった。そして、背後にいた小野という男が春菜の前にまわって来た。

男はまた白いハンカチで春菜の涙と鼻水と唾液を拭った。そのあとで、ポケットから何か小さなものを取り出した。

それは小さな折り畳み式のナイフだった。男が畳み込まれていた刃を出した瞬間、それはスポットライトの光を受けて銀色に光った。

男はナイフの刃を春菜の上半身に近づけた。

「じっとしてて、川上さん。動くと危ないよ」

春菜の目を見ずに男が言った。

何なの？　どうするつもりなの？

強い恐怖に揺り動かされ、春菜は体をよじってナイフの刃から逃れようとした。けれど、それはできなかった。

男は左手で春菜が付けているブラジャーのストラップをつまむと、ナイフでそれを一瞬にして切断した。最初に右を、それから左を。

その瞬間、春菜は男が何をしようとしているのかを知った。

「うぶうっ！　うぶぶうっ！」

パニックに陥った春菜は、再び絶叫した。

「危ないから動かないで」

男がまた言った。さっきより強い口調だった。

ブラジャーの左右のストラップを切り終えると、男は今度はふたつのカップを繋いだ部分に刃先を当てた。そして、それを難なく切断した。

次の瞬間、胸元が急に涼しくなった。同時に客席から、「おおおーっ」という、いくつもの声が上がった。

春菜はもう一度絶叫した。意味がないとわかっていても、叫ばずにいたら狂ってしまいそうだった。

「うぶぶうっ！」

意志とは無関係に尿が漏れ、春菜の股間を温かく濡らした。尿は左足の内側を流れ、左のふくら脛を伝って左のサンダルに流れ込んだ。

それはまさに拷問だった。あるいは、それ以上の責め苦だった。

春菜は目を閉じた。そして、意識的に頭の中を空っぽにして、呼吸を確保することに専念しようとした。彼女にできることは、ほかになかった。

多量の鼻水が流れているために、鼻からの呼吸は困難だった。しかたなく春菜は、口に嚙まされているプラスティック製の玉に空いた小さな穴の数々から呼吸を続けていた。呼吸を確保することに集中していれば、慰め程度には気が紛れた。

「ご覧ください。素晴らしい胸です。大きさといい、形といい、申し分ありません。さて、いったいどなたが、この素晴らしい胸を揉みしだく権利を手にするのでしょう？」

マイクを通した男の声が、目を閉じた春菜の耳に届いた。

結局、春菜は最初に付けられた値段の2倍近い金額で競り落とされた。

10人近くの男たちによる激しい競り合いの末に春菜の所有権を得たのは、小柄な老人のようだった。落札が決まった瞬間、会場の片隅で嬉しそうにしている老人の姿がステージ上にいた春菜にも見えた。

はっきりと顔が見えたわけではないけれど、その老人はとても小柄で貧弱だった。犬を連れて近くの公園を散歩しているような、ごくありふれた老人のようにも見えた。

わたしはこれから、どうなっちゃうんだろう？　あの人はこれからわたしを、どうするつもりなんだろう？

いつの間にか涙は乾いていた。

もしかしたら、すべての涙が流れ出て、もうわたしの中には涙は残っていないのかもしれない。

そんなことを春菜は思った。

5

春菜の競りが終わった。

小野という男は春菜の口の中から赤い玉を取り出したあとで、磔にされたままの彼女を押して再び廊下に出た。

さっきと同じように、廊下で何人かの人と擦れ違った。男たちの何人かは擦れ違いざまに春菜の乳房や股間を一瞥し、そのたびに春菜は嫌悪と羞恥に震えた。

競り市はいまだに続いているようだった。マイクを通した男の声や、会場を埋めた人々の声が窓のない廊下にも響いていた。

「どこに行くの？」

狭い廊下を進みながら、春菜は背後にいる男に訊いた。ずっと口を塞がれていたために、とても喋りにくかった。

「君たちの引き渡し所があってね、そこに向かっているんだ」

ショーツ1枚の姿で磔にされた春菜を押してしばらく廊下を進んだあとで、男は明るくて広々とした部屋に入った。

「手続きをして来るから、川上さんはちょっとここで待っててね」

春菜にそう言うと、男は部屋の奥に向かっていった。

両脚を左右に広げ、バンザイするかのように両腕をV字型に頭上に掲げたまま、春菜は部屋の中を見まわした。

そこには大勢の男女がうごめいていた。身なりのいい、いかにも金のありそうな男たちがいた。その連れらしい着飾った女たちがいた。そして……きょうの競りで売買されたらしい、鎖や手錠で拘束された女たちがいた。

女の新しい所有者になったらしい男が、女の首輪に繋がれた鎖を握って写真撮影をしていた。別の男は自分が競り落としたらしい下着姿の女と、何か話をしていた。手錠を嵌められたまま、上半身裸で床にうずくまっている女がいた。すでに衣服をまとい、後ろ手に手錠をかけられて男とともに部屋を出て行く女がいた。

乳房を剥き出しにしたまま戸口に立っている春菜に、たくさんの人々が視線を向けた。そのたびに、春菜は身悶えしたくなるほどの羞恥と屈辱に震えた。

やがて、小野という男が戻って来た。小柄な老人と一緒だった。

春菜の目の前に立った老人は、小野という男よりもさらに小さかった。腰がいくらか曲がっていたが、仕立てのいい高価そうなスーツをまとい、よく光る黒い革靴を履いていた。

「川上さん、こちらがあなたのご主人になる佐竹さんだよ」

小野という男が老人を紹介し、男は「お嬢さん、これからよろしく」と言って笑った。両方の鼻の穴から白い鼻毛がのぞき、色の悪い唇のあいだから、黄ばんだ歯と紫色をした歯茎が剝き出しになった。

春菜はぼんやりと老人の顔を見た。老人の顔は皺だらけで、小さな目は真っ赤に充血し、皮膚のいたるところに老人斑が浮き出ていた。

「いい体をしてるな。顔も可愛らしいし……大金を出した甲斐があったよ」

春菜の全身を不躾に眺めまわして、老人が言った。

春菜は老人から顔を背けた。老人が声を出すたびに、嫌なにおいのする息が春菜の顔に吹きかかった。

「川上さん、佐竹さんにちゃんとご挨拶をして」

小野という男が春菜に言った。

けれど、春菜はそうしなかった。それどころか、さらにあからさまに老人から顔を背けてみせた。

「まあ、いいよ」

老人が笑うのが聞こえた。「これから俺が毎日びしびしと、嫌と言うほど厳しくしつけをしてやるから」

言い知れぬ嫌悪に身を震わせながら、春菜は奥歯を嚙み締めた。

完全な絶望が、いましめを受けた体の隅々に満ちていくのがわかった。

最終章

1

競り市の会場を出た時には、時計の針は午後11時をまわっていた。

僕たちは今、中野さんが運転するワゴン車で事務所に向かっている。助手席には小野さんが、2列目には大野さんと僕が座っている。3列目にはマリアが座っていて、その隣には今夜の競りで売れ残ったナターシャという東欧出身の女が座っていた。

3列目に座っているふたりは、どうやら眠っているようだった。僕の頭のすぐ後ろから、ふたりの寝息が交互に聞こえた。

売れ残って控室に戻って来たナターシャは、中野さんに「すみません」と言って頭を下げたのだという。今までにそんなことを言った女たちはいなかったから驚いたと、中野さんは言っていた。

シートから伝わって来る振動に身をまかせながら、僕は窓の外に目を向けた。この時間になると、さすがに道路は空いている。歩道を歩いている人の姿もほとんどない。これなら5分ほどで事務所に着くだろう。

横浜の街には、靄《もや》が出ているようだった。焚き火の煙が漂っているかのように、街の光はどれも霞んで、滲んでいた。これでは今夜は屋上に上がっても、星を眺めることは難しいかもしれない。

林立するビルの天辺に取り付けられたランプが点滅を繰り返し、靄のかかった空をぼんやりと赤く染めている。光に彩られた観覧車がゆっくりとした回転を続けながら、その雄大な姿を港の水面に映している。周りの空気も靄に霞んで、観覧車が放つ光の色が変化するたびに、赤、紫、青、緑……と、さまざまな色に染まっていく。

僕は明日のVIP向けの市のことを考えていた。競りを主催する組織の代表者の邸宅で開催されるその市に、僕たちが参加するのは久しぶりのことだった。

ふだん僕たちは、競り市の翌日に4人で打ち上げをする。けれど、今回は僕たちも、あの盲目の少女をVIP向けの競り市に出品することになっている。だから、みんなで酒と料理を楽しむのは明後日の晩までお預けだった。

明後日の晩は、いつものフランス料理店ではなく、横浜の元町にある老舗の日本料理店を中野さんが予約してくれてあった。打ち上げが終わったら、その翌日からはいつものように、みんなで10日ほど休暇を取ることになっていた。休暇のあいだに大野さんと中野さんは海外のビーチリゾートに、小野さんは北海道に、それぞれ旅行することになっているらしかった。

今夜の競りではナターシャが売れ残ってしまった。それは問題だったが、日本人の女たちはふたりとも、僕たちの予想より遥かに高く売れた。だから全体として考えれば、今回の競り市は僕たちにとってはかなりの成功だった。これでもし明日、あの少女が予定通りの価格で売れれば、今回の僕たちの利益はかなりの額になる計算だった。

そう。今回の競り市は、僕たちにとっては成功だった。だから、みんなで大喜びをしても良さそうなものだった。実際、いつもなら、大きな利益が出た帰り道では、みんな興奮して賑やかに喋り続けているのが常だったから。

だが、今夜の大野さんと小野さんと中野さんは沈んだ様子だった。3人は競り市の会場にいる時からほとんど喋らず、車に乗ってからも必要最低限のことしか話さなかった。

いったい、どうしたというのだろう？

いや、彼らが塞いでいる理由は僕にもわかっている。僕たちが出品したふたりの日本人の女を佐竹藤次郎というサディストの老人が買ったので、彼らは何となくセンチメンタルな気分に陥っているのだ。

「よりによって、あのジジイがうちの子たちをふたりとも買うなんて……あの子たちがサリーと同じ目に合わされるかと思うと、何だかたまらない気持ちですよ」

僕の隣に窮屈そうに座った大野さんが、誰にともなくそう言った。大野さんは会場にいる時から、何度も僕に同じようなセリフを繰り返していた。

「まったくです。うまくいかないものですね」

ハンドルを握った中野さんが振り向いて、大野さんに同意した。

中野さんは毎日のように女たちの世話をしているから、彼女たちに対する思い入れは僕たち男よりも強いのだ。

「あの女子大生の子、今頃、どうしてるんでしょうね？　やっぱり、佐竹さんにひどい目に遭わされることになるんでしょうかね？　うちに来るまでは何不自由なく暮らして来たっていうのに……」

助手席にいる小野さんが呟くように言い、「そうですね。わたしもちょっと、見ていられませんでしたよ」と、大野さんがしんみりとした口調で同意した。

川上春菜という19歳の女子大生がひどく暴れ、泣きわめいて抵抗したことも、みんなの気持ちを沈ませる要因のひとつになっているようだった。

確かに、乳房を剥き出しにして磔にされた少女を見ているのは、楽しいものではなかった。僕たちは事務所に初めてやって来た時の、彼女の溌剌とした姿を知っているだけに、その思いはなおさらだった。

3人は明らかに沈んでいた。だから僕も同じように、落ち込んだ様子を装っていた。

けれど、僕は本当は落ち込んでなどいなかった。それどころか、そんな3人を見ていると、少し苛立った気分になった。

意にそぐわない男が女たちを買ったからといって、奴隷商人である僕たちが落ち込むのはお門違いだった。僕たちは好きでこの仕事をしているのだ。誰かに強要されたわけではなく、自ら望んで奴隷商人になったのだ。

僕たちは女の売買をすることで、一般的なサラリーマンたちより遥かに大きな富を得ているのだ。もし、この仕事がそんなに嫌なら、さっさとやめればいいのだ。

僕は再び車内から窓の外に視線を戻した。そして、煙のような靄に霞む横浜の街の夜の明かりを見ようとした。

すぐ脇にある車の窓ガラスには、僕の顔が映っていた。

それを見た瞬間、ハッとした。

自分の顔なんて見慣れているはずだった。それにもかかわらず、僕はハッとした。そして、反射的に身震いした。

窓ガラスに映っていた顔は卑しかった。ずる賢そうで、陰険そうで、邪まだった。

そう。僕の顔は卑しかった。

大野さんの顔は卑しくなかったし、小野さんの顔も卑しくなかった。中野さんの顔も卑しくはなかった。

けれど、僕の顔は卑しかった。ここに4人いる奴隷商人の中で僕だけが卑しかった。

僕は自分の卑しさを恥じた。大野さんたち3人の心を偽善だと感じた、僕自身の卑しさを恥じた。

自分が売った女たちに同情するのは、間違ったことではないのだ。たとえ僕たちが奴隷商人であろうと、それはごく普通の、ごく人間的な感情なのだ。

大野さんも小野さんも中野さんも、心が優しいのだ。だから、たとえ自分たちが奴隷商人であったとしても、自分が売った女に同情するのだ。

3人の気持ちは、買われていく犬や猫を見送るペットショップの店員のようなものだったかもしれない。自分が毎日のように世話をした犬や猫を買っていく人が、優しそうな人だったらいい。けれど、もしそうではなく、その犬や猫を虐待して楽しむような人だったら……最初からそのことがわかっていたとしたら……どんな店員だって悲しむだろう。

けれど、僕はそうではない。僕には人の心というものがない。そして、だからこそ……僕にはこの仕事が似つかわしい。

2

もう行かないつもりだった。それなのに……僕はその晩もまた少女の部屋を訪ねた。

明日はいよいよ少女が売られる日だった。だから、今夜は彼女に深酒をさせるわけにはいかなかった。中野さんからも、少女の顔や体が浮腫《むく》んだりするといけないので、今夜はあまりたくさんは飲ませないようにと釘を刺されていた。

「二日酔いになんかなったら、売れるものも売れなくなりますからね」

ついさっき、事務所で別れ際に、中野さんはそう言って笑った。

それで僕は、漆《うるし》のトレイにオン・ザ・ロックにしたウィスキーのグラスをふたつと、キャメルという銘柄の1箱の煙草と、何種類かのナチュラルチーズとチョコレートだけを載せて自分の部屋を出た。

別れの杯。

もしかしたら、そんな感傷的な気分だったのかもしれない。大野さんたちのことを非難する資格は、僕にはないようだった。

エレベーターで5階に下りたあと、僕はできるだけ足音を忍ばせて廊下を歩いた。だが、僕が505号室の前に立った瞬間、ドアの向こうから少女が話しかけて来た。

「タカノさんですね？　こんばんは」

僕は驚きはしなかった。前の晩も、その前の晩も、そのまた前の晩も、僕がドアの前に立った時にはすでに、少女は僕がそこにいることを知っていたから。

「こんばんは、サラ。あの……また来たよ」

少し照れて僕は言った。そして、トレイを左手で持ったまま、右手でポケットから鍵の束を取り出し、それを使って部屋のドアを開けた。

その晩も少女は、踝《くるぶし》まで届く白いナイトドレス姿でそこに立っていた。ただ、今夜のナイトドレスは、昨夜までのものよりさらに薄い生地で作られているようだった。

宝石のような目を僕のほうに向けて、少女が嬉しそうに微笑んだ。廊下の蛍光灯が少女の目の下に、今夜も睫毛の影を長く落としていた。

「あの……中に入れてもらってもいいかな？」

「ええ、どうぞ」

少女が言った。そして、また嬉しそうに微笑んだ。

少女は嗅覚が抜群だった。だから、僕がウィスキーや煙草やナチュラルチーズやチョコレートを持って来たことは、すでにわかっているはずだった。

少女が嬉しそうにしているのは、きっとそのせいだろう。期待していなかったのに、今夜もそれらを味わえるのが嬉しいのだろう。そう僕は思った。

今夜も部屋の中は真っ暗だった。けれど今夜は、少女が壁のスイッチを操作して明かりを灯してくれた。スイッチのある場所まで向かう少女の足取りや、それをオンにする手つきは、とてもスムーズで、危なっかしいところがどこにもなかった。

明かりを灯したにもかかわらず、部屋の中はなおも薄暗かった。きっと節電のために、電球のワット数を落としてあるのだろう。経理を預かる中野さんはしっかり者だった。

そんな薄暗い部屋の戸口に立ったまま、僕は少女の姿を見つめた。

今夜のナイトドレスはとても生地が薄いために、その中にあるすべてのものが透けて見えた。少女が穿いているのは、とても小さな白いショーツだった。上半身には下着は着けていなくて、木綿の布に乳首が小さなふたつの突起を作っていた。

「どうぞ、入ってください」

少女がそう言って僕を招き入れた。

「それじゃあ、お邪魔するよ」

僕は部屋に入ると、安っぽいテーブルのところまで行き、その上に漆のトレイを置いて椅子に座った。

僕が座った音を聞いてから、少女が僕の向かい側に腰を下ろした。そしてもう一度、嬉しそうに微笑んだ。

もう何日も続けて見ているというのに、少女の美しさは今夜も僕を驚かせた。

もし、この子を美容整形の医師のところに連れて行ったとしたら、医師は何をしたらいいのかがわからなくて、ひどく戸惑うのではないか。

そう思うほど、少女の顔立ちは完璧だった。そこには、加えなければならないところも、削らなくてはならないところも、ただのひとつもないように僕には思えた。

「あの……嬉しそうだね」

宝石のような少女の目を見つめて僕は言った。その晩の少女は、本当に嬉しそうに見えたから。

「ええ。嬉しいです」

少女が言った。形のいい唇のあいだから、真っ白な歯がのぞいた。

「また今夜もウィスキーが飲めて、煙草が吸えるから？」

「違います」

少女が左右に首を振った。室内を照らす明かりが弱々しいにもかかわらず、長くつややかな髪が強く、あでやかに光った。

「違うの？」

「タカノさんとはもう会えないと思っていたのに、また会えたから嬉しいんです」

瞬間、僕の知らない感情が――生まれてから一度として覚えたことのない感情が――体の中を電流のように走り抜けた。

「もう来ないつもりだったんだけど……最後にもう一杯だけ、君とウィスキーを飲もうと思って……あの……今夜で本当に最後だから……」

しどろもどろになって僕は言った。そして、ズボンで掌をぐいっと拭ったあとで、テーブルの端に置かれていた少女の手を取って、漆のトレイの上へと導いた。

少女の指は見とれてしまうほど細長く、形がよかった。ひんやりとしていて、とても滑らかだった。長く伸ばした爪には、今夜も鮮やかなマニキュアが光っていた。

「ほら、ここにグラスがあるよ」

少女の手を取って僕は機械的に説明をした。「これがチーズ。これがチョコレート。それから、これが煙草で、これがライター……灰皿はここにあるからね」

「ありがとうございます」

人形のような顔に優しい笑みを浮かべて少女が頷いた。

「それじゃあ、乾杯しようか？」

僕が言い、少女は汗をかいたグラスを手に取ると、それを目の高さに持ち上げた。

「カンパイ」

少女が言った。

「乾杯」

僕は少女のグラスに自分が手にしたグラスを軽くぶつけ合わせた。

グラスに口を付ける前に、少女はいつものように鼻をグラスの縁に近づけて、その中の琥珀色をした液体のにおいを嗅いだ。形のいい小鼻が広がったり閉じたりした。

「あれっ？　これは……何でしょう？　いい香りだけど……」

少女が右側に首を傾げ、黒くて長い髪が右側に流れた。左側の髪のあいだから、可愛らしい形の耳がのぞいた。その耳たぶにはピアスの穴が３つ並んでいた。

「わからない？」

「ええ。わたしが飲んだことのないウィスキーなんだと思います」

「絶対に飲んだことがない？」

「ありません」

少女が断言した。

「飲んでみて」

僕が言い、少女がグラスに唇を付けた。そして、中の液体をそっと口に含んだ。

少女はしばらく口の中で、液体を転がすようにして味わっていた。それから、小さく喉を鳴らしてそれを飲み込んだ。

「おいしい……すごくおいしいです」

唇を光らせて少女が言った。「まろやかで……芳醇で……口当たりがよくて……でも、あの……しっかりとした味と香りがします」

僕は無意識に微笑んでいた。少女の言葉が評論家のようなセリフだったからだ。

僕もグラスに唇を寄せ、少女がしたように、その琥珀色の液体をそっと口に含んだ。

少女が表現した通りだった。樽の中で30年にわたって熟成したそのウィスキーは、まろやかで、芳醇で、口当たりがよくて、それでいて強烈な個性を放っていた。

「これ、何ていうウィスキーなんですか？」

その大きな目を僕のほうに真っすぐに向けて少女が訊いた。僕はまた、彼女に見つめられているような気がした。

「これはスコッチじゃなく、日本のブレンドウィスキーなんだ」

「日本の？」

「うん。『響』っていう銘柄なんだよ」

「ひびき？」

少し言いにくそうに少女が言った。

「そう、ひびき。ひびきの30年物だよ」

僕が言い、少女は口の中で「ひびき、ひびき」と繰り返した。

それは何かのおまじないのように聞こえた。

3

安物のテーブルに向き合って座って、少女と僕はグラス1杯のウィスキーをなめるように飲んだ。時折、少女は煙草に火を点け、それをおいしそうに吸った。

僕は薄暗い部屋の中を見まわした。このビルのオーナーは僕だというのに、こんなふうに部屋をじっくりと見たのは初めてのような気がした。

女たちの部屋はどれも、この部屋とほぼ同じ作りになっていた。置いてある家具類もほとんど同じだった。だから閉じ込められた女たちのほとんどは、今の僕のようにここに座って、こんなふうに薄暗い部屋を眺めたことがあったに違いなかった。

その部屋はとても狭かった。天井が低いために、息苦しさを感じるほどだった。おまけに、窓は分厚い板で塞がれ、そこに大きな鏡が取り付けられていたから、朝日や夕日が差し込むことも、外の景色を眺めることもできなかった。

ここに閉じ込められた女たちは、いったい何を考えて暮らしていたのだろう？

僕はそんなことを思った。覚えている限り、生まれて初めてそれを思った。

そうだ。女たちはみんな、この狭くて息苦しい空間で自分が売られる日を待つのだ。テレビもラジオもパソコンもシステムコンポもないこの薄暗い部屋で……新聞も雑誌も本もないこの薄暗い部屋で……その日が来るのを、ただ待ち続けるのだ。

「タカノさん、何を見てるんですか？」

ほっそりとした指のあいだから白い煙を立ちのぼらせながら、少女が言った。

「いや……別に……」

僕は言った。それから、宝石のような少女の目を見つめ、ぎこちなく微笑んだ。

少女と僕は、グラス1杯のウィスキーをゆっくりと飲み続けた。少女はウィスキーを飲む合間に煙草を吸い、ナチュラルチーズとチョコレートを食べた。

明日になれば少女は売られてしまうのだから、こんなふうに彼女とウィスキーを飲むのも、いよいよこれが最後だった。

明日、少女は売られる——。

けれど、もし、僕さえその気なら、明日以降もこんなふうに彼女とウィスキーを飲むことは可能なはずだった。もし僕が、「サラは売りたくない」と言えば……そうしたら、大野さんも小野さんも中野さんも、売るのはやめようと言ってくれるはずだった。

僕のズボンのポケットには携帯電話が入っていた。今、それを取り出し、大野さんと小野さんと中野さんに電話を入れれば……そうしたら、僕は明日も、この少女とウィスキーを飲めるはずだった。中野さんがマリアを売りたくないと言ったように、大野さんがサリーを引き取りたいと言ったように、僕がこの少女を売りたくないというのは許されることのはずだった。

3人に電話をすれば……いや、大野さんに電話をすれば、きっと大野さんが小野さんと中野さんには事情を説明してくれるはずだった。

たった1本電話をするだけで、すべてが変わるのだ。僕の人生と、この少女の人生が一変するのだ。

大野さんに電話をしよう。そして、少女を売るのはやめようと言おう。

僕は何度もポケットに手を入れた。そして、何度も電話を取り出しかけた。

あと1分したら、大野さんに電話をしよう。そして、少女を売るのはやめようと言おう。

少女が煙草を吸い終わったら、大野さんに電話をしよう。そして、少女を売るのはやめようと言おう。あと一口ウィスキーを飲んだら、大野さんに電話をしよう。

けれど……けれど結局、僕はそうしなかった。

マリアやサリーとは違って、僕の前にいる少女は僕たちの大切な財産だった。この少女の仕入れ価格は、マリアやサリーとは比べものにならないほど高かった。僕たちはみんな、この少女が明日のＶＩＰ向けの競り市で高値で売れることを期待していた。そんな大切な少女を、僕の気まぐれで「売りたくない」とは言い出せなかった。

いや……そうではない。

そうではないのだ。僕が気にしていたのは、この盲目の少女が性の達人だということだった。そんな少女を、もし僕が自分のものにしたがったら、みんなは間違いなく、僕の目的はそれだと思うはずだった。

僕はそんなことを気にしていた。人の目なんて気にしないで生きて来たつもりだったのに、なぜか今、それを気にしていたのだ。

「サラ……」

僕が名を呼び、少女が僕のほうに顔を向けた。

「何ですか？」

「いや……何でもないんだ」

僕が言い、少女が不思議そうに微笑んだ。もしかしたら、僕が彼女と性交したがっていると思ったのかもしれなかった。

4

まるで時間を惜しむかのように、少女も僕も、少しずつ、なめるようにしてウィスキーを飲んだ。けれど、どれほどゆっくり飲もうと、たった1杯のウィスキーを飲み干してしまうのに、そんなに時間がかかるはずはなかった。気がつくと、ふたりのグラスはどちらも空っぽになっていた。

「サラ……」

僕が再び名を呼び、少女が再び僕のほうに宝石のような目を向けた。

「何ですか、タカノさん？」

「たとえばの話なんだけど……あの……もし……もし僕が君に、ふたりでここから逃げようって言ったら……あの……君はどうする？」

僕が訊き、少女がまた不思議そうな顔をした。

「タカノさんとわたしが……どうして逃げなくてはいけないんですか？　誰から逃げるんですか？」

少女が不思議がるのは、もっともな話だった。僕は僕たちの組織の代表ということになっているのだから、逃げる理由がわからなかったのだろう。

けれど、僕が考えていたのは、そういうことだった。

今夜、少女と粉雪を連れて車に乗り、どこか遠いところに逃げ出す。大野さんや小野さんや中野さんには、書き置きを残すか、あとで手紙か電子メールを送り、会社とこのビルの権利を彼らに与える。そして、僕は誰も知らない場所で、少女と粉雪と暮らす……。

さっきからずっと、僕はそんなことを考えていた。

みんなに連絡を取って「少女は売りたくない」と言うより、何も言わずに逃げ出してしまうほうが簡単なことに思えたのだ。

「いや……だから、たとえばの話だよ……もし僕がふたりで、どこか遠いところに行こうって言ったら……君は一緒に行ってくれるかい？」

僕が言い、少女が微笑んだ。それから、「いいですよ」と言った。

「わたしはどこにでも行きます」

僕は少女の顔をさらに見つめた。少女はいつものように、平然とした顔をしていた。そう。少女はどこにでも行くだろう。生まれてからずっと、少女はそうやって生きて来たのだ。川面に浮かんだ木の葉のように、ただ流れに身をまかせて来たのだ。

「それじゃあ、あの……もし……もし、僕が一緒に死んでくれって言ったら……そうしたら、君は一緒に死んでくれるかい？」

僕は言った。そして、言葉が口から出た瞬間に自分を恥じた。それは、自分の半分も生きていない少女に対して言うべき言葉ではなかった。

ごめん。嘘だよ。今言ったことは忘れてくれ。

僕はそう言おうとした。

だが、その前に少女が口を開いた。

「それは嫌です」

相変わらず穏やかな口調だった。「わたしは生きているのが好きですから、死にたくはありません」

「生きているのが好きなの？」

「はい。好きです」

男たちの性の玩具として生きて来た少女が、生へのそんな執着を見せたことが僕には意外だった。

けれど……おそらく少女が正しいのだ。生に理由は必要ないのだ。すべての生命体は、生きること自体を目的として生きているのだ。

「ごめん。冗談だよ」

僕は少女に謝った。

少女の顔にまた笑みが戻った。


時計の針はすでに午前1時をまわっていた。いつまでも、ここでこうしているわけにはいかなかった。

「それじゃあ、そろそろ僕は行くよ」

ぼんやりとしていた少女に僕は言った。

少女は何も言わなかった。小さく頷いただけだった。

空になったグラスを漆のトレイに載せてから、僕はゆっくりと立ち上がった。

椅子に座った少女は、まるで見えているかのように僕のほうに目を向けた。

少女の唇が微かに動いた。けれど、その唇から言葉は出なかった。

「サラ……あの……元気でいてください」

「はい」

少女が小さく返事をし、僕は空のグラスの載ったトレイを持ってドアに向かった。背後で少女が立ち上がる音がした。

「おやすみ、アプサラ」

戸口で立ち止まって僕は言った。

「おやすみなさい、タカノさん」

宝石のような目を僕のほうに向けて少女が言った。

抱き締めたい。

強い誘惑が僕を襲った。

けれど、僕はそうしなかった。

「それじゃあ」

それだけ言うと、僕はドアを閉めた。そして、毎夜そうしているように、そのドアにしっかりと鍵を掛けた。

5

少女の部屋を出た僕は、6階の自室には戻らず、屋上に上がった。

あの埠頭と同じように、屋上のコンクリートのひび割れからは、たくさんの雑草が伸びている。ほんの数日見ないうちに、それらは一段と背が高くなったようだった。

昔からしばしばそうしているように、僕は背の高い雑草の根元、ひびだらけのコンクリートに仰向けになった。そして、夜空を見上げ、そこに瞬く僕の星を探そうとした。

僕の星——。

白鳥座の少し左にあまり明るくない星がある。ごく幼い時に、僕はそれを自分の星だと決めた。

幼い僕が、どうして、それを自分の星だと思ったのかは忘れてしまった。でも、きっとその星が、よく目を凝らさないと見えないような、弱々しい光しか放っていなかったからなのだろう。

僕は勉強もスポーツもできず、友人もおらず、無口で、引っ込み思案で、優柔不断で、クラスのみんなから忘れられたような子供だった。そして、そんな僕に、今にも消えてなくなりそうなその星は、とても相応しいような気がした。

肉眼で観察できるくらいだから、その星には、とうの昔に名前が付けられているに違いなかった。天文辞典を開いて調べてみれば、すぐにわかるはずだった。けれど、僕はその星の名を調べなかった。

だから、今もその星の名前はわからない。

それでも、やはりそれは僕の星だった。

幼い頃、何か困ったことが起きると、あるいは、かなえてもらいたい願い事ができたりすると、僕はここに来てその星を見つめて願った。

星が困ったことを解決してくれたり、願い事をかなえてくれることはめったになかった。それでも、時々は、そういうことをしてくれることもあった。

今夜また僕は、幼い頃のように自分の星を探した。そして、あの盲目の少女の幸せを祈ろうとした。

けれど、横浜の街を覆った靄のせいで、僕の星を見つけることはできなかった。どれほど目を凝らしても、ほんの微かにさえ見えなかった。

それでも……僕は、夜空を見つめて祈った。

盲目の少女の幸せを、僕は祈った。もし少女が幸せになれないとしても、せめて不幸にならないように……せめてひどい目に遭わされないように……そう祈った。

6

翌朝、目を覚ますとすぐに、僕は大野さんに電話を入れた。

少女を売りたくないと伝えるために？

そう。そのつもりだった。本当にそのつもりだった。

けれど、僕の口から出たのは、「熱があって体がだるいんで、申し訳ありませんが、きょうは休ませてください」という言葉だった。

「大丈夫ですか、高野さん？　疲れが出たのかなあ？」

電話の向こうで、大野さんは僕を気遣ってくれた。

「だから……あの……すみませんけど、きょうの市は大野さんたちでお願いします」

「了解です。こっちのことは心配しないでください。食べるものはあるんですか？」

「ええ。大丈夫です」

「マリアに何か持って行かせましょうか？」

大野さんは本当に心配そうだった。

「ありがとうございます。でも、本当に大丈夫です。あの……きょうの市、よろしくお願いします」

電話を手にしたまま、そう言って僕は頭を下げた。


その日、僕は食事もせず、広くて殺風景な部屋の片隅のベッドにパジャマ姿で寝転び、ただぼんやりと天井を見つめていた。

そんな僕を粉雪も心配したらしかった。粉雪は僕のベッドの枕元にうずくまり、時々、僕の顔や髪の毛をなめたり、そのにおいを嗅いだりしていた。粉雪が顔を近づけるたびに、長い髭が顔に触れてくすぐったかった。

あの子は本当に売れるのだろうか？

考えるのは、そのことばかりだった。

僕たちはあの少女にかなり高額な最低落札価格を設定していた。それは、きのうの市で売れた19歳の女子大生に僕たちが付けた価格の2倍以上だった。

だから、もしかしたら、買おうとする人が誰もいないかもしれない。そして、もし……購入希望者がいなければ、夜にはあの少女はまたここに戻ってくるはずだった。

誰もあの子を買わなければいい……。

そんなことを思ったのは初めてだった。

昼近くになると、階下が騒がしくなった。みんなであの少女の出陣の支度をしているのだろう。その部屋は、僕のベッドがある場所の、ほぼ真下だった。

ベッドのすぐ下から、マリアに指示をしているらしい中野さんの声が微かに聞こえて来た。電話を使っているらしい小野さんの声もした。僕たちがVIP向けの競り市に出品するのは久しぶりだったから、みんな気合が入っているに違いなかった。

今ならまだ間に合うはずだった。今すぐ階下に行き、「サラを売るのはやめたい」と言えば、それできょうの競りに少女を出品するのは見合わせることになるはずだった。

僕がそんなことを言い出したら、きっとみんな戸惑うだろう。中野さんや小野さんはムッとするかもしれない。大野さんだって、「どうして今頃?」と言うかもしれない。だが、僕が嘆願すれば、強く反対することはないだろう。

まだ間に合う。今なら、まだ間に合う。

けれど、僕は立ち上がらなかった。ただ、ベッドに寝転んで天井を見つめ続けていただけだった。

その時、インターフォンが鳴った。

粉雪がベッドから飛び降り、ソファの下に逃げ込んだ。

誰だろうとは思わなかった。この6階まで上がって来るのは、大野さん、小野さん、中野さん、マリアのうちの誰かしかいなかった。

僕はベッドを出ると、壁に取り付けられた受話器を持ち上げた。

『高野さん、具合はいかがですか?』

インターフォンから聞こえたのは、大野さんの声だった。

「はい。今行きます」

そう答えると、僕はパジャマ姿で、裸足のまま玄関まで行った。

ドアを開ける。そこに大野さんが戸口を塞ぐようにして立っていた。

「ああ、大野さん、いらっしゃい」

「起こしちゃいましたか？」

スーツをまとった大野さんは、相変わらずとても暑そうだった。「高野さん、何か食べましたか？」

「いえ、まだ何も……」

「そんなことだと思った。これ、食べてください。弁当とデザートです。ここの弁当、なかなかいけるんですよ」

大野さんはにっこりと笑うと、百貨店の紙袋を僕のほうに差し出した。きっと僕のために、わざわざ横浜の百貨店まで行って買って来てくれたのだろう。紙袋の中には、老舗の料亭の幕の内弁当が入っていた。

「すみません。ご迷惑をかけて……」

「いいんですよ。お互い様だから。これ食べたら、また寝たほうがいいですよ」

「そうですね。そうします」

「病院には行ったんですか？」

「いえ……」

「行ったほうがいいですよ。高野さん、すごく顔色が悪いですよ」

大野さんは本当に僕の体調を心配してくれているようだった。

「そうですね。あの……そうします」

「競り市のことはご心配なく。あの子は、きっと高く売れますよ」

「そうだといいんですが……」

「電話で結果を報告しますよ」

「ええ。そうしてください」

僕はそう言って大野さんに頭を下げた。「あの……大野さん……」

言うのだったら、これが最後のチャンスだった。

「えっ、何ですか？」

ハンカチで額の汗を拭きながら、大野さんが僕を見つめる。

実は、あの子を売るのをやめたいんですが――。

僕はそう言おうとした。

けれど、言えなかった。ただ、言えばいいだけなのに、そんな簡単なことが僕にはできなかったのだ。

「いえ……あの……何でもないんです……それじゃあ、いい報告を待ってます」

僕の口から出たのは、そんな言葉だった。

「はい。結果が出しだい電話します。それじゃあ、高野さんは何も心配なさらず、ゆっくりしていらしてください」

笑顔でそう言うと、大野さんは部屋を出て行った。

ベッドに戻ると、僕は再び横になって天井を見つめた。ソファの下から戻って来た粉雪は、またさっきまでのように僕の枕元にうずくまり、しきりに僕の顔や髪をなめた。

しばらくすると、階下が一段と騒がしくなった。

いよいよみんなが出かけるのだ。

505号室を出たみんなは賑やかにエレベーターに乗り込んだ。大野さんと小野さんの声はボソボソとしか聞こえなかったが、中野さんの声はよく響いた。

僕はベッドを出ると、窓辺に行って地上を見下ろした。

大きな体の大野さんがビルから出て来るのが見えた。子供のように小柄な小野さんが見えた。洒落たワンピース姿の中野さんが見えた。Tシャツにジーパン姿のマリアが見えた。そして……これから売られる、あの盲目の少女が見えた。

マリアに手を取られた少女は、白いバスローブのようなものをまとっていた。照りつける午後の太陽が、長くつややかな黒髪を眩しいほどに輝かせていた。

僕は窓辺に佇んで、彼らがワゴン車に乗るのを見た。

中野さんが運転席に乗り、小野さんが助手席に、大野さんが2列目に乗り込んだ。

あの少女はマリアに付き添われて、車の最後列に乗り込もうとしていた。ふたりは何か会話をしているようだった。いったい何語で喋っているのだろう？

今まさに車に乗ろうとしたその瞬間、盲目の少女が急に顔を上げ、僕のいる窓のほうを見た。

いや、見たわけではない。ただ、こちらに顔を向けただけだ。

少女につられて、マリアが顔を上げた。6階の窓辺にいる僕とマリアの目が合った。

僕を見つめてマリアが微笑んだ。そして、隣に立っていた背の高い少女が、マリアと同じように微笑んだ。その大きな目が宝石のように輝いた。

ほんの少しこちらを見上げていたあとで、盲目の少女はマリアに支えられるようにしてワゴン車の3列目に乗った。

マリアがドアを閉め、直後に車が動き始めた。

走り出した白いワゴン車が見えなくなるまで、僕はずっとそれを見つめていた。


窓辺を離れると、僕はベッド脇のサイドテーブルの引き出しから睡眠薬を取り出した。眠ってしまうつもりだった。もう何も考えたくなかった。

きっと目が覚めた頃には競り市は終わっているだろう。

僕は嚙み砕いた睡眠薬を唾液と一緒に飲み込んだ。

7

粉雪に顔をなめられて目を覚ました時には、部屋の中はすでに真っ暗になっていた。

枕から首をもたげてサイドテーブルの時計を見る。

時計の針は午後7時をまわっていた。

きょうの競り市は午後6時からだったから、すでに始まっているはずだった。

サイドテーブルにのった笠付きの電気スタンドの明かりを灯し、僕はベッドに上半身を起こした。それから、電気スタンドのそばに転がっている携帯電話を手に取った。

電話には何の着信履歴も残っていなかった。ということは……あの少女はまだ落札されていないのかもしれない。

ベッドから出て、床に立つ。側頭部が微かに痛む。キッチンに行って、粉雪に餌をやる。ついでに自分も水を飲む。今度は壁の時計を見つめる。ふと、思う。

まだ間に合うかもしれない。

そう。今すぐに大野さんに電話を入れ、あの少女を売るのは中止にしてくださいと言えば、もしかしたらまだ間に合うかもしれない。

けれど、僕はそうしなかった。その代わり、慌ただしくスーツに着替えると、コリコリという音を立てて固形飼料を食べている粉雪に、「ちょっと出かけて来るよ」と言い残して部屋を出た。

玄関のところで振り向く。

餌入れの前に行儀よく座った粉雪が、見えないはずの目で僕を見つめていた。


ビルの前で、通りかかったタクシーに乗り込んだ。タクシーのハンドルを握っていたのは、まだ若い女だった。僕は彼女に、横浜港を一望する根岸の丘の中腹に建つ、競り市の主催者の中国人が所有している大邸宅の場所を告げた。

僕は行くつもりだった。あの少女が売られる会場に駆けつけるつもりだった。

何のために？

いや……それはわからなかった。今になっても、僕にはそれがわからなかった。

僕のスーツのジャケットのポケットには、携帯電話が入っていた。けれど、それはいまだに沈黙を続けていた。だからきっとまだ、あの少女は落札されていないのだろう。

まだ間に合うかもしれない。

けれど、もし間に合ったからといって、自分に何ができるのかはわからなかった。

「混んでますね」

若い女の運転手がミラーの中の僕を見つめて言った。なかなか綺麗な女だった。

「ええ。そうですね」

僕はぎこちなく微笑んだ。

運転手が言うように、きょうも道路はひどく渋滞していた。いや、気のせいか、いつも以上に渋滞しているようだった。

のろのろと進むタクシーの後部座席で、僕は母が死んだ夜のことを思い出した。そう。あの晩も僕はこうしてあのビルの前でタクシーに乗り、母が入院している病院に向かっていたのだ。そして、あの晩も今のように、僕には自分がそこに何をしに行くのかが、よくわからなかったのだ。


あの晩、僕のところに母の姉である伯母から電話がかかって来た。

伯母はひどく取り乱した口調で、僕の母が危ないと言った。どうやら血圧が、危険なレベルにまで低下しているらしかった。

僕は家を出ると、今夜と同じようにビルの前でタクシーに乗った。

今夜のように、あの晩も道路はひどく渋滞していた。母が危篤状態にあるという話を僕から聞いた中年の運転手は、ひどく苛々していた。まるで自分が母の死に目に会いに行くかのようだった。

けれど、僕は苛立ってはいなかった。母の死に目に会いたいとも思っていなかった。ただ、伯母に来いと言われたから行くだけだった。

横浜の総合病院の最上階の個室に末期の状態で入院を続けていた母は、もう1週間以上も前から意識がなかった。だから、たとえまだ母の心臓が動いているうちに病院に着けたとしても、僕にできることは何もないはずだった。

いや……もし、母の意識があったとしても、母にかける言葉など僕には何も思いつかないだろうと思った。

あの晩も今のように、タクシーの窓から僕は外の風景を眺めていた。もちろん、浮き浮きとしていたわけではない。けれど、今まさに母が死のうとしているというのに、悲しいという気持ちは不思議なほどに湧いて来なかった。

きっと間に合わないんだろうな。

僕はそう思っていた。

いつだってそうなのだ。いつだって僕は、大切なことに間に合わないのだ。これまでも一度として間に合ったためしがないのだ。

だからきっと、今夜も僕は間に合わないだろう。僕が着いた時には、きっと母は死んでいるだろう。

タクシーのシートにもたれ、僕は半ば、それを確信していた。

ようやく僕が母の病室に到着した時には、案の定、母の心臓はすでにその鼓動を終えていた。

母の死体に縋《すが》り付いて泣く伯母の脇に立って、僕は命をなくした母をぼんやりと見つめた。

けれどやはり、悲しいという気持ちは起こらなかった。

やっぱり間に合わなかった。

伯母の背中と母の死体を交互に見つめながら、僕はただ、それだけを思っていた。

母の死に顔は思い出せない。それなのに、あの日、病室の窓辺に活けられていたバラの花の鮮やかさは、なぜか今もはっきりと思い出すことができる。

8

のろのろとしか動かないタクシーの中で、僕はあることを思いついた。

それは、僕の代わりに知り合いの老人に、あの盲目の少女を落札してもらうということだった。

もし僕が競り市の会場に着いた時に、まだあの少女が落札されていなかったら……会場に招かれているはずの知り合いの資産家の老人を探す。そして、その老人に頼んであの少女を落札してもらい、後日、彼から少女を買い戻す。

僕が考えついたのは、そういうことだった。

僕たち奴隷商人には、競り市で商品を購入する資格は与えられていなかった。だが、その老人に代理を務めてもらえば問題はないはずだった。

その老人は大手スーパーマーケットチェーンの創業者で、僕の母が代表をしていた頃からのお得意様だった。今も年に1度か2度、僕たちは老人を料亭などで接待していた。

きっとあの老人だったら、理由を尋ねたりせずに僕の頼みを聞き入れてくれるだろう。僕はそう思った。

もし激しい競り合いになって、少女の値がとてつもなく競り上がったとしても、老人には必ず落札してもらう。どんなに高くても、絶対に落札してもらう。少女を落札するために老人が支払った金は、あとで全額を老人に払い戻せばいい。そして、代わりに僕が少女を譲り受けるのだ。主催者側の取り分である落札価格の20パーセントの手数料は、僕が個人の預金から補塡《ほてん》すればいいだろう。

果たして、そんなことがうまくいくかどうかはわからなかった。だが、それが僕が考えついた唯一のことだった。

タクシーがようやく国道の渋滞を抜け、根岸の丘にさしかかった時には、すでに午後8時近くなっていた。

競り市が行われているはずの邸宅は、もうすぐそこだった。緩やかな坂道を上り続けるタクシーの窓からは、丘の下に広がる夜の横浜港が見えた。

横浜の夜景なんて幼い頃から見慣れているはずだった。それにもかかわらず、その夜景の幻想的な美しさに僕は見とれた。

林立する高層ホテルや高層マンション、色とりどりの光を放つ観覧車、複雑に曲がりくねった遊園地のジェットコースター、ビルのあいだを縫うように走るハイウェイ、光の箱のようにも見える巨大なショッピングモール、港をまたぐ光の吊り橋、埠頭に係留された豪華客船、聳え立つタワー、タンカーの到着を待つ石油コンビナート、いたるところに突き出した大きなクレーン……それはまるで、未来の都市のようだった。

港の周りはどこも、目映《まばゆ》いほどの光に彩られていた。入り組んだ海面を光を満載した無数の船舶が、ぶつからないのが不思議なほど密に行き交っていた。湿度が高いために、それらの光はどれも、ぼんやりと滲んでいた。

もし、あの少女を買い戻すことができたら、専門の病院で目の治療を受けさせよう。そうすればあの子も、この幻想的な夜景を見ることができるようになるかもしれない。あのビルの屋上に僕と並んで、夜空の星を見ることができるようになるかもしれない。

いつの間にか、僕はそんなことを考えていた。

いや、それどころか、僕は少女とふたりで毎夜ウィスキーやチーズやチョコレートの味比べをすることや、少女と一緒にクラシックのコンサートに行くことや、少女を着飾らせてレストランに連れて行くことをさえ想像していたのだ。

「お客さん、ここでよろしいんでしょうか?」

女の声がして、僕は現実世界に引き戻された。ほぼ同時に、タクシーが止まった。

「うわーっ、ものすごく立派なおうちですね!」

運転手が僕を振り返り、感に堪えないという口調で言った。「横浜港が一望ですよ。こんなところに暮らせたら、ものすごく素敵でしょうね。お金って、あるところにはあるんですね」

今までに僕は何度か訪れてはいるが、確かにその邸宅は素晴らしかった。ここからでは見えないが、広々とした敷地内にはプールもあったし、テニスコートもあった。住むところになど関心のない僕でさえ、こんなところに暮らせたらと思うほどだった。

けれど今は、そんなことはどうでもよかった。

「ええ。そうですね。すごい家ですね」

運転手の言葉に曖昧に頷きながら、僕はジャケットのポケットに手を突っ込み、運賃を支払うために財布を取り出そうとした。

その時、財布と一緒にポケットに入っていた電話が鳴った。

「あっ」

思わず声が出た。

9

心臓が跳ね上がり、全身の筋肉が凍りついたように硬直する。

ポケットの中では電話が甲高く鳴り続けている。

「お客さんの電話……じゃないんですか？」

運転手が遠慮がちに言った。

僕は恐る恐るポケットに手を入れた。そして、鳴り続けている小さな電話を掴んだ。噴き出した汗で、掌がひどくベタついていた。

電話のディスプレイには大野さんの名が表示されていた。

心臓がさらに激しく高鳴った。

手の中で喧しく鳴り続ける電話をなおもしばらく見つめていたあとで、僕はようやく通話ボタンを押した。

「はい。高野です」

電話を耳に押し付けて僕は声を出した。その声はひどくかすれていた。

『高野さん。具合はいかがです？』

電話から大野さんののんびりした声が聞こえた。『声が死んでますよ。ちゃんと飯は食いましたか？』

「ええ。あの……大丈夫です。弁当も食べました。ごちそうさまでした……ところで……あの子、どうなりました？」

そう。僕が気にしていたのは、そのことだった。そのことだけだった。

『ああ、サラですね？　大丈夫。無事に売れましたよ』

売れた──。

その瞬間、僕の体からすうっと力が抜けた。同時に、頭の中が真っ白になって、何も考えられなくなった。

「売れたんですか？」

絞り出すかのように、僕はようやくそれだけ言った。

『ええ、売れました。でもね……』

大野さんはそこで急に声のトーンをダウンさせた。

「どうかしたんですか？」

『ええ。実は、あの子、最初は買い手がまったくつかなくて、売れ残るんじゃないかと思ってハラハラしたんですよ。やっぱり値段が高すぎたのかもしれませんね。持ち時間が終了しても売れなくて、それで急遽、小野さんや中野さんと相談して、最低落札価格を10パーセント下げたんです。そうしたら、ようやく今、落札されました』

「えっ、値下げしたんですか？」

『ええ。無断ですみません。あの東欧の女の子も売れなかったし、ふたりも売れ残ったら困ると思って……でも、それでも大儲けですよ。みんなに臨時ボーナスを支給できるくらいの大変な利益です』

僕に無断で値引きしたことを弁解するかのように、大野さんは力説した。小さな電話から、その声が大きく響いた。

けれど僕は利益のことなど考えていなかった。ただ、あの子は売れてしまったんだ、売れてしまったんだと、繰り返し思っていた。

そうだ。あの少女は売られてしまったのだ。売れ残り寸前のスーパーマーケットの生鮮食品のように、値引きのラベルを貼られて強引に叩き売りされてしまったのだ。

「わかりました」

再び声を絞り出すようにして僕は言った。

『高野さん、あんまり嬉しそうじゃないですね？』

「いえ……そんなことはないですよ……あの……すごく心配してたんで……ホッとしている

だけです」

『そうですよね。ふたりも売れ残ったらどうしようと思ってたんで、わたしたちもホッとしました。でも、これで大成功です。明日の打ち上げは盛大にやりましょう。高野さん、それまでに体調を整えておいてくださいね』

大野さんが浮き浮きとした口調で言い、僕は曖昧な返事をして電話を切った。

瞬間、奇妙な感情が込み上げて来そうになった。

だが、何とか頭の中を空っぽにした。

切れた電話を握ったまま、僕は窓の外を見つめていた。

やはり間に合わなかったのだ。いつものように、今回も僕は間に合わなかったのだ。

僕は唇を噛み締めた。そして、急に、大手スーパーマーケットチェーンの創業者である老人の携帯電話の番号を、自分が知っていたことを思い出した。

そうだ。わざわざタクシーに乗ってやって来る必要はなかったのだ。もし僕が本気で少女を買い戻そうと考えていたのなら、ただあの老人に電話で頼めばよかったのだ。いや、その前に大野さんに電話をして、「あの子は売らない」と言えばよかったのだ。

それなのに、僕はそうしなかった。

それはきっと、僕が本気ではなかったからなのだろう。

そうなのだ。きっとこれが僕の意志なのだ。あんな少女のことなど、きっと僕には最初からどうでもよかったのだ。

僕は大きく息を吐いた。相変わらず体のどこにも力が入らず、今ではもう、座っていることさえ辛かった。

「あの……お客さん」

若い女の運転手の声に、僕は我に返った。

「あっ、はい？」

「あの……どうかなさったんですか？　何か、悪い知らせだったんですか？」

運転席で上半身をひねるようにして振り向いた運転手が、細く整えられた眉を寄せて心配そうに僕を見つめた。

僕が無言で首を左右に振り、運転手が曖昧な笑みを浮かべた。ルージュに彩られた唇のあいだから、真っ白な歯がのぞいた。

「あの……すみませんが、戻ってもらえますか？」

「えっ、戻るって？」

「この車に乗った場所まで戻ってほしいんです。あの……ここにはもう、用事がなくなったものですから」

「はい。わかりました」

少し戸惑ったように運転手が言った。けれど、それ以上は訊かなかった。

運転手はすぐに車を発進させ、少し先の空き地でUターンさせた。

窓の向こうにパノラマのように広がる幻想的な港の夜景が、車の回転につれてゆっくりと回った。

10

自室のある6階ではなく、僕は5階でエレベーターを下りた。

ここ数日、いつもそうしていたからだろうか？　意識しないままに僕は忍び足になっていた。

505号室のドアの前で立ち止まる。そこに貼られた薄汚れたプレートを見つめる。

ここ数日、ここに立つたびに感じた、浮き浮きとした弾むような気分を思い出した。僕が声を出す前にドアの向こうから聞こえた少女の声を思い出した。

だが、もちろん今夜は、ドアの向こうから少女が呼びかけて来ることはなかった。どれほどそこに立っていても、しんと静まり返ったままだった。

しばらくドアの前に立っていたあとで、僕はドアノブに手を伸ばした。そして、それをゆっくりと右にまわした。

鍵が掛かっていないことはわかっていた。もう中に少女はいないのだから、外側から施錠をする必要はないのだ。

薄汚れた鉄のドアはわずかに軋みながら廊下側に開いた。

部屋の中は真っ暗だった。

僕はドアの内側に体を入れると、手探りで壁のスイッチを探り当て、薄暗い明かりを灯してからドアを閉めた。

ドアにもたれて、誰もいない部屋の中を見まわす。

ほんの数時間前まで、あの少女はここに暮らしていたのだ。この部屋で寝起きし、この部屋で食事をし、この部屋でいろいろなことを考えていたのだ。

だが、もう二度と、少女はここには戻って来ない。

主を失ったその部屋は、死んでしまったかのように僕には思えた。


薄汚れた鉄のドアにもたれて、いったいどれくらいのあいだ、無人の部屋を見まわしていただろう？　やがて僕は、部屋の奥に向かった。

もともとその部屋には、少女の私物は何もなかった。だから、少女がいなくなったからといって、大きな変化が起きているわけではなかった。

それでも、今朝まで少女が横たわっていたはずのベッドが、彼女がいた時のままに寝乱れていた。

いつもはマリアがベッドメイクをしているはずだった。だが、きょうは少女の世話をするのに忙しくて、そんな時間がなかったのだろう。薄いタオル地のタオルケットがまくり上げられ、ベッドマットに敷かれたシーツには人の形をした窪みができていた。木綿のカバーが掛けられた枕もまた、頭の形に窪んでいた。

ああっ、もう、あの子はいないんだ。

僕はそのベッドに歩み寄ると、最初の晩に少女がしたようにそこに浅く腰を下ろした。そして、今朝まで少女が横たわっていたはずの狭いベッドをぼんやりと見つめた。糊の利いた白いシーツを、薄暗い明かりが弱々しく照らしていた。

やがて……僕は、白い木綿の枕カバーに、髪の毛が張り付いているのに気づいた。

腕を伸ばし、指先でそれをつまみ上げる。弱々しい明かりにかざしてみる。

親指と人差し指とに挟まれたその髪は、とても長くて、黒々としていて、つややかで、太かった。

その長い髪を僕はじっと見つめた。そしてその時、自分がとてつもなく大きな間違いを犯したことに気づいた。

人生の分岐点、分岐点で、僕はいつも間違えた。行ってはいけないほうにばかり行っていた。それでも……これほど大きな誤りを犯したことはないように思えた。

どうして手放してしまったんだ？

抑え切れないほどに強い感情が溢れ出るかのように込み上げて来た。

僕はベッドに倒れ込み、今朝まで少女の後頭部が載っていたはずの枕に顔を押し付けた。

そして、その枕を強く抱き締め、涙を流そうとした。

けれど、涙は出なかった。ただ鼻が、あの少女の髪のにおいを嗅いだだけだった。

エピローグ

少女の細い腕の、その肘の辺りを支えるようにして、男が彼女を建物の外に導いた。

建物を出ると、そこには温かく湿った空気が立ち込めていた。冷房の効いた建物の中にいるあいだ、ずっと寒さに震えていたから、そのことに少女はホッとした。彼女はいまだに、素肌に薄っぺらなサテンのガウンをまとっているだけだった。

建物の中と同じように、その外にも大勢の人がいるようだった。何人もの男や女が日本語らしき言葉で喋っているのが聞こえた。

少女を導いている男は、大きくて、骨張った指をしていた。薄いガウンの向こうに、少女は男の左手の指の一本一本をはっきりと感じた。

ゆっくりと歩き続けながら、男が少女に何かを話しかけた。その声はとても若々しくて張りがあった。

たぶん、日本語なのだろう。少女には男の言葉を理解することはできなかった。それでも、男が優しい口調で喋っていることはわかった。

ごめんなさい。わたしには日本語はわかりません。

少女は男のほうに顔を向けて微笑み、ゆっくりとした英語で言った。

見知らぬ男の左手に導かれ、サンダルの高い踵をぐらつかせて歩きながら、少女は辺りの様子をうかがった。

ここに来た時と同じように、微かな海のにおいがした。いたるところから、草が風に揺れる音が聞こえた。

けれど、ここに連れて来られた時に皮膚に感じた強烈な日差しは、もはや感じられなかった。大都会が作っているらしい騒音も随分と小さくなっていたし、喧しいほどに響いていた蟬の声も、今はまったくしなかった。

今、少女の周りでは虫たちの声が響いていた。それは夜の虫たちの声だった。

男がまた何かを言った。相変わらず何を言っているのかわからなかったが、それはやはり優しげな口調だった。

もしかしたら、この若い男の人がわたしの新しい主人なのかもしれない。

反射的に男のほうに顔を向けて微笑みながら、少女はぼんやりと思った。

男と並ぶようにして、少女は歩き続けた。細かい砂利が敷かれているらしい足元は、凸凹していて歩きにくかった。

やがて男が立ち止まり、少女も足を止めた。

左手で少女の肘の辺りを軽く支えたまま、男がもう片方の手で車のドアを開けた。その音が聞こえた。

どうするべきかは、わかっていた。少女は自分から車に乗り込んだ。背後にいた男が少女の体を両手で支えるようにして、それを手伝ってくれた。

男がまた日本語で何かを言った。

足元に気をつけるようにと言ったのかもしれない。あるいは、頭をぶつけないようにと言ったのかもしれない。

どちらにしても、男はとても親切だった。

少女は声のほうに顔を向けた。それから、「ありがとうございます」と日本語で言って微笑んだ。

少女がシートに座ると、男がドアを閉めた。そして、自分は後部座席ではなく少女のすぐ前、たぶん運転席に座った。

その車が高級車だということは、少女にもわかった。ドアが閉まる音がとても静かだった。シートは滑らかで、肌触りがしっとりとしていて、真新しい革のにおいがした。静粛性が高いため、ドアが閉まった瞬間に、外の音がほとんど聞こえなくなった。

車に乗り込んだ瞬間、少女はその革製のシートにもうひとりの人間が座っていることに気づいた。その人が放つ微かな体臭がした。

少女はその人のほうに顔を向けた。

「こんばんは、お嬢さん」

声がした。もう若くはない、でも年寄りでもない男の声だった。ネイティブのものではなかったが、綺麗な発音の英語だった。

この人がわたしの新しい主人なんだ。

男の声を聞いた瞬間に、少女はそれを確信した。

「こんばんは、サー。わたしはアプサラといいます」

少女は答えた。そして、反射的に深くこうべを垂れた。新しい主人に服従の意を示したつもりだった。長く真っすぐな髪が顔の両側にパサリと垂れ下がった。

少女は奴隷として生きることに慣れていた。そして、ほんの短い言葉を聞いただけで、それが微笑むべき相手なのか、こうべを垂れるべき相手なのかを理解した。自分でも、どこでそれを区別しているのかはわからなかったが、その選択を間違うことはなかった。

こうべを垂れたまま、少女は男の言葉を待った。けれど、男は何も言わなかった。

少女は顔を上げた。それから、自分の新しい主人に向かって、遠慮がちに微笑んだ。だが、やはり男は何も言わなかった。

運転席に座った若い男がこちらに向かって、日本語らしい言葉で何かを言った。少女の隣にいる男は何も答えなかったが、直後に車が動き出した。

少女はそっと顔を前方に向けた。そして、冷たくなった手を膝の上で握り合わせた。

ここに来た時に乗って来たワゴン車とは違って、その車はとても乗り心地がよかった。車に乗っているということを忘れてしまいそうになるほどだった。

やがて、ひとり言のように男が言った。

「随分と高い買い物をしてしまった。買うつもりはなかったのに、値引きの言葉に、つい惑わされてしまったよ」

男は前を向いたまま喋っているようだったが、英語だったから、少女に向かって言ったに違いなかった。

少女は再び男のほうに顔を向けた。けれど、何と言っていいのかわからなかったし、微笑むべきなのか、そうでないのかもわからなかった。

しかたなく少女は、さっきと同じようにこうべを垂れた。昔から、どうしたらいいかわからない時には、そうしているように。

男が何のために自分を買ったのか。これから彼女に何をさせようとしているのか——もちろん、少女には想像がついた。

けれど、思い悩むことはなかった。

そう。明日は餓死するかもしれない吹雪の夜の小鳥たちが、それでも明日を思い煩《わずら》わずに眠るように……少女もまた、明日を思い煩うことはなかった。

これからのことは想像しない。過ぎてしまったことは思い出さない。自分にはどうすることもできないことを、思い悩むこともしない。ただ、今自分にできる、最善のことを重ねていく。

それが少女の生き方だった。

少女はもう故郷のことは思い出さなかった。両親や兄弟姉妹のことも思い出さなかった。これまでに性的な行為の相手をさせられた男たちのことも思い出さなかった。つい昨夜まで彼女にウィスキーを飲ませ、チーズの味比べをさせ、煙草を吸わせてくれた男のことさえ、もう思い出しはしなかった。

恐れるべきことなど、何もなかった。自分がいる、その場所こそが、彼女の生きる場所だった。

少女は膝の上で、その両手をまたそっと握り合わせた。そしてその瞬間、自分が空腹であることに気づいた。

考えてみたら、今朝から食事らしい食事はしていなかった。

これから何か食べさせてもらえるのかしら？

ふと思った。口の中に唾液が込み上げるのがわかった。

あとがき

この地上の富と幸福が、なぜこれほどまでに片寄って分配されているのか——それがまったくわからない。

この作品の中で僕は主人公の男にそう言わせた。

少し前までは僕にもそれがわからなかった。まったくわからなかった。

けれど、46歳になり、間もなく47歳になろうとしている今では、ぼんやりとではあるが、それがわかりかけて来たような気がしている。

うまく言えないが、つまり、こういうことだ。

たとえば……そこが、どこかの難民キャンプだとする。戦火を逃れて来た大勢の人々でごった返す、電気も水道もなく、食料も燃料もほとんどない、冷たい風が吹きすさぶ、荒れ地の中の難民キャンプだ。

栄養状態と衛生状態がひどく悪いために、その難民キャンプには疫病が蔓延《まんえん》している。それなのに、そこにはただひとりの医師もいないし、看護師もいない。ワクチンもないし、解熱剤や消毒薬のような簡単な薬もない。おまけに世界のほとんどの人はその難民キャンプの存在を知らず、誰かが援助の手を差し伸べてくれることもない。

その難民キャンプでひとりの赤ん坊が生まれる。だが、赤ん坊の母親は極度の栄養失調のために母乳がまったく出ない。赤ん坊はほかの母親からわずかな母乳を恵んでもらっているが、いつも空腹に泣いていて、ひどく痩せ衰えている。そして、やがて母親とともに疫病に冒されてしまう。

病に冒された母親と赤ん坊は、難民キャンプの冷たい地面に敷かれた薄い布の上に身を横たえる。周りの人々は自分が生きることに精一杯で、病に倒れた母子を看病することもできない。

母親にはもう赤ん坊を抱き締める力もない。そして間もなく、その若い母親は、生まれたばかりの赤ん坊を残して息絶える。だが、まだ目も見えない赤ん坊は、母が命を失ったことを知ることもできない。

最近、僕はしばしば、そんな難民キャンプを思い浮かべる。病に倒れた若い母親と、彼女が産んだ赤ん坊のこと。

そして……そして、もし、難民キャンプに生まれたその赤ん坊が、この僕だったとしたら……その時、僕の選択肢はとても限られたものになるのではないか。

いや、その時、僕が選択できる道はたったひとつ——母の死体の隣で、自らに訪れる死を待つことしかないのではないか。

僕はこれまで、世界のいろいろな場所に行って来た。そして、そのさまざまな場所で驚くほど貧しいたくさんの人々を見た。同様に、信じられないほど裕福なたくさんの人々を見た。

貧しい人たちは、なぜ貧しいのだろう？

裕福な人たちは、どうして裕福なのだろう？

最近になってようやく、ぼんやりとだが、わかりかけて来たことがある。

つまり、人は——いや、すべての生命体は、個々の意志や個々の希望にはかかわりなく、その生まれた環境や境遇に大きく人生を左右されてしまうものなのだ。そこには個々の努力や、個々の意志の働く余地はほんの少ししかないのだ。

ずっと昔から、地上の富と幸福はとてつもなく不公平に分配されて来た。そして、これから先も永遠に、不公平に分配され続けるのだろう。

誰にも、どうすることもできない。そういうものだと思うしかない。

たとえば、日なたに落ちた種子と、日陰に落ちた種子とがあるように……たとえば、大金持ちの家に生まれた赤ん坊と、難民キャンプに生まれた赤ん坊とがいるように……そして、たとえば、奴隷を買う者と、奴隷として売られる者とがいるように……。

『横浜奴隷市場』については、10年以上前に『出生率0』という小説で触れたことがある。それを今また改めて書いたのは、僕がそうしたかったからだ。井伏鱒二《いぶせますじ》が『山椒魚』を何度も書き直したように、僕も思い入れのある話を繰り返し書きたいのである。ご理解いただければ幸いである。

今回もまた、光文社の藤野哲雄氏と中西如氏には貴重なアドバイスの数々と、暖かい励ましをいただいた。おふたりのアドバイスと励ましがなければ、この本は完成しなかったかもしれない。藤野氏と中西氏、それに僕のエージェントであるティー・オー・エンタテインメントの本田武市氏に感謝する。

みなさんのお陰でまた新しい本ができました。ありがとうございました。

二〇〇八年三月

大石　圭

光文社文庫

文庫書下ろし
女奴隷《おんなどれい》は夢《ゆめ》を見《み》ない
著　者　大《おお》石《いし》　圭《けい》

2008年5月20日　初版1刷発行

発行者　駒井　稔
印　刷　堀内印刷
製　本　明泉堂製本

発行所　株式会社　光文社
〒112-8011 東京都文京区音羽1-16-6
電話　(03)5395-8149　編集部
8114　販売部
8125　業務部

落丁本・乱丁本は業務部にご連絡くだされば、お取替えいたします。
ISBN978-4-334-74420-5　Printed in Japan

お願い　光文社文庫をお読みになって、いかがでございましたか。「読後の感想」を編集部あてに、ぜひお送りください。
　このほか光文社文庫では、どんな本をお読みになりましたか。これから、どういう本をご希望ですか。どの本も、誤植がないようつとめていますが、もしお気づきの点がございましたら、お教えください。ご職業、ご年齢などもお書きそえいただければ幸いです。当社の規定により本来の目的以外に使用せず、大切に扱わせていただきます。

光文社文庫編集部

私にとって神とは	遠藤周作
眠れぬ夜に読む本	遠藤周作
死について考える	遠藤周作
死人を恋う	大石　圭
水底から君を呼ぶ	大石　圭
人を殺す、という仕事	大石　圭
サンチャゴに降る雨	大石直紀
爆弾魔	大石直紀
東京騎士団	大沢在昌
新宿鮫	大沢在昌
毒猿　新宿鮫Ⅱ	大沢在昌
屍蘭　新宿鮫Ⅲ	大沢在昌
無間人形　新宿鮫Ⅳ	大沢在昌
炎蛹　新宿鮫Ⅴ	大沢在昌
氷舞　新宿鮫Ⅵ	大沢在昌
灰夜　新宿鮫Ⅶ	大沢在昌
風化水脈　新宿鮫Ⅷ	大沢在昌
銀座探偵局	大沢在昌
撃つ薔薇	大沢在昌
エンパラ（新装版）	大沢在昌
人間・本田宗一郎	大下英治
殺人猟域	太田蘭三
夜叉神峠死の起点	太田蘭三
箱根路、殺し連れ	太田蘭三
殺人熊	太田蘭三
殺・風景	太田蘭三
寝姿山の告発	太田蘭三
木曽駒に幽霊茸を見た	太田蘭三
ネズミを狩る刑事	太田蘭三
殺人幻想曲	太田蘭三
破牢の人	太田蘭三
殺人理想郷	太田蘭三
虫も殺さぬ	太田蘭三
口唇紋	太田蘭三

菅 浩江　プレシャス・ライアー
曽野綾子　魂の自由人
曽野綾子　中年以後
大道珠貴　素敵
柴田よしき　猫と魚、あたしと恋
柴田よしき　風精《ゼフィルス》の棲む場所
柴田よしき　星の海を君と泳ごう
柴田よしき　時の鐘を君と鳴らそう
柴田よしき　宙《そら》の詩《うた》を君と謳おう
柴田よしき　猫は密室でジャンプする
柴田よしき　猫は聖夜に推理する
柴田よしき　猫はこたつで丸くなる
柴田よしき　猫は引っ越しで顔あらう

平 安寿子　パートタイム・パートナー
平 安寿子　愛の保存法
高野裕美子　サイレント・ナイト
高野裕美子　キメラの繭《まゆ》
堂垣園江　グッピー・クッキー
永井 愛　中年まっさかり
永井するみ　ボランティア・スピリット
永井するみ　天使などいない
永井するみ　唇のあとに続くすべてのこと
永井するみ　俯いていたつもりはない
永井路子　戦国おんな絵巻
永井路子　万葉恋歌
仁木悦子　聖い夜の中で　新装版